首届天山文学奖丛书

脐血之地

李 健/著

新疆人民出版社
(新疆少数民族出版基地)
人民文学出版社

图书在版编目(CIP)数据

脐血之地 / 李健著. -- 乌鲁木齐：新疆人民出版社（新疆少数民族出版基地），2025.1（2025.3 重印）. -- （首届天山文学奖丛书）. -- ISBN 978-7-228-21629-1

Ⅰ. I247.5

中国国家版本馆 CIP 数据核字第 2025ZS9059 号

脐血之地
QI XUE ZHI DI

出 版 人	李翠玲	策 划	李翠玲　可木
出版统筹	孙　瑾　单勇	美术创意	可木　王洋
责任编辑	孙　瑾　刘泽成	装帧设计	王　洋
责任校对	古丽热·穆合塔尔	责任技术编辑	邢晓梅

出　　版	新疆人民出版社（新疆少数民族出版基地） 人民文学出版社
地　　址	乌鲁木齐市解放南路348号
邮　　编	830001
电　　话	0991-2825887（总编室）　0991-2837939（营销发行部）
制　　作	一心印艺设计工作室
印　　刷	北京富诚彩色印刷有限公司
开　　本	880mm×1230mm　1/32
印　　张	9.75
字　　数	200千字
版　　次	2025年1月第1版
印　　次	2025年3月第2次印刷
定　　价	88.00元

版权专有，侵权必究。如有质量问题，请与营销发行部联系调换。

目 录

001　自　序

015　青　杏
100　半春子
160　库　兰
236　九　月

301　后　记

自 序

李 健

写完《九月》,恰好旭忠在昌吉的公务结束,顺便带我回了木垒。

旭忠是木垒史志办主任,是我相交多年的好友,好书法,是个性情中人。他当过乡党委书记,后调任农业局局长,不久,主动要求辞去农业局局长职务去了史志办,听说最近又准备辞去史志办主任职务去菜籽沟的国学讲堂。我笑谑他,人家是官越当越大,你倒好,把官当没了。他咧嘴笑,咋办呢?一辈子就这么一个嗜好。旭忠家是当地老户,他父亲当过英格堡村的支书,说不清哪一代流落到了木垒英格堡,慢慢积累起一份不错的家业,成为当地旺户。

"英格堡"的地名,源于一个久远的传说。很久以前,有位叫英格的公主率领一支人马翻越天山到了木垒,被这块肥沃的土地吸引住了。遮天蔽日的森林,山泉清澈,水草丰美。于是,公主下令安营扎寨,他们不想四处征战,颠沛流离了。他们建起一座城堡(据说英格堡乡人民政府以东两公里有一处破城子遗址与此城堡有关),从此垦荒放牧,年复一年,牛羊成群了,粮食堆成了山。不知过了多少年,又来了一支人马,把城堡围得水泄不通。英格公主率领部下,重新拿起武器,经过九天九夜的抵抗,终于弹尽粮绝,城破人亡。人们为纪念英格公主把这地方叫"英格不拉"(蒙古语,意为舀水的勺子),后因破城子遗址,又叫"英格堡"。据说,盛行在这一带的一道美食——羊肉焖饼,就是从英格公主的食谱中流传下来的。

晚上,旭忠约了李平、发科、成林、平元等一帮好友相聚,主食自然是手抓肉,只是遗憾,没有我喜欢的煮羊头。好在第二天平元就补了遗憾,在家里做了煮全羊,还特意做了羊杂碎煮麦子。羊头焦香,羊蹄筋道,肚片爽脆,麦子一粒粒晶莹饱满,麦香直往人心底最柔软处挠。哈萨克族有一种用肉、米、酸奶疙瘩、杏仁、核桃等熬制而成的纳乌鲁孜饭,与此相类,肉香、米香、酸甜的奶香,还有一丝淡淡的酒香,吃起来浓香醇厚,是哈萨克族纳乌鲁孜节的传统饮食。朋友一个个啧啧有声,欲吃又止,都嫌羊头胆固醇高,说吃了会头疼。我说头疼也是吃了以后才疼。众人笑谑我是哈萨克族人转世。平元冷不丁冒出一句,饿的时候一个烦恼,吃饱了以后无数个烦恼……平元的祖上也是某一代流落到木垒回回槽子的，据说和旭忠的祖上一样，都是从山西洪洞大槐树来的。他知道我好这一口，知道我喜欢馕、酥油、酸奶疙瘩、乳饼、奶茶之类的哈萨克族饮食。

我对食物总怀有一种无法与外人道的贪婪与敬畏。

第一次吃煮全羊时，我已在东城卫生院工作，忘了因为什么，随几位老同志去鸡心梁牧业队，接待我们的是鸡心梁东沟的一位哈萨克族赤脚医生。晚上，他宰了羊招待我们。吃肉前自然要先喝酒。他们说，喝酒喝到最后的才有资格吃肉，要是喝醉了，吃不成肉了，只能怪喝酒吃肉的本事不行，吃了肉也是浪费。这是木垒人的说话方式，喜欢正话反说。其实，与这句话并行的还有一句：木垒这里待人靠肉，娱乐靠酒。我喝酒时，耍了心眼儿，把几杯酒灌进了袖子。一位哈萨克族朋友看见了，也斜着眼睛看我。一位曾与我父亲共事的老同志斥我偷奸耍滑，你还是个儿子娃娃不是？那天，等到肉端上来，还真就喝倒了几个。昏黄的马灯光下，手抓肉蒸腾着热气，焦黄的羊头翻龇着牙，下面是大块的羊肉和面片。一位哈萨克族长者开始削肉，先削羊头。他先给坐在上座的老同志削了一块，以示敬意，又给其他每人分一片。我年岁最小，老人把羊耳朵削下来给我。然后削刚煮到断生的羊肝，一块羊肝配一块羊尾油，一黑一白，削肉的人把手伸到你嘴边,你只管嘬嘴一吸,呼噜一下,伴着一股温润的浓香,羊肝和羊尾油已经滑进了肚子。最是那羊肚羊肉,不腥不膻,肉的本味馨香里带一点淡淡的青草味、苦蒿味,交混缠绕,久久氤氲不散,让你再也想不出还有什么人间至味能与此媲美。

每次吃煮全羊我都认为是一次挥霍,都会怀着莫名的虔敬,品味每一块肉,把每一块骨头啃嘲干净。

我母亲对过日子的精打细算与生俱来。每次父亲带回来的羊肉,她都精细地把肉剔下来,切碎燥好放起来。每顿饭都放一点,不多,但顿顿都有肉味。剩余的骨头用刀背敲断剁成小块,分几次,炖一锅洋芋胡萝卜肉汤。这时候,满屋肉香,勾着疯野惯了的我们,不愿远离屋门。而我父亲总在喝下一口汤,呷下一口酒后,慨然喟叹:要是天天有这样的日子就好了……

在父母的日常言谈中,有很多关于吃的典故和传说。按说,我这个年岁的人是没有真正经历过饥饿的,我出生时已经过了国人挨饿的最艰难时期,只是正在茂盛成长的身体老觉得缺那么一口,但饥饿的阴影幽灵一般如影随形,深埋在父辈的记忆中。

其实,这也是那个年代的众生相。那些缺油少肉的日子,能把生活打理得如此绚丽多姿,是这块土地上和我母亲一样的女人们对食物与生俱来的虔敬,发挥到极致的侍弄食物的想象力,炖洋芋、糖洋芋、洋芋搅团、洋芋鱼鱼、洋芋丸子,还有洋芋包子、洋芋饺子、洋芋粉条……她们不乏智慧,是饥饿与苦难喂养了她们,让她们在这块贫瘠又丰饶的土地上,把男人、儿子、孙子……一个个滋养得精壮如牛、粗犷不羁。

你听,她们的男人来了:

哥呀么割麦妹送饭
妹妹穿了个花衫衫
……

上世纪五十年代末,我父亲从江苏盐城支边到了木垒,后来,同他一批支边来疆的人大都陆续返回了原籍。当年的支边青年分为两种:一是根正苗红,心怀理想来扎根边疆的;一是家境窘迫,借此改变处境,换一种活法的。我父亲属于后一种。随后,我的祖父母和姑姑们也来了。我母亲也在那一时期来到木垒,她和我父亲相遇了。他们是同乡。母亲生于苏北一个大家族,据说她的家族里有很多鲜为人知的故事和传奇,只可惜老一辈人都已故去,再也无从追寻,只知道姥爷是个富绅,在苏北那么一个国共日伪交错拉锯的地方，怎么着也不可能独善其身。母亲三岁失怙失恃，她是跟着她姥姥长大的，她姥姥去世后，又跟着她的哥嫂。母亲骨子里遗着小姐气，又读过几年书，但自小寄人篱下，自知无所依恃，低眉顺眼地过了几年，跟着姐姐到新疆，匆匆忙忙找个人，把自己嫁了。我时常以此笑谑父亲，他如果不来疆，说不定连老婆都找不到。

我出生在木垒东城的高家果树园子，那时，一家人租住在一个老户人家的小房子里。父亲在东城是个颇受人尊重的医生。每次去牧区巡回医疗或去山里出诊，都会带回几根松木椽子。到一九七四年，终于攒够了盖房子所需的木料，盖了五间拔廊房，和我祖父母一起住。

新盖的房子紧邻路边。路是砂石土路，南北走向，通往县城。路对面是连片的水浇地。这是农业学大寨的结果。平整这些土地，我的小姑姑也参加了。他们利用冬季农闲，车推手抬，还因此死伤了几个人，硬是把一片坑坑洼洼的土地弄平整，变成水浇地。这片水浇地一直延伸到西边的山梁，和一片片梁坡旱地相接，逢到夏天，五色争艳，金黄的油菜花、淡紫的胡麻花、油绿的麦子、褐黄的梁坡旱地、白色的豌豆花……临到冬季，大地一片白茫茫，夕阳下，暮霭橘黄，静谧如风，兀起的驴叫狗吠，山梁背后的缕缕炊烟……

大概两三年后，父亲调到县城去了。

木垒地处古丝路新北道,曾是匈奴、鲜卑、蒙古等民族的游牧地,至近代,大致以县城东边的木垒河为界,木垒河以东以牧业为主,以西以农业为主。东城在木垒河西边,处在南北走向的狭长梁谷间,两侧是延绵不绝的丘陵,南面是天山,北面是一望无际的沙漠戈壁。《西域图志》称:东城是蒙古语"东吉儿玛台"的简称,意为多沟坡的地方。听听这里的地名就知道这块土地上的人口迁徙史,高家果树园子、唐家庄子、沈家沟、孙家沟、回回槽子、马圈湾……伴随而来的是各种传说、民谣、风俗和饮食——手抓肉、焖饼子、拉条子、馕和锅盔……日起日落,晨昏暮霭,隐没在这些沟沟壑壑里的人家,烟火蒸腾,一代又一代。

你看,日暮的山梁小道上,一辆牛车慢悠悠地摇晃着,赶车人悠长的歌声在山梁间旋荡,背后是赤红的落日,暮霭把静谧的山梁浸染得一片橙红,偶尔从某一处梁湾里传出一声高亢的驴叫,伴随而起的是一片一片的狗吠。

> 青石头尕磨左转哩
> 要磨个雪白的面哩
> 心肺和肝花想烂哩
> 哪一个日子上见哩
> ……

据《木垒县志》载：

清乾隆二十六年：木垒地沃泉滋，募人大开阡陌，并派驻绿旗兵穆垒营。

一九五九年七月：首批江苏支边青壮年到木垒，共九百九十七人。

这是木垒有史记载的两次规模移民。此后，投亲靠友、逃荒自流，还有嫁过来的、下放来的……口音南腔北调。

看守果树园子的孟奶奶，就是自流来的，她是队长的丈母娘。

园子里的果子杏子成熟后采摘下来，要按人头分给队里的社员。分配是按个论的，大小相宜，生熟相间，这是个德望威望都要服众的活，孟奶奶是最合适人选。

高家果树园子太大了，差不多有二三十亩。暑假时，果园就是乐园。果实密密匝匝缀满枝头，那份诱惑让你在梦里依然会忍不住咂嘴流口水。伸在围墙外的枝头，早已枝秃叶残，我们等不到果实成熟。最先是搭人梯，年岁大一点的、身强体壮的在最下一层。等到搭人梯，扔棍子、石头土疙瘩都不能达到目的时，就该各显神通了。

那次，我们从围墙下的水渠入口爬进果园，如众鸟投林。

孟奶奶来了,我被堵在树上。树杈晃悠悠,我赖在树上不下来。

你下来,我不打你,你下来,你慢些个,我不给你妈告,她踮着一双小脚,两手孪开,似乎想接住我,尕先人呀,你可不要掉下来……她比我还急,还怕,浓浓的民勤腔,话说得语无伦次。她窝着嘴,仅剩的两三颗门牙突兀地戳出来,透过树叶的点点光斑落在她脸上、灰白的头发上。

那天她真没打我,也没告我妈。她牵着我的手,到一棵杏树下,摘了一把刚刚泛黄的杏子,还没长熟呢,糟蹋了,可不敢再来了,糟蹋吃的,天爷爷看着呢……

高家在东城算不得大户。有一句顺口溜说,东城有三大户七小户,二十四个毛毛户,高家至多算在二十四个毛毛户中。

松树庄子陈家是三大户之一。

一九三六年初,尕司令匪乱平息不久,董率真到木垒当县长,只可惜他在木垒当县长的时间很短,两年不到就被盛督办以阴谋暴动为由抓走了,所幸只是关了几年,没死在狱中,出狱后,回腾冲老家去了。

董县长到任的第一件事就是禁烟。前任县长是个大烟鬼,他首先拿他开刀,罚了二百四十万两本票,用来修建学校。那时,木垒还没有一所真正的学校。当时的官办小学是县城的娘娘庙改建的一间教室,课桌是百姓家凑的,教授《三字经》《百家姓》《千字文》之类的启蒙读物。

可罚来的钱不够建学校,董县长想到了东城松树庄子的陈家。陈老大曾是当地农官,松树庄子地名也是因陈家老宅后有一棵百年老松而得。董县长一拍脑门儿,骑着他的雪青走马去了陈家。

陈老大一看县长来了,赶紧吩咐家人宰羊。

董县长说:我顺路过来看看你烟戒了没有?

早戒了,你县长大人发话了,我还敢不戒。

嗯,戒了好,戒了就好。

陈老大有个八岁的儿子,正在屋门前玩耍。趁着陈老大去后厨招呼饭菜,董县长招手喊过那个小娃娃,你爹还抽烟不抽?董县长比画个抽烟的姿势。

小娃娃看看身后,腼腆地龇着牙笑,不说话。

你把你爹抽烟的家什给我搬过来,我给你弄一双跟我这个一样的靴子,牛皮的,董县长指指自己的黄马靴。

等陈老大回到屋子,一看董县长面前摆着的烟灯烟枪,傻了。

董县长眯着眼,嘴角微扬,仰靠在太师椅上,不说话。

半晌,陈老大一拍大腿,嗨一声,你凩人一进门,我就知道没个好,你说吧,你说咋办就咋办吧……

董县长一下坐直了身子,那就赶紧上饭,走了这一路,我还真饿了。

……

当年,木垒第一所小学校盖了四十间房子,招收了汉族、哈萨克族、维吾尔族一百多名学生,是木垒官办学校的开始。建学校的部分砖瓦木料就是陈老大出的钱,董县长也兑现了他对陈老大儿子的承诺。据说,那双靴子陈家引为宝,可惜"破四旧"时弄没了。

这是《木垒文史》里记载的一段逸闻,忘了是谁写的。

我在东城中学读到初中二年级,后来转学去了木垒一中。

东城中学建在一片乱葬岗,那年学校平整操场时,挖出过不少无主尸骨。

离学校远的学生都住校,我也住校。四五十人住在一间屋子里,上下两层大通铺,没有电灯。夜里,窗外星光点点,我们栽葱一般躺成一排,听那些高年级的学生说某某女生走路时屁股扭得如何欢实、谁对谁有了意思、谁摸了谁被谁一口啐在脸上……隔壁的女生宿舍一片静谧神秘,忽然像麻雀炸了窝,扑啦啦,笑声乍起。这边越发肆无忌惮了,上至霸王武帝、吕雉武皇,下到孙家沟王家庄子或者不知道哪里的男人女人，牛羊驴马、豺狼虎豹、飞虫蚂蚁……我们插不上话，似懂非懂，暗暗盼着快快长大，像他们一样，粗嘎着嗓子唱：

  十八岁的大丫头靠在大门边
  看见公鸡采了个蛋
  两眼泪不干
  ……

  初二时多了一门生理卫生课。书发下来，同学都包了书皮，上面放着语文或是数学书，偷偷摸摸做贼一样翻到女性那一节。上课的是一位年轻女老师，讲到男性生殖器，就让女生出去。教室里一派静穆，气氛越发神秘了。

  老师，啥叫生殖器？声音怯生生的。忘了问话的是谁。

  老师愣怔一下，沉吟道，嗯，那个，你尿尿的东西就是那个……老师的脸上泅出两团红晕，眼睛不看我们，虚晃晃地盯着屋顶。

  如一粒火星落进柴堆，一双双眼睛瞪得溜圆，紧抿着嘴，屏声静气，憋得面红心跳。终于憋到下课，呼啦啦飞出笼子，先是面面相觑，倏地，手伸到另一个胯下，我看看你的生殖器……

同学中有不少是家在鸡心梁牧业队的,说不清他们啥时候到了这里,或是饥荒年代逃荒来的,都和哈萨克族一样,以牧为主。他们的哈萨克语说得又溜又地道。后来,一些人从这里走出去,带着山里的气息,去往更远的地方;有些则留了下来,和他们的父辈一样。而我则在毕业后,回到父亲曾经工作过的单位,数年后,辞职离开。

鸡心梁属山前丘陵地带,东沟、直沟、宽沟、石人子沟……都是丰沃的夏牧场。石人子沟口的山顶上有一对相依而立的石头,传说是一对母女。一天,巴依老爷路过毡房时见到了这家人美貌的女儿。他吃了手抓肉、喝了奶茶,临走时留下话,三日后来娶他们的女儿。母亲求告巴依老爷,说女儿已经嫁人了,可巴依老爷还是留下了比石头还硬的话。无助的母女站在山顶,盼着外出牧羊的男人早点归来。暴风雪来了。男人们赶到家时,这对母女已被冰雪包裹,变成了石头人。

那年,我去石人子沟巡回医疗,在一个老阿妈家住过一晚。他儿子煮了风干肉,那是我记忆中吃过的最好的风干肉。油脂淡黄,褐色肉块,时光浸透其中,肉质丰腴弹牙,肉的原香更浓更醇。

老阿妈十五岁嫁人,生了六个儿子两个丫头,从没离开过这片牧场。她的皮肤几近透明,戴鹿角纹白布头巾,红眼圈里蒙着水雾,手指扭曲得像枯树杈。每天,天蒙蒙亮她就起来,坐在坡顶一块石头上,等太阳出来。她喜欢我带的一台小收音机,拿在手里摩挲着,不好意思开口,到我临走时,终于忍不住,让她儿子用羊跟我换。我送给了她。她过意不去,塞给我一大包吃的。

她让我时常想起我的祖母。

施行牧民定居后,鸡心梁牧业队的汉族人搬到了奇木公路以南黑山头以北一片荒滩野地,那里曾被谑称为晒驴滩,现在已经绿树成荫,是实实在在的凤凰村了。哈萨克族人则搬去北沙漠边的雀仁乡,亦耕亦牧。后来,一部分弃牧从耕,成了地地道道的农民。

七十年代的最后一个冬天,我祖母去世了,葬在东城唐家庄子东边的红石头湾。也许冥冥中真有神灵,祖母去世的那天早上,我小姑姑的第一个孩子出生了,是个女儿。

那年我十四岁,二〇〇〇年举家搬到昌吉时,我已是一个十岁孩子的父亲。

忘了是谁说的,有祖坟的地方,才能算作故乡,而故乡于我是浸透在血脉中的记忆。

无论你贫瘠还是丰饶,严苛还是温暖,是你滋养了我。

我,就是你的儿子。

是为序。

青 杏

一

青杏站在院门口的斜坡上。

她每天都要在这里站一阵,像棵瘦伶伶的树,一动不动。风像蚂蚁在脸上爬,慢慢变成针刺样的疼,后来就木了。

山梁上的老榆树像被虫蚁镂空的蘑菇。梁背后一抹炊烟。白茫茫的雪。静谧无边无际。日头像个稀软的蛋黄。

风很轻,刮得不动声色。

日子长得望不到头,像空寂的梁谷。青杏揉揉发酸的眼睛,转身回屋,坐在炕桌前准备吃饭,和往常一样,腌咸菜和洋芋拌汤。明贵躺在腿边,再有四天他就两个月了。他总让她感到虚妄,像不真实的幻觉。有时她会含着他豌豆粒似的脚趾,吸唧着,猛地咬一口,听着尖乍乍的哭声,把屋子撑得又空又大,再把他搂进怀里哄。

豆粒大的灯火苗,青烟像屋顶上垂吊下的一缕线。屋子陷在黑魆魆的虚空里,静得嘶嘶响,间或嘎吱一声,很轻,但很清晰,像风折断树枝的声音。

那女人乜斜着眼,倚在东屋门口。

你看你个鬼样子,青杏翻个白眼,回头看看明贵。明贵扑闪着眼睛,小嘴一撇一撇。

看你能犟得过命,那女人轻笑着哼一声。

要你管,我愿意,她抓起筷子扔过去。女人隐没了,明贵的哭声骤然而起。她禁不住打了个寒战。

她怔忡地看着明贵,半晌,才抱起他,咋了你?我又没咬你。她抚着明贵的头,贴在胸口,把奶头塞进他嘴里。她的柳叶眉拧着,像在跟谁较劲,眼神也一样,带着芒刺,又隐着没着没落的茫然。明贵挣扎着,头朝后仰,嘶哭到气竭,才哽咽着捯换口气。她头皮一阵阵发紧,扯过被子,歪躺在炕上。扯被子时掀起的风,扇灭了油灯。窗纸灰蒙蒙的,透着颓弱的光,像不真实的幻觉。

青杏的庄子是个独庄子,离最近的人家也隔着一道梁。庄子是早年废弃的。周马驹他爹逃荒到这里,先在王农官家帮工攒了些钱,王农官指给他爹这个地方。

房子依山梁而建,坐北朝南,一溜儿四间马脊梁房。一明两暗,中间堂屋,左右厢房,伙房在东头。草房和牲口棚圈在院子西南角,井台在棚圈前靠近院墙,旁边是木头水槽。院门朝东,红柳条编的柴笆子连着院墙两头的门柱。狗窝旁一棵杏树,枝头才冒出院墙。杏树是青杏嫁过来第二年栽的,杏树苗从老五家移过来时,还没膝盖高。

前两天,她去老五家,想问问老五啥时候去山口子磨面,把她也捎上。老五和几个生人围在火炉边喝酒。屋子里弥漫着烟气酒气。火炉上放着两个烧洋芋。那个大胡子咬一口胡萝卜,端起酒碗吱地咂一口,递给身边的王农官。

王农官住在另一条沟里。他爹就是农官,他爷也是。说不清王家哪一代先人先到了四道沟,那时四道沟还没人烟。随后来的人家想在四道沟落脚,都要先到王家门上求告一声。

他们说,还没落雪那阵子,北闸毙了个当兵的,说是私贩烟土。

那个当官的甩手一枪,头就打爆了,喷喷,血斯糊拉的,大胡子的脸泛着猩红,胡子硬爹爹的,像没理顺的驴毛。

你看见了?老五闷着头,卷莫合烟。

嘿嘿,我没见着,听人说的,他说他就在跟前。大胡子又咬口胡萝卜,咯吱咯吱嚼得脆响,你就是这号厌人,喧荒么,不就是个你听我说,我听他说,他抬头扫了一圈,喧荒么……

哦——老五卷好莫合烟,点着深吸一口,弄这号丢人事,我说就不该打头,该一枪打烂狗日的鸡巴,让他断子绝孙。他悻悻的。

王农官抿了口酒,乜一眼老五,看把你日能的。

坐在窗户边纳鞋底的老五婆姨也嗤了一声。她没抬头,锥子柄绕着麻绳,拽紧针脚。她比入冬时瘦了些,身上散发出浓浓的草药味。每年冬闲时节,她都要吃几服郎中配的药。嫁给老五这么多年,她一直没生养。

青杏想多句嘴,问问清楚,明贵忽然尖乍乍地哭起来,她只好把话咽回去。她恍惚记得公爹"断七"没多久,头场雪落了一天一夜,雪把树枝丫都坠断了。

四道沟来了不少避难的人。外头疯传尕司令要来攻木垒河城,又说不清尕司令是谁,说他骑一匹大白马,来去无踪,他的人马已经把哈密城围住半年了。随之而来的是盗匪四起。

麦收将尽时,公爹死在了麦场上。那时新粮已存进地窖,麦场上只剩些没清理干净的麦茬头。日头偏西,下山风在麦场上打着旋,远远的梁湾里腾起一股尘雾,伴着隆隆马蹄声,公爹脱口喊道,快去地窖。她还蒙着,腿已跑起来。

不多时,杂沓的马蹄声涌进院子,随后是四处翻腾的嘈杂声……她支棱着耳朵,斜靠在芨芨草席围起的粮囤上。往年这时候,都有部队就近驻扎,以防土匪抢粮,今年咋一个兵也没见呢?三哥芒刺似的眼神倏的在脑子里一闪,她咬了咬牙,鼻子里溢出一声轻哼。三哥是省军连长,她男人周马驹就是跟他走的。汗水蚯蚓似的游下来,地窖又闷又热,憋得人透不过气。她想听清外面的动静,思绪始终无法集中在一个点上。她有些恼恨,觉得应该为公爹担忧,可是没有,脑子像塞进了糟乱的羊毛,咋也理不出头绪。等她从地窖出来,公爹已被铁叉钉死在麦场上。铁叉贯穿了他的胸,看不出死前有丝毫挣扎。他的嘴角微微翘起,似乎想笑,没笑出来。她轻抚着肚子,没有为公爹的死感到悲伤。

明贵依然瑟瑟抖着,不停歇地哭。

公爹"断七"那天,周马驹回来祭祀。

周马驹盯着她微微鼓起的肚子,谁的?他忽然住了嘴,脸色由青变白。他攥了攥拳头,嘿嘿嘿一阵怪笑,扭头走了,连门都没进。之后,再也没听到他的音讯。

一声长长的马嘶和哐当哐当——木栅栏的响声,惊得她把头往被子里缩,又一声嘶鸣,伴着黑狗的沉闷吠叫,顽强钻进耳朵。她放开哽咽嘶哭的明贵,忐忑起身点灯,推开门缝向外窥视。月色清幽,雪地里闪着浅蓝的光。

青杏连拖带拽才把三哥弄到炕上。明贵还在尖着嗓子哭。她愣怔地望着三哥,有种无所适从的茫然。

她抱起嘶哭的明贵,左右趔摸着,半晌才捅着炉子里的火,添柴烧水。火呼呼燃起来,她的脸映得通红。咋伤成这样?锅里的水刺啦啦响。你还有脸来,就该让你冻死在外头。她往炉膛塞进一把柴,望一眼炕上。三哥如死人一般,偶尔呻吟一声,让人感到他还活着。

二

天蒙蒙亮,青杏被周马驹抱出屋门,搁在马背上。噼里啪啦的鞭炮声和尖厉的唢呐声,引逗起一片狗叫。过几天就是小年,到处弥漫着年节的味道。才走到门口,青杏一头从马上栽了下来。右额角磕了一寸多长的口子,渗出的血抹红了半边脸。她只好进屋去洗。

咋就栽下来了?

真是见了鬼了。

这出了门的丫头再进门,可不好。

啥都有个劫数,这就是劫数,瞎老三说。青杏叫他三舅,他婆姨是青杏的媒人。

青杏再次上马,心里空落落地想哭。好端端从马上栽下来,让她有种说不清的不祥感。三舅说这是劫数,那会是个啥劫数呢?风掀动盖头,有两次差点刮飞了。谁也不说话,都在闷头赶路,呜呜啦啦的唢呐声在梁湾里旋荡。拐过一道梁湾,依然是望不到头的山梁。山野白茫茫的,太阳刚刚跃上山顶,金灿灿的光刺得人睁不开眼。瞎老三的婆姨和表姐骑驴走在后头。周马驹牵着马,前面是唢呐匠和帮忙娶亲的老五婆姨。唢呐匠鼓着腮帮子吹一段,手在嘴边哈气暖一暖。过了两道山梁,不吹了,把唢呐往胳肢窝一夹,手揣在袖子里。

十朵牡丹九朵开

一朵咋不开

心肠好了嘴又乖

你咋没到跟前来

……

周马驹嘟哝一句,一脚踢飞了路边的雪块,扬起的雪溅在唢呐匠的背上。

咋?你——唢呐匠回过头,看周马驹黑着脸,梗了梗脖子,一蹶一蹶走开了。

咯吱咯吱的踏雪声让人憋闷。山风像芒刺,噎得人嗓子疼。

青杏父母早亡,是跟她哥长大的。说不清从啥时候开始,她就想赶快找个人家嫁了。她哥的日子过得不宽裕,再说性子也绵软得像老绵羊。嫂子不一样,人前口舌生花,背后掐起她来,恨不得从她身上撕下一块。现在好了,她嫁了,两面都清爽了。

周马驹闷头走路,一句话也不说。从他进屋抱起她,把她放在马背上,再没见他回过头,连她从马上栽下来,他都没出一声,没看她一眼。瞎老三的婆姨说,他爹原本是托她给周马驹说媒的,她在平顶山相中个寡妇,临到下聘他爹又变卦了。老厌急着抱孙子呢,她说,尻子大了好坐胎,人家一眼就相中了你。

青杏是头一次见周马驹。在此之前,她对他的全部了解就是个名字,现在也不过是他闷头走路的背影,连面相都没看清。从定亲到下聘送节礼,都是他爹来。她悄悄盯着他爹看过几次,除额头上几道刀刻似的褶痕,让他显得有些老相外,浓眉大眼重眼皮,瘦长脸,长得一点也不难看。她想象着周马驹的样子,一遍一遍描摹,她想他看她的样子,肯定和邻居旦娃看她的眼神一样,湿淋淋的,像个带刺的狗舌头。剁了你的狗舌头,她忍不住扑哧笑出来。天深得望不到底,月光把树影照在地上,影影绰绰,一缕薄云遮住了月亮的半个脸,星星像眼睛一样眨一下,又眨一下,密密匝匝的星星离得那么近,又总挨不到一起。嫁过去她就该生娃了,不是生一个,她要生一堆,只是她一直不能确定,是该先生个儿子好,还是先有丫头好。她畅想着:榆钱已经落了,枝条上那些嫩芽儿像绿莹莹的毛毛虫,看着让人心尖儿都颤;山也绿了,到处涌动着甜丝丝的味道,连梦里都能闻到;夏天长得望不到头,麦种才下地,要等到麦子黄熟,收割了才到冬天……她像要飞起来。她喜欢这样的感觉,想哭又想笑,忽忽悠悠的像做梦。

她盼着早点嫁过去。她做过个梦,梦到周马驹和他爹长得一模一样,浓眉大眼,重眼皮,脸上一道一道的皱褶,比他爹还深。

瞎老三的婆姨说,家里只有公爹和周马驹两个人,没婆婆就少了不少泼烦事。会有啥泼烦事呢?有婆婆倒好了,好歹算个贴心人,还能喧个荒。他该不会是哑巴,她心里倏地打个闪,从早上到现在,没听他说一句话。聘礼是五口袋粮食、两只羊。要不是为这五口袋粮食的聘礼,她嫂子去年就把她嫁了。她没看到给钱,但肯定少不了。嫂子不会放过剥她皮的机会。这份聘礼不算少,瞎老三嫁丫头,对方才给三口袋粮食。她心里像忽然塞进块石头,沉甸甸地往下坠,肚子也空落落的,叽叽咕咕响。昨晚,瞎老三的婆姨替她开脸时叮嘱她,今早不要吃饭喝水,要不半道上屎尿憋了,就难兴死个人了。雪面蓝幽幽的,几只麻雀在头顶上打着旋。干板羊皮袄裹得严严实实,山风依然冷飕飕地往肉里钻。是他羞臊得不敢看我?该不是一铁锨都拍不出个屁的窝囊厌吧?马蹄刺溜打个滑,唉呀——她叫了一声,周马驹愣怔着没回头。她咬着唇,刚才的惊叫怪势势的。她从没这样叫过,以往不管啥事,都自己扛着,反正叫也没人理识,指不定还招来几句骂。他该不是弹嫌我吧?弹嫌我啥呢?她摸摸额头,伤口木愣愣地痛。

雪地里零零星星花瓣似的野狐子脚印,白茫茫的看不到一丝其他颜色。又爬上一道梁,老五婆姨说,快到家了,你个尿人还不赶紧吹。

唢呐匠嘻一声,从腋下抽出唢呐,倒退着,吹出个长音。没吹几下又停了。吹尿呢,你看他的脸,黑得像个驴尿,他丧气地甩了甩唢呐,要是我娶媳妇,美死了。他转身紧跑几步,扯开嗓子吼:

十朵牡丹九朵开
一朵霜杀没有开
我的心肠好了嘴又乖
你跟前人多我没敢来

……

周家没啥亲戚。婚礼由王农官当主东,分派指挥。穷家寒舍,少了很多繁杂礼仪。席面也简单。羯羊是头天晚上宰好的,几个婆姨帮忙做了羊汤臊子面,另有两个洋芋胡萝卜之类的炒菜,酒是三粮烧坊的糜子酒,众人吃饱了喝足了就散了。

表姐给她端来一碗羊汤臊子面,嘱咐她几句,说是要回了。她点点头,心里没来由地一阵发慌。她拽着表姐衣袖,姐,你今儿个住下吧。臊子汤洒在炕上,表姐用手弹着,我睡哪呢?表姐嘻一声,拍拍她的手,人都是这么过来的,以后就是你自己的日子了。

天暗下来,公爹端进两支红烛,放在大红木柜上,出去了。四下里静得让人发虚。一声暴喝,像是公爹的声音,不多会,周马驹气哼哼冲进来,闷头倚在炕角。红烛闪闪晃晃,将灭未灭。

青杏动了动坐得僵硬的身子,觑着倚在炕角的男人。昏黄的烛光映着他的半边脸,鼻子翘挺,她看不清他的眉眼。男人的沉默像冷冽的山风,侵蚀着她作为新嫁娘的羞怯和幸福。委屈涌上来,她不禁轻轻啜泣。额头的花布粘在伤口上,火辣辣地疼。周马驹踢脱了鞋,和衣侧卧在炕角,甩给她一个脊背。她哭得更厉害了。

一个女人站在墙角的暗影里,素素静静地笑,发髻绾在脑后,手交握在胸腹间,模糊的脸,瘆白得让人发毛,你来我就有伴了,我都快熬焦死了……

青杏揉揉眼睛,心怦怦撞着胸口。墙角空荡荡的,啥也没有,周马驹蜷缩在炕角。鸡叫头遍了,红烛还剩一小截,烛光摇曳。她扯过被子给他盖上。他像受了惊吓,掀了被子,看也没看她一眼,摔门而去,带起的风扇灭了一支红烛。

第二天,青杏才看清周马驹的脸,浓眉大眼重眼皮,眼睛黑漆漆的透着寒气,像刀。她冲他笑笑,他当没看见,扭头望着远处,直到她从他身边走开,他都没回头。他弹嫌我。她不明白周马驹为啥弹嫌她,心里涌起莫名的怨怼和委屈,一整天,都没再理识他。

夜里,周马驹走了。

三

青杏抱着哭声嘶哑的明贵在炕前晃悠。药罐咕嘟咕嘟冒白气,屋子氤氲着浓浓的草药味。从三哥到来的那天晚上开始,明贵一直哭到现在,哭得声嘶力竭。青杏让他哭泼烦了,把他往炕上一放,任由他哭,看他哭得上气不接下气,又抱起来哄。来给三哥看伤的郎中替他诊了脉,说没啥,扎了一针,止住了哭,郎中一走他又哭开了。她只好抱他去老五家。老五婆姨神叨叨地,说:该不是让啥惊着了?找出几张黄表纸,点着,嘀嘀咕咕念叨着,在明贵头上左绕三匝,右绕三匝,又拿菜刀在明贵头上旋了几个来回,让她一路喊着明贵的名字回家。依然没用。

三哥睡得昏昏沉沉,没有一丝醒来的迹象。他仰面躺着,脸上翘着一层干爹爹的白皮,像吹破的窗户纸。他左侧肚子上有个枪眼,后腰上血斯糊拉地撕开个口子。伤口一直在渗血。

老五帮忙用驴驮来老郎中。

老郎中替三哥诊了脉,包扎好伤口,留下外用内服的草药。伤得不轻,郎中说,能不能活过来,就看他的造化了。

造化,造化个屁呢,死了才好,她嘴里咕哝着,却又忍不住忧心忡忡。驹娃呢?她恍然想起那天在老五家听他们喧荒说的话。她咬了咬牙,眼角余光茫然地从三哥的脸上掠过,转向窗户。日头照得窗纸明晃晃的。她一直想把窗纸换成玻璃,让她能一眼看到窗外的山。她在木垒河城里见过人家窗户上的玻璃,明晃晃得能照见人。

明贵不知是啥时候不哭了,眼睛又黑又亮,一眨一眨,看着她。

三哥长长舒出口气,喀喀喀,水,水——给我口水……

她疑惑地盯着明贵。三哥空洞的声音像风,从耳边掠过。他不哭了,他咋不哭了?她望了一眼炕上的三哥,目光又落回明贵脸上,他咋忽然不哭了呢……明贵眼里闪着一星白光,在她怀里轻轻拱,拱几下,仰头看看她,安静得让人发毛。一连哭了几天忽然不哭了,让她感觉不真实。

水——三哥喘息着,手在虚空里挥了一下,又无力地落回炕上。青杏一抖,往前跨了一步。三哥叹息似的呼出口气,又睡过去了。

她放下明贵,倒了一碗水端到三哥身边。她推了他一把。他没反应,脸上布满细密的汗粒。她怔忡地看着他,轻舒口气。她隐隐有种抗拒,抗拒三哥醒来,她不知道该如何面对醒来的三哥。

她在明贵身边坐下来。明贵忽然像一根刺,扎了她一下,让她周身刺痒。

可三哥还是醒了。

后响的日头把窗纸映得一片橙红。明贵悄无声息地躺着,不时伸出小手在面前舞弄几下。三哥一眨不眨地看着她,嘴唇上一道红殷殷的血口子。

你还有脸来,她冲到炕前,手在三哥面前挥一下,又挥一下,牙咬得咯咯响,揸开五指的手无措地挥着,不知该拿三哥咋办了。她一跺脚,转身冲到屋外。

天蓝得噎人,空荡荡的连一丝丝云都没有。干打垒的院墙上,几枝枯草茎瑟缩缩地抖。她慢慢蹲下身子,脸埋在两手间。她以为自己会哭,她也想哭,一滴眼泪也没有。浑身冰凉,像掉进冰窟窿里。

她忽然发现她心里一直是希望三哥来的。现在三哥来了,她才知道他带给她的是更深的绝望。在她和三哥之间横亘着一堵墙。从离开三哥营地的那个冬天的早晨开始,一切都变了,她的日子过成现在这样,都是因为三哥。那些已经模糊的恨,此刻又骤然清晰起来。

她起身回屋,斜跨着炕沿坐下来,驹娃呢?她忽然冷静下来,声音里隐着连自己都牙碜的冰冷。

我——三哥嗓子喑哑,嘶嘶喘息着,他……他的嘴唇哆嗦着,眼睛躲闪着,虚盯着屋顶。

一枪,你抬手一枪打烂了他的头……她眨着眼,目光尖厉地刺着他。

三哥倏地回过头来,一脸惊愕。

青杏斜抽着嘴角,笑了一下,笑像蛇芯子一样带着邪气。她不禁抬手摸了摸自己的脸,冷冰冰的像蛇皮。

屋子一片死寂。

你为啥把他杀了?

是上头不放过他……

她像蛇一样倏地游过去,扳起三哥的脸,该不是你不放过他?她的脸上浮起一抹笑,呀——你不会为了,为了我,把他杀了吧?!她夸张的语气毫不掩饰嘲弄,眉尖一挑,你真是为了我把他杀了?

三哥挣扎着别过脸去,脸颤簌簌地抖。

咯——她笑了半声,随即是一串笑,咯咯咯……她也说不清为啥要笑,三哥窘迫的样子让她舒畅,忍不住想笑,那些像刺一样梗在心里的恨,愈来愈浓的绝望,随着她的笑更邪恶地胀满她的心。这邪恶让她惊讶,厌弃,又有种无以言述的欣快。她倏地停住笑,松开扳着三哥脸的手。你亏了心了你,她说。

明贵舞弄着手,咿呀了两声。她抱起明贵,愣怔一下,把明贵往前送了送,你看他像谁?她说,你看看么,他像谁?你真正亏了心了你,她撩起衣裳给明贵喂奶,你就不怕雷劈了你……

第二天,她出了趟门,回来时,拿着做好的灵牌和笔墨,要三哥写字。

三哥不写,僵持了一阵,默默接过笔墨,抖着手,写了:

先夫周公讳马驹君生西之莲位

青杏把灵牌在供桌上摆好,点亮白烛,抱起明贵放在灵牌前。她乜斜着三哥,嘴角漾起一抹笑。三哥的脸扑簌簌地颤着,像被刀骤然刺中了心口,一手捂着胸,惊悚地瞪着她。周马驹的灵牌就是扎中他的刀。呸,她一口啐在周马驹的灵牌上,扯着嗓子喊了一声,报应……咯咯咯,她两手撑着桌子,爆起一串笑,笑得上气不接下气。笑声慢慢变成凄厉的嘶喊,像狼嚎。

明贵的哭声应声而起,稚嫩尖厉。

窗纸红殷殷的,像渗了血。

四

天蒙蒙亮,青杏醒了。今天是她回门的日子。

她去拾了半筐羊板粪,把灶膛的火催起来。

她睡西屋,周马驹前半夜起来,不知干啥去了。东头公爹的屋里静悄悄的。

她舀水洗洋芋、胡萝卜,又切几块葫芦,放进锅里煮,然后开始搓面做拌汤。

饭端上桌子,她才知道,周马驹走了。委屈堵在嗓子眼儿,眼泪就下来了。回不成门了倒没啥,他总不能不声不响就走了。

公爹黑着脸,声音很响地喝着拌汤。

她吸了吸鼻子,说:他弹嫌我。

公爹没抬头,吃了饭我找他去。

夜里,周马驹跟公爹回来了。

早饭时,公爹说:都说不孝有三……

周马驹梗了梗脖子,一开始你不就是想给我找个后妈的吗?

公爹噎了一下,我把你个驴……他瞥了一眼青杏,发狠似的刨了口饭。

周马驹闷头吃饭,没再言传。晌午才过,他又不见了。

周马驹不回家,对青杏没多大影响。于她而言,无非是换个地方吃饭睡觉。不同的是未出嫁前,心里藏着盼头,期望嫁个好人家,嫁个疼惜自己的好男人。现在,盼头没了,过日子还能咋样呢?只是夜深人静时她觉得少了什么,究竟少了什么,她也说不清。公爹说不孝有三,可周马驹弹嫌她,她没有丝毫办法。

没事她就去老五家。

老五婆姨坐在炕上搓麻绳,你咋了?脸色不好,她抿嘴坏笑,该不是一黑里折腾地不睡觉。她的腿肚子又白又胖,搓麻绳搓得皮肉红兮兮的。

青杏斜跨在炕沿上剪鞋样,一黑里梦就不断么,她说,有时候一觉醒来,一个女人在我屋里,我看得清清的,一眨眼,她又没了……

老五婆姨怔了怔。听说那个庄底子不干净,她说。最先是赵皮匠家的庄底子,后来不知咋着火烧了,赵家就搬到木垒河城了。老五他爹活的时候喧过,她往青杏跟前凑了凑,你说怪尿不怪尿,那时候赵家就有个瘫子,和现在赵皮匠家的瘫子一样,她不安地回头看了看身后,养了个童养媳,就要圆房了,跟长工跑了。没跑成,让人抓回来就疯了,没白没黑地又哭又笑。没办法,请道士来禳治,啥驱邪淋狗血的法子都用了,没治。道士说附身的邪祟是个狐精,狐精怕火……地里的豌豆黄了,都准备开镰了,麦场上栽了根木桩子,胳膊腿用棍子撑开,挂在木桩上,四边架火,烤了一天一夜,小媳妇声音都喊直了,没两天就死了。

那,那庄子咋着火了?

谁知道呢,老五婆姨忽然愣住了,瞪着青杏,该不会——该不会是她死了不放过赵家……她激灵灵打个寒战,算了,不说了,瘆得慌,她搓一把麻绳,她就是个冤死鬼,你可当心让她附了身,她侧过头,驹娃呢,咋老不在家?

他爹说他在赵皮匠家学手艺呢,那个长工呢?

有人说送了官,有人说被打死了,老五婆姨抹一把鼻子,在衣襟上一蹭,都是老几辈子头里的事情,谁知道呢,她瞟一眼青杏,你可得把驹娃看紧些,老五才娶我那阵子,撵都撵不出去。她叹口气,老五啥都好,就是手贱,老打我。

他为啥打你?

老五婆姨滞了一下,怪我不养娃么,她瞅一眼青杏,龇牙笑,尻人骂我是盐碱地石头滩,我说,那你还费劲巴力地干啥呢,不让他近身,他急得跟驴推磨一样,哼,男人么,都这尿样子……她往手心啐口唾沫,在腿上搓,麻绳翻卷,右手轻扯着搓捻好的麻绳,你们家驹娃老不回来——他该不会——嗯——该不会让谁扒住了腿?

青杏瞅一眼老五婆姨鼓囊囊的胸。你是说他城里有人——了?她停下手里的剪刀,那他为啥娶我呢?她咬着嘴唇。

你得拴住他,男人都是属叫驴的货。

咋——咋拴?他又不真的是叫驴。

你,你就是个勺娃么,你把他那些个尿尿水捋干净了,让他舒坦了,你看他还往外头跑不跑。

啥尿尿水?她眨着眼,盯着老五婆姨,咋——咋捋呢?……老五婆姨愕然抬头瞪着她,半晌,再没说一句话。

晚饭时,她咬着筷头,犹疑着对公爹说:驹娃——嗯——驹娃——城里有人了。公爹没抬头,半晌才恨恨地说:你不要听人胡说,老五婆姨那张嘴就是个烂裤裆。

过了正月,天气一天天热起来,冰雪开始消融,远远近近的山梁渐渐裸露,像个癞痢头。

春种前,青杏去看了趟表姐。

表姐在绱鞋,看她进屋,往炕里挪了挪,拍拍腾出来的炕面,快上炕,她盯着她的两根大辫子,咋还打扮得跟丫头一样?

青杏撇撇嘴,那我不跟丫头一样,还能啥样?脱鞋上炕,偎着表姐坐下。

我以为你都显怀了呢,表姐在自己肚子上比画了一下。

青杏的眼神一暗,往表姐身边靠了靠,姐,他——嗯——他——她的鼻子发酸,驫驫的,头抵在表姐肩上。

你看你个尿样子,表姐扳起她的肩,你咋就不能硬气些,你嫂子欺——你就知道个淌眼泪,他咋了?打你了?

他——他城里有人了……

啥?这才几天,他就有人了?表姐在她额头上戳了一指头,我看你就是个勺尿窝囊鬼。

那我能咋办吗?她吸着鼻子。

你能咋办,你能咋办,表姐的手在她胸口抹一把,你长这个是干啥的?表姐的脸腾地红了,她别过头去,你就是个勺子,她语气尴尬地嘟哝一句。

姐——我——表姐家的窗纸不知啥时候换成了玻璃,

明晃晃的,姐夫在院子里忙。她的眼里水光一闪,脸红了,心倏地跳得急慌慌,像有东西噎在嗓子。

五

咋就你一个人?

都死了,可惜了那些兄弟。遭了埋伏,要不是我的马好,我也没尿相了……

马都比你好。

喀喀,对不起,我也是……

对不起是个屁?你能把明贵再塞回我肚子里?

……

让你一枪打死都比现在强。

……

你还是个男人,呸,那天你要像个男人……

周马驹他……

他已经休了我了。

周马驹他爹来兵营找过我……

他——他找你干——啥?

那明贵……三哥哑着嗓子。

她脸色陡然惨白,身子扑簌簌抖得越来越厉害,天爷,天爷咋没把你冻死在野地里……

第二天,三哥走了。

青杏望着消失在四道沟口的三哥,心里涌起的怅然若失越来越浓,像尘土飞扬的拼杀才刚刚开始,对手忽然撇下她走了。

你欠了我的,她嘟哝了一句。

六

青杏提着芨芨篮子。午饭是馕、腌胡萝卜条、一瓦罐水。坑坑洼洼的路,在梁坡间蜿蜒。她是天足,走路脚下带风。爹妈死得早,没人管她裹脚的事,等她懂事,已过了裹脚的年龄。

家里只有一头牛,要和老五家合伙凑成一对,两家轮流用,一人一天。犁地、撒种、耙地,一个人忙不过来,公爹趁着老五家用牛的当口进了趟木垒河城,把周马驹喊回来。

细风拂在她脸上,痒酥酥的,心里也像虫子在爬。她穿蓝色粗布褂子,鬏歪在脑后,松垮垮的,用簪子别着。从表姐家回来,她就把辫子拆了,绾成鬏。她不会绾鬏,只是把头发窝成团堆在脑后。表姐说,丫头才梳辫子,媳妇都得绾鬏。

日头明晃晃的,南边的雪山晃得人睁不开眼。空荡荡的天,没有鸟雀,也没有云。

山梁背后有人扯着嗓子吼:

> 阳山麦子阴山荞
> 哥是蜜蜂采新巢
> ……

榆钱还没老透,嫩生生的叶子已经绽出来。路边的马莲花才探头,淡紫色的花骨朵夹在一丛马莲叶片里。梁坡上一片片旱地,补丁一般顺着山梁铺展开。稀落落几个人,像黑虫子趴在梁坡地里。

杨将军死后,世道就乱了。人跑了,地撂荒了。

老五婆姨说,这世上最不能少的就是男人和地。说这话时,她和青杏正站在院子里,望着远处梁坡上犁地的老五。她乜斜着眼,一脸坏笑,女人就是地,她又补了一句。

那你就是啥也不长的石头滩。

老五婆姨冷了脸,一把推开她,那你——那你就是撂荒地,她悻悻地啐道。

从地头回来,她烧水擦了身子,换上新做的肚兜。做肚兜的红绸子是托货郎从城里带的,丝线也是,用了差不多一升麦子。货郎隔三岔五来这里,听说他和老五婆姨缠不清。肚兜上的鸳鸯让她绣得皱皱巴巴,像两只呆鸡。她坐在红木柜前,呆呆望着镜子里的自己。我就是撂荒地,也比你石头滩好,她咕哝道。日头落尽,天色暗下来,她匆忙走进灶房,准备晚饭。

她做了拉条子,拌菜是胡萝卜卤子、炒洋芋丝和油泼蒜。公爹先到家,周马驹给老五送牛去了。她往灶膛里塞进两块柴,扯着风箱把火催起来,开始下面。公爹吃第二碗面时,周马驹才进门。

拾掇了灶台,给爷俩倒好洗脚水。她回到屋里,倚着炕沿,轻轻吁口气,抖着手,划了两根洋火才把灯点着。拉过褥子铺炕,先铺自己的,再铺周马驹的。她把两床褥子拉近些,愣怔片刻,又手忙脚乱地推开,端详一下,又拉近些,再拉近些……支棱起耳朵,听着院子里的动静,慢慢脱了衣裳。昏黄的煤油灯光里,肚兜闪着微光,是一种嫣丽的红。翘挺的胸,像两个暄腾的馒头。想起表姐的手拂过她胸口的感觉,她的脑子倏地开了一道缝,一缕天光漏进来。周马驹脚步咚咚地走进堂屋,她又惶急地把他的被褥推过去,拱进被子。嗓子干涩涩的,气都出不顺溜,犹如做贼被捉住了手。

周马驹进来灯都没吹,和衣躺下。

她几次想起来吹灯。她嘬起嘴,噗……她才发现自己躺在被子里根本没动。心怦怦怦像擂鼓,震得耳朵疼。她轻轻翻转身。周马驹背对着她一动不动。她知道他没睡。他要是转身面对她,哪怕扭头看她一眼,她就起身到他身边。他连气都不喘一下。她咬着唇,委屈涌上来,转瞬又被另一种情绪淹没得踪迹全无。

他背宽厚壮实,拱得像山。鼾声轻得像一缕风。漫山遍野的花,红的、黄的、紫的,蝴蝶追逐着,花香直往鼻子里钻……

那女人站在屋角,他心里没你……

一声鸡叫,她霍然睁开眼。

周马驹鼾声如雷。

她懊恼地揪了把头发,起身下炕去准备早饭。

院门正对着沟里的溪水,远处梁坡上老五在犁地。周马驹和他爹在坡下离溪边不远的台地上用铁锨翻地。

日头已经偏西,细风拂着头发。她手搭凉棚,望一眼远处翻地的父子,盼着天早点黑。一整天,她都陷在懊恼中。

夜里,她把周马驹和自己的被褥铺在一起,盘腿坐在被子上,等周马驹。她的胸挺着,嫣红的肚兜一起一伏,昏黄的灯光将她的身影映在墙上,虚晃晃地伸进屋顶。周马驹惊异地瞪着她。自从把她娶进门,她还没见过他这样看过自己。粗重的气息,她的身子不由得抖起来,心没着没落地跳,快要坐不住了,要塌了。周马驹关好屋门,把被褥往旁边拉了拉,背对着她,再没看她一眼。她的头嗡嗡响,像灌进了风。她扑过去拽起他的手,按在自己胸口,你给我个娃,我就要个娃……声音嗡嗡的,像隔着很远传过来。周马驹一挥手,我又不是配种的叫驴,他吼道。他的手撞在她胸口,一种酥麻的疼,一下包裹了她。

周马驹逃也似的摔门而去。

她听到东屋里公爹一声叹息,像凛冽的风。

七

三哥又回来了。

青杏带着明贵站在白花一片的豌豆地里。明贵两手伸向天空,半晌,又两手空空放下来,茫然四顾。他三岁多了。

三哥蹚进豌豆地,我要娶你,他说。眼睛热辣辣盯着她,火星四溅。他嘴上干裂的血口子红殷殷地渗着血,额上的皱褶里积满了尘垢。

青杏抱起明贵,扭身就走。她到底是慌乱的。

三哥跟在她身后走出豌豆地。

她站住,没回头,你不配,她恶狠狠地一口啐在脚下。

三天后,三哥在青杏庄子旁破土建房。

王农官来替三哥踏勘方位开间。四道沟不管谁家建房,都要请他来望望风水,踏勘踏勘。他背着手,迈步丈量好一个点,用脚尖指点着让人钉上木橛。

青杏脸色阴沉地站在院门口。她知道三哥要干啥,可她一点办法都没有。

王农官冲她挥下手,让他给你当个邻居,他说,扭头看一眼三哥。

她找王农官阻止过三哥,王农官说他没办法。

该不是吃了人家的嘴软,她撇了撇嘴,说。

王农官一愣,你个尿娃,咋说话呢?

三哥在旁边龇牙笑,得意得像个赖皮。

阿吉别克赶着爬犁子给他送来了檩条和椽子。

青杏认得他,四道沟的羊都让他代牧,等秋天收了庄稼,给他粮食,抵他的代牧钱。听说他早前当兵时,就和三哥在一起。

阿吉别克骑在檩条上,用镰刀刮树皮。看青杏目光阴沉地站在院门口,打声呼哨,咕咕咕,你的鸽子,唉,三哥,你的鸽子,鹰的眼睛像她了——你的鸽子……

三哥没回头,往手心啐口唾沫,挥起镢头挖土。

阿吉别克嘿嘿笑,那个鹰嘛——你才是,他举起双臂,上下忽闪着：

> 站在高高的山坡上
> 我望遍高山，望遍草原
> 唉——你在哪里
> 我的好姑娘
> ……

房子建好了，半截嵌进梁坡，像个地窝子。一间圈马，一间住三哥，饲草垛在房顶上。

房子东头是斜坡，下坡就到溪边。历年的山洪在对面梁坡下冲出的浪沟峭壁，像一堵墙。傍晚，日头比烙铁还红，慢慢滑向西边的山梁。溪水殷红，风吹拂着，荡漾的红色涟漪，映出像碎红布头一般的光晕。三哥坐在溪边石头上，黑马站在身后。黑马通体乌黑，没有一丝杂毛，只有四个蹄子是白色的。黑马探头顶一下三哥的背，看三哥不动，又顶一下。三哥从兜里掏出一把豌豆，伸到身后喂它。

青杏望着溪边的三哥和马，山洪下来淹死你，她恨得牙痒痒，甚至有些恶毒。

省里来了宣讲队，在王农官家麦场上演文明戏，讲盛督办的六大政策，讲抗日。这些事早在开春就开始了。他们还给庄户人家借钱借籽种,鼓励开荒。王农官说,地肥得淌油呢,撒了种子就养人。四道沟涌进不少外地人,在山前山后开荒种地。早前逃出去的人家,陆陆续续回来的也不少,重新收拾好废弃的院落。

王农官家麦场在一个平缓的坡顶上,麦场东南角有棵老榆树,一搂多粗,枝繁叶茂得像伞盖。坡下的溪水弯弯曲曲,一路向北。溪对面是王家宅院、牲口棚圈和仓房,一人多高的干打垒院墙,差不多占了大半个梁坡。院墙南面是一块水浇地,不大,两三亩的样子。这时候油菜花开得正旺,金灿灿,黄澄澄,花香,草香,恣意汪洋。往南是一条斜向西南的沟岔,叫回回槽子,住着几家回族人,都是沾亲带故的亲戚。左大帅收新疆那年,不知从哪里逃荒过来的。再往南就进山了。王农官家往北还有两个沟岔,一个斜向东北,老五和几家后来的人家住在里面。另一条斜向西北,是青杏的庄子。

老尕坐在榆树斜杈上看文明戏。他是王农官的小儿子。那年,他代替赵皮匠的瘫儿子去给赵家娶媳妇才十来岁,一晃眼,五六年都过去了。

一个穿灰军装的兵,押着穿黄军装的兵上来。那穿黄军装的人上唇粘着一撮小胡子,一脸二皮相。穿碎花裰子的女子冲上来抓住黄军装胸前的衣裳,使劲晃,愤怒地攥起

拳头,猛一挥,喊:

打倒日本帝国主义……

看戏的人一脸蒙相。王农官左右挥着手,起身扯着嗓子吆喝,喊呀,跟上喊:打倒日本帝国主义……

咋又冒出来个盛督办,先前不是金督办吗？三哥在人群里昂着头望她。青杏搂明贵的手一紧,不自在地扭了扭身子。她很少抱明贵出门。她来找王农官帮她雇几个收豌豆的人。豌豆黄了,别人家已经做好了开镰的准备。前两天她就来找过王农官,老尻一脸愁苦,说:哪有人呢,现在看着比以前热闹了,人多了,谁家都新开了荒地,人手反倒紧了。她能察觉出王农官隐着不帮她的心,说不清为啥,她就是这种感觉。她只好先到地里,挑拣一些提前黄了的豌豆先割了。漫山遍野的豌豆地,让她绝望。春播时她央及王农官帮她雇人,她也跟着脱了层皮,才好歹让种子下了地。她看出来了,麦场上穿碎花裥子的女子就是头一场讲啥女人独立的那个穿灰军装的女子。说得轻巧,庄稼没人割就烂在地里了,你还独立个屁呢……她悻悻地咕哝着,眼角的余光不自主地瞥着三哥。三哥依然斜抽着嘴角,笑眯眯地望她。她看看明贵,禁不住地浑身刺痒。她阴阴地剜三哥一眼,把明贵换在另一侧肩头,急惶惶头也不回地走了。

青杏又去找了两趟王农官,依然没有雇到人。试着去回回槽子找了两家人,他们像约好了一般,齐刷刷地摇头婉拒,忙得很,自家的地都顾不过来。

正收豌豆时,明贵出疹子,烧得像火炭。青杏守着明贵,唇边起了一溜儿大燎泡。眼看着明贵烧得越来越厉害,她也顾不了许多,抱起明贵去找郎中。

等明贵的病好些了,豌豆已收到场上。三哥正在打场,灰头土脸地吆喝着马。

> 杨五郎出家五台山
> 诸葛亮下了个四川
> 马武姚期的双救驾
> 汉刘秀坐天下哩
> ……

青杏心里像打翻了五味瓶,趑摸了半晌,咬牙把一只下蛋母鸡杀了,炖好了送到麦场上。鸡很肥,汤里漂着黄澄澄的油。噎死你,她用手巾包着瓦罐,一路走,一路咕叨。

三哥四仰八叉地躺在麦场上,头发里粘着草屑,黝黑的肌肤,凸起一棱一棱肉疙瘩,胸口左侧两道交错的刀疤像山梁上裸露的岩石,旁边黑漆漆的胸毛就是片黑树林,一只蚂蚁在树林前焦灼踟蹰。他微蹙着眉,鼻翼翕动,鼾声如雷,倏地一把拍在胸口,吧嗒吧嗒嘴。他醒了,讪笑着,娃好了么？嘿嘿……就想躺一阵么,就睡着了……她没搭腔,一扭头,甩手走了。梗在心里的怨愤洪水一般涌往嗓子眼儿,憋得她眼泪都出来了。

收了豌豆,紧跟着又收麦子。三哥更黑了,人也瘦了一圈。青杏不想让三哥帮忙,可又没别的办法,只好默许了。收完庄稼,交了田赋,她给了三哥两口袋麦子,算是工钱。三哥不要,她黑了脸,你不收,我还觉得亏了心呢,她让自己说得话里充满怨气。

三哥进了趟木垒河城。城里办秋罢会,搭台唱戏耍高抬,户儿家把粮食洋芋拿到集上卖,牧民也乘势换回过冬的储备。日头落山,三哥和黑马像股黑旋风刮进四道沟口,卷起一溜黄尘。

　　斧头剁了细叶柳
　　你打回话我就走
　　谁把荆州死硬守
　　……

丧眼,她不想和他迎面,正要回屋,三哥撵过来。

他让她去和老五商量,秋翻种冬麦,两家牛搭伙人也搭伙,先紧着一家种。

她翻个白眼,骚情啥呢,甩手进屋,把三哥晾在院门口。

她用绳子拴住明贵,绳子的另一头钉在炕里的墙上。她去找王农官。秋收时,万般无奈地默许三哥帮她收了庄稼,让她在他面前再也不能理直气壮地把头昂起来。

老尕正出门,姐,你来啦,话没落音,人已急慌慌地从她身边闪了过去。

王农官正蹲在堂屋门口的台阶上抽烟,没动窝,扭头喊:搬个板凳出来。

她站在台阶下,王家爸,又来麻烦……

都给你说了找不上人么,他把烟嘴塞进嘴里,咂一口,撩了撩眼皮,三哥不是帮……

她往旁边挪了一步,就这么个尕事情老尕你推三阻四的该不是因为三哥你才不帮我。敞开的大门正对着梁沟对面的麦场,老榆树旁垛着今年的新麦草。前些日子那几个演文明戏又蹦又跳像母鸡一样的女人,让她既眼热又嫉恨,尤其那个眉眼骚媚的骚狐子端着饭碗屁颠屁颠跟在男人身后,更让她忍不住想骂人。屁,男人又不是都死绝了。她回过头,王农官眯缝着眼,窥觑她。

那我就嫁给他么……她愕然停住嘴。

王农官倏地睁开眼,又慢慢眯起来,嘴角不经意闪过一抹笑。他咂了口烟,那我就还给你当主东么……他闷着头,慢吞吞地说,烟袋锅在台阶上磕得啪嗒啪嗒响。

她的头嗡嗡响,恨不得咬下自己的舌头。咋就慌失失地冒出这么一句话,像让鬼捏住了,不自主就从舌尖上滑出来。她满眼惶恐,把自己从头到脚趸摸一遍。日头躲在山墙一角,屋影树影塞塞窣窣爬过来,王农官的嘴一张一合,咔哧咔哧,咔哧咔哧,像静悄悄的夜里老鼠啃噬木头的声音……她扭身冲出王农官家院子。

地里的庄稼收了,裸露的土地凌乱得像被糟蹋过的女人,弥漫着呛人的土腥味和残枝败叶以及枯草的腐败味。

她站在梁顶上,茫然无助,荒凉彻骨。

明贵坐在炕角抠墙,拖在背上的绳子像条长尾巴。他在墙上抠出个很深的洞,手指探进洞里,像在跟谁较劲。他的相貌一看就是周家的种,大眼睛重眼皮,只是眼里不是与年龄相称的童稚,游弋着一丝阴郁的光。

不由自主的疲累,她躺在炕上。明贵一声不吭坐在炕角。寂静无边无际。那女人直挺腰背斜跨在炕沿上,两手交叠在腿上,熬死个人了么,唉……女人的声音阴寒刺骨,细如针芒,她抿了抿头发,啥时候是个头呢?

她禁不住打个寒噤。

你饶了他,也饶了你……

呸……她翻个白眼。

屋里影影绰绰,空空荡荡。

明贵坐在炕角,两星蓝阴阴的光,一闪一闪。

八

公爹把羊卖了,拿了钱,急匆匆去了木垒河城。

青杏跟到院门口,咋了爹?

公爹回头怔忡地看着她,嘴抖索着,一跺脚,转身急匆匆走了。

公爹惶急的背影隐没在梁湾里,片刻又从另一处梁顶冒出来。是驹娃,肯定是驹娃出了事。

黑老鸹在屋后的杨树上,呱——呱——叫,枯黄的杨树叶子一片片飘落下来。

光亮一点点一点点退出屋子,夜色像鬼影一般,铺天盖地,无边无际。她蜷缩在炕上,怨愤像股风,从看不见的洞里溢出来,没头鬼似的四处乱撞。

第二天后晌,公爹回来了。

青杏站在堂屋门口,袖着手,盯着公爹,一动不动,没像以往那样赶紧弄饭。公爹的脸皱得像核桃,眉眼低垂,面颊上布满蚯蚓似的红殷殷的血丝。公爹抹了把脸,青筋暴露的手,像个枯树杈子,娃,他说,唉呀——你叫我咋说呢吗?那个贼尿娃——他——他领上赵皮匠的四丫头……让人抓回来了,在班房里呢,赵皮匠告他……

你领我看他去。

他姐——公爹瞅了她一眼,半春子……

婊子,她咬着牙。

她托了蔡县佐了,去赵家了。

不要她救,驹娃坐牢,我陪他。

她已经——已经托了蔡县佐了……

婊子,她转身回屋,哐当甩上门。

公爹隔着门,说:这回他就乖了,我去牢里看他了……

她扯被子蒙住头,想哭,想好好哭一场。一滴眼泪也没有。她揪住胳膊上的皮肉,狠狠拧一把,疼痛像条蛇,倏地钻进身体深处。

过了小年,公爹赶着牛车,去城里接周马驹。

听公爹说,驹娃不是要带赵皮匠家四丫头私奔,他是气不过赵皮匠为了多要聘礼,把四丫头许配给东城高家的勺儿子。不过赵皮匠也是没办法,他有个瘫儿子,他想为他的瘫儿子多攒些钱。

她宰了鸡,炖在锅里。掏了炕洞的灰,填进羊粪,煨好炕,屋里屋外拾掇一遍,穿上出嫁时的红棉袄,坐在红木柜前,盯着镜子中的自己。右额角的疤是出嫁那天磕的,像虫子趴在那里。瓜子脸,单眼皮,左面颊一颗浅浅的麻子,像个酒窝。在屋里捂了一冬,粉嫩的面颊上两坨红,像搽了胭脂,用手搓搓,更红了。她扯起嘴角笑。笑僵在脸上,像抽风抽歪了嘴。也不知那个婊子用了啥骚媚手段,就能死死勾住她男人。她实在想不出她哪一点比不上那个婊子。听说她比周马驹大着十多岁,都能当他妈了。她怔了怔。周马驹自小没妈,难道他喜欢比他大的,能当他妈的人?她扶了扶鬓,心里像老鼠在拱,拱得她没着没落。她终于忍不住了,袖着手跑去门口。山风像针,刺她的脸。亘古荒凉的寂静,连一声鸟鸣都听不到。太阳一点点一点点往西移,天蓝得让人想哭。梁谷空空旷旷,沟底积着厚厚的雪。小路顺着梁谷弯弯扭扭,隐没在山梁间,一缕炊烟像水墨一般洇染开。她吸溜着鼻子跑回屋,看看炖在锅里的鸡,又跑去院门口。

日落时,终于看见牛车从四道沟口冒出来。她紧跑几步,心怦怦怦跳,深吸口气,嗓子里火辣辣的。牛车拐出梁湾,公爹孤零零一个人蹴在牛车上,缩成一团。

青杏心里一声脆响。白茫茫的雪原上,她的红棉袄像一团火。

九

秋后的山野,月色清幽,一种神秘的力量让她感受着近在咫尺的天。藏青色的天深不见底,半个橘黄色的月亮,孤零零陷在密密麻麻的星星里。她在往天上走,每走一步,就离星星近一步,伸手就能摸到星星,摸到冥冥中天爷早已安排妥当的人和事。风从脸上掠过,四下里影影绰绰,没完没了的虫鸣,远处隐隐传来的狗吠驴叫,还有让人心生疑惧的说不清道不明的杂七杂八的声响……都预示着人的命。

她在荒僻的山梁上飘忽,像个鬼影子。从老五家出来,她一直晃到现在。

她找老五是想请老五帮她把冬麦种上。前两天,老五来把牛牵走了,这些日子,牛先不给你送回来了,等你雇了人……老五咕哝着没把话说完。

老五没在家。这阵子他肯定在地里下死劲恨不得把牛乏累死一天就把地种完,她想。

老五呢,她明知故问。

老五婆姨在烙油合子,锅里刺啦啦响,一股焦香的油烟味,都在地里呢,她没抬头,用锅铲翻一个烙得金黄的油合子,快来往灶里添把火,老五婆姨说。

青杏在灶膛前蹲下,把葵花秆垫在膝盖上掰断,塞进灶膛,给我们家的牛也加些个料,别光用不喂,把牛乏累死了。

那还能少下？秋翻呢么,费牛又费人的,尤其费人,白天在地里呢,夜黑了在炕上……

青杏把半截葵花秆往灶膛里一捅,灶口腾起一股烟火,呸,她一撇嘴,我看你就是个没皮脸的货……

嗤——你看你个屎样子么,装得跟丫头一样……她用手背抹了把鼻子,在屁股上一蹭,龇牙笑,女人也是地,你说,哪一块地能少得下男人？

青杏仰头望她,那你,那你把老五借给我用两天,让他把冬麦给我种上。

老五婆姨一愣,抬起头,疑惑地看着她,旋即浮起一脸坏笑,你想得美,她撇嘴哼一声,美死你了,还种冬麦呢,明贵不就是冬麦……

青杏陡然变了脸,倏地立起身,半截葵花秆朝老五婆姨砸过去。

老五婆姨自觉失口,讪笑着闪身躲开,你不是雇了三哥了吗？他们这阵子就在地里呢,唉呀呀,你看你看——锅烧煳了,她手忙脚乱地在锅里捯饬,你没看我忙着炸油合子呢吗？天不亮他们就下地了,三哥说,先紧着一家种,你还……还不赶紧帮我烧火。

烧你个头呢,就你那地,再翻再犁,还不就是个石头滩……

好好好,石头滩,石头滩,老五婆姨息事宁人,啥都不长的石头滩,行了吧。

看我哪天不撕烂你的嘴,她强自撑着,不依不饶的样子。

她有过三哥会帮她的念头,只是一直不愿往这上面想。力气像水一样从脚底流泻出去,她要塌了,撑不住了。

三哥人好,是个知道疼人的人,你还硬撑个啥呢,老五婆姨扶住她手臂,声音像隔着一道梁,嗡嗡嗡传进她的耳朵。

她晃了晃头,那货郎子呢?

老五婆姨脸一阴,一把拍在她手臂上。

四道沟的驴都知道这件事情了,她使劲抠耳朵。

她甩手走出屋子,隐隐听到老五婆姨在喊她。西边的山梁像着了火。她听不清她在喊啥,屁,你喊我,我又不是货郎子,三哥好,三哥知道疼人,那明贵咋办呢?

日头跌落到山梁背后去了,天色朦胧得像天爷抖开一块布,把所有的一切都裹进布里,谁也逃不脱。月亮和星星也裹进去了。密密麻麻的星星,离得既近又远,谁也靠不近谁。

梁坡又陡又滑,枯草味冲得她鼻子发痒,忍不住想打喷嚏。脚下一滑趔趄着倒在地上。大地神秘地蠕动着,像要把她也裹进去,吞噬掉,连骨头渣都不剩。影影绰绰的黑影子,从四面八方挤压过来。脑子里一片嘈杂,巨大的沉寂阴冷在嘈杂中翻涌,心像被捅了个洞,冷风硬得像刀,往深不见底的空洞里刺。不由自主的精疲力竭。她不想动了,就这么一直躺下去吧。

雪埋到脖子了,越陷越深,令人心悸的惶恐……雪面上,冬麦只露个头,明贵扪着叶子往嘴里塞,嘴角一溜浓绿,日头病恹恹的,狼扑向明贵……越挣扎陷得越深……明贵,明贵,她拼命喊,嗓子哑得没一丝声音……那女人一脸阴笑,明贵戳着你的心了么……声音尖细如针,直往脑子里钻。女人也是地,梁上的地里长庄稼,女人的地里长人……呸,你是啥也不长的石头滩……黑乎乎的人影子一声不吭把她裹在身下……身子像在火上烤,转瞬又冰寒刺骨。有人喊她,是老五婆姨。你死远些……她翻个身,黑影子靠近她,脸上的皱褶比梁沟还深,她一脚踹过去……

你可醒了,昏黄的煤油灯照着三哥黑瘦黑瘦的脸。她倏地惊坐起来。明贵坐在暗影里,一声不吭,三哥一脸讪笑,站在炕前。浑身汗渍渍的,她颓然歪倒下身子。她知道自己病了。

浑身乏累得没了筋骨,就像死过一次。死去活来之后,有些感觉忽然就变了。

你嫁给我吧,她的声音嘶哑,你欠我的……

三哥一愣,龇牙笑了。

你都走了三年了,又回来,你究竟图个啥呢?

你的眼睛像库兰一样勾人……

库兰是谁?

三哥的眼睛忽然黯淡了。

临近小年的一个阴历逢双的吉日,青杏娶了三哥。这一天,正是当年她嫁给周马驹的日子。

她请王农官当主东主持入赘礼仪。她雇了轿子,只是坐进轿子的不是她,是三哥。上轿子绕庄子转一圈,进门吃个羊汤臊子面,走个过场就行,她说。

三哥双眼圆睁,脖子一梗一梗,脸涨成了紫茄子,哼哧哼哧喘粗气,像陷进泥坑里的叫驴。

你要不行,这事就算了,她说得轻描淡写。

三哥怔忡地瞪着她。半晌,一拍腿,发狠地说:那咋行呢?轿子要行远些,绕四道沟转一圈,鼓乐班子,八碗八碟的流水席面一样不能少,嗯,还有你的衣裳首饰……我娶媳妇呢,寒碜了让人笑话。

她诧异地盯着他，审视他说话的真假，末了，哼一声，是你入赘。

嗯嗯嗯，三哥咬牙讪笑，一迭声地点头应承，我入赘，我入赘……

她再没说话。

正日子那天，她穿大红锦缎棉袄棉裤，发髻用金簪子别着，戴金丝麻花手镯、金耳环，搂着明贵，坐在炕上。

老五婆姨上上下下打量她一番，不认识似的。啧啧，她拽起她的衣襟摩挲着，粗剌剌的手抚过缎面，又倏地松开，你看——你看我这手粗的——她忽然忸怩着不好意思起来，抿一下垂在耳边的头发，脸上浮起一抹淡淡的红，还是三哥知道疼人，老五要是……

她推她一把，看你骚嗒嗒的样子。

老五婆姨撇撇嘴，点她一指头，美得你，女人一辈子还图啥？她往青杏跟前凑了凑，你咋让三哥坐轿子呢？外头——嗯——她朝屋外努努嘴，那些个男人都说你在臊三哥的皮呢……

说去么，她把明贵搂紧了些，他欠我的。

你就——幺蛾子多的，老五婆姨叹了口气，三哥是真的疼你……她抠着手指头，没再说话。

人都散去后，她安顿明贵睡下，翻身下炕。你起来！

她说。

三哥怔了怔,慢慢爬起身,跟她去堂屋。

她点燃两支白烛,摆出周马驹的牌位,燃了香,你跪下。

牌位映在烛光里,上面的字模糊得像一片聚拢的蚂蚁。

三哥迟疑着跪趴在供桌前,铜褐色的脊背一鼓一鼓,像隆起的山梁。

啪——像窗纸绷裂的声音,马鞭子在三哥背上留下一道溃痕。

三哥吸一口凉气,蓦然回头看着青杏。

我不为驹娃,也不为周家,你欠我的,她咬着牙说。

我欠啥——三哥拧着脖子,那我,那我还你么,他又龇了龇牙。

你能还我一辈子不能,你能把明贵塞回我肚子里不能?

那你下手轻些个,三哥嬉皮笑脸地看青杏。

青杏的鞭子乱了,疯舞着。啪——啪——鞭子如蛇一般在三哥铜褐色的脊背上游动,所过之处,是慢慢渗血的溃痕。

起初,三哥还拧着脖子一脸不在乎。慢慢的,他的笑隐没了,代之而起的是惊讶和委屈。

青杏忽然觉得背上像落进了麦芒。明贵不知啥时候醒了,一声不响地看着鞭子落在三哥的背上。他赤裸着身子站在屋门口,烛光在他身上涂抹出一层淡淡的猩红。他的小鸡鸡直挺挺地翘着,脸上拢着一层诡异的笑。

十

青杏直起腰,摘下草帽,抹一把额头的汗。公爹在麦田那头,脊背在黄熟的麦子间一起一伏。

七月的日头像团火,土腥味噎得嗓子干爹爹的疼。黄绿相间望不见尽头的山梁,麦地一片连一片,乏累从骨头缝里往外渗,茫无头绪的烦恼燥闷。

一队骑兵从梁湾里冒出来,停在地头前。她愣怔地站着,忘了惊慌。一个当官模样的男人跳下马,左右巡睃着蹚进麦子地,在离她不远的地方,目光刺啦啦从她身上划过去。她的身子不由得一紧,像荨麻拂过一般。

下马,收麦子,男人威声武气地一挥马鞭子。

没镰刀,一个当兵的喊。

狗日的,拔,他说。马鞭子啪啪地抽着落满尘土的马靴,靴子上落下一道道白印子。有人喊他三哥。他叫龚启三,是省军骑兵连长。

癫狂鬼,她翻个白眼,走到地头的老榆树下,给自己灌了一碗凉茶,手背在嘴上一抹,眯眼望着满梁坡的兵。丧眼,她咕哝一句。她气不顺。

周马驹晃晃悠悠跟在当兵的身后。听说他是开春时跟三哥的部队走的。他的烟毒害得半春子小产,碰巧三哥的部队路过木垒河城。

正月里,她去木垒河城找过他。

那时,他正躺在半春子的炕上忍受烟毒。他围着被子,脸上的疤还没脱尽,斜靠在枕头上。屋里弥漫着刺鼻的尿臊味。她皱皱眉,站在炕沿边。后墙的窗玻璃上结着冰花,透着白蒙蒙的光。胸口鼓胀得快要裂开了,所有的话都挤在嗓子眼儿,一句也说不出来,憋得眼睛又酸又胀。

你为啥娶我呢?她都能当你妈了,她跺着脚喊。

忘了那天是咋回来的,好像是撕扯了周马驹,还隐约记得半春子说:你把他拉回去,他就活不成了。

婊子,她咕哝了一句,慢慢朝周马驹走过去。他的气色比她上次见到他的时候红润了些,脸也比早前舒展了很多。

周马驹受惊一般惶急地朝三哥走过去,麦子绊了他一下,他趔趄着差点绊倒。

三哥龇着一口白牙笑。

她蹲下身,闷头割麦子,镰刀口老往胳膊手上碰,弄得她心慌意乱。周马驹在离她不远的地方停住。她一边割麦子,一边往周马驹跟前挪。她也说不清挪过去要干啥,可就是忍不住想挪过去。听老五婆姨说,周马驹六岁时,他妈就跟货郎跑了。半春子大他十多岁,难道他真就想找个能当他妈的女人?他始终离她不远不近。她终于耐不住了,倏地站起身,怨愤地把镰刀朝周马驹甩过去,头也不回地走出麦地。

日头落山的时候,公爹哼着小曲子回来了。看家里冷锅冷灶的没动静,自己到伙房拿了个馍,圪蹴在井台上吃。

夜里,她梦到了三哥。眉目看不清,心里知道是他。

三哥挥着马鞭子,龇牙笑。说不清是在啥地方,天蓝莹莹的,好像是院门口的溪边。水浑得像泥浆,漫过她的脚脖子。水大起来,浪头翻卷,她在洪水里挣扎,没有一丝力气,身子软得像没了筋骨。她扯着嗓子喊。三哥不见了。周马驹脸阴得能拧出水……

肚腹间潮湿黏腻的感觉隐隐还在,像燃烧后的灰烬。炕面空空荡荡,寂静无边无际。

那女人斜跨着炕沿,三哥是个好人。

那驹娃呢?

驹娃心里没你,你个勺屄。

我知道你是赵家童养媳,那年赵家庄子咋着的火?

我男人舍不下我么。

你男人?该不是那个瘫子?

……

十一

那天,她正在灶台前下面,恍惚觉得哪里不对劲,直到把面捞出来,才猛然想起,这个月的月事没来。她把饭碗往三哥面前一蹾,扭身走出屋子。

山里雾气腾腾,像在下雨。几片厚云,翻卷着往山里赶。阳光洒在山前的梁坡上,映出明艳的绿。杏树已经高出院墙一大截了。杏花才落,枝条上缀着苞谷粒大小的青杏。她忍不住咽了口唾沫。杏树去年就挂果了,虽然只有十几个,也长得汁满肉厚。黑狗趴在草房门口,撩起一只眼皮,看她空着手,又懒懒地闭上。公鸡咯咯叫着,一只母鸡夯着翅膀飞奔过去。

莫名地慌乱。她像被什么催逼着。三哥和明贵都在闷头吃饭。她能感到三哥在窥觑她。

屋里凉阴阴的。她爬上炕,躺了没一袋烟工夫,又爬起来。三哥蹲在堂屋门口逗明贵。明贵苦着脸,嘴嘟着,眼神斜逸,倏地探手在三哥脸上挠一把,正要走开,被三哥一把拽住,狗日的,跟你爹一样,三哥呲着嘴。

她像被针扎了一下,抢夺似的,从三哥面前抱起明贵,扭身走了两步,又忽然惊醒了,回头怔忡地瞪着三哥。

三哥愕然望着她,僵在那里。

她放下明贵,惶急地回到屋子。

她背倚屋门,轻抚着肚子,指不定就是一场虚惊。

供桌上周马驹的灵牌,灰蒙蒙地积满了尘垢。隐约有个念头像蛇一样,蛰伏在某个看不见的地方,探头探脑。当她要抓住它时,又倏忽不见了。当初让三哥写灵牌,就是想刺激他,让他心里不舒坦,或许也有堵别人嘴的意思。还有啥呢?她也说不上来,周马驹对她来说就是个名字,他不值得她替他立牌位。

夜里,她拱在他怀里,像上下翻飞的鸽子。这是她的天空。他的气息像风,拂过燃烧的原野。烟火升腾,世界一片混沌。她贪婪地放任自己的身体,蛇一样缠着他,像要补回以往的亏欠。

公爹龇着一口黄牙,阴森森地盯着她,撵着她在长满荆棘的野地里跑。她的膝盖已血肉模糊,腿被野草缠住了,咋也扯不脱,身子直往下坠,风灌进耳朵,呼呼响……

那女人拼命拉着她,勺屄,你起来……

你魇住了,三哥的声音从遥远的地方传过来。她掀开被子,拱进他怀里。她把他拽上身,像被逼入墙角的狗,透着凶狠,两腿紧紧勾着他的腰。用劲,用劲……她发疯一般喊,眼泪涌出来,那种轻飘飘飞升的感觉没了,伴随而来的是疼。深入骨髓的疼,像一把钝刀,锯她的心。她咬他的肩,莫名的恨,肆虐奔突。她盼他用力些,再用力些,在她肚子上捅个洞,让那股恶血喷涌而出。

正是夏收前短暂的闲暇时节,他在院子里叮叮咣咣拾掇木叉、木锨、石磙子……

她坐在屋门口纳鞋底,吵死了,她厌烦地皱了皱眉。

拾掇好了放着,用的时候顺手,他说,未雨绸缪么。

她嗤一声,啥没雨愁么?庄稼没雨肯定愁么,跟拾掇这些东西有啥关系呢,八竿子都打不着。

三哥一愣,转而龇牙笑,继续叮叮咣咣,吵得她越发烦闷。

她把麻绳绕在纳了半截的鞋底上,夹在胳肢窝下。明贵站在院门外的斜坡上,冲着南面的雪山发呆。

日头照在雪山上,雪山前的山梁笼罩着奇幻的蓝色,再往前是黑褐和土黄之间的绿。远处若隐若现的屋顶,白桦林树梢从梁沟里冒出来……她走过明贵时,明贵一动不动,连头都没回。她滞了一下,顺着梁沟急匆匆走了。

聒噪的黑老鸹蹿出荆棘丛,似受了惊吓,呼啦啦像一片黑云,翻卷到山梁背后去了。

老五婆姨坐在门口纳鞋底,男人圪蹴在墙根闲谝,晒日头。

前些天县里来人在王农官家说,新来的县长开了国民小学,娃们念书不要钱了。

不要钱也不去,娃们念书去了,羊谁放呢?

老五家的邻居嗤一声,点着手指头,你看你那些个出息么,娃念了书,指不定还就真能奔个前程啥的呢。

三哥呢?老五朝青杏挥一下手。

尿个前程呢,老县长念的书还少?听蔡县佐说,他还不是让盛督办一句话就给办了,说是弄了啥暴动。

在家拾掇打场的东西呢,青杏站在老五婆姨旁边。

你的脸咋这么瘆人呢?老五婆姨起身,走,我们进屋。

这才几月,离打场还早得望不见影子呢。

他说这叫没雨愁么。

啥叫没雨愁么?

谁知道他说啥鬼话呢。

你脸咋白得这么瘆人?三哥欺负你了?老五婆姨捉住她的手。

青杏抽回手,斜跨在炕沿上,他敢,他欠我的……

人家欠你啥?老五婆姨翻个白眼,过日子么,谁欠谁呢?

他就是欠我的。

你就是嘴犟得很,过日子么,哪能没个磕碰?

夜黑里梦就不断么,那个鬼就趴在耳朵边上笑,她轻叹口气,我让鬼缠住了。

那年不是请道士来禳治过了吗?要不你再请道士来一次。

他说我的眼睛像库兰一样勾人……

库兰是谁?

谁知道是哪个骚狐子。

……

日头落山她才回家。明贵蹲在院门口,盯着墙根的蚂蚁窝,三哥依着门柱,有一搭没一搭地逗明贵。

她越来越见不得三哥逗明贵了。三哥喜欢娃,每次癫狂时他都会咬着牙喊,给我养个娃。听三哥这样喊,想到生娃,她会禁不住心生抵抗。明贵是她身上掉下的肉,可明贵成了一根刺,更成了她迈不过的坎。想起那年冬天的那个早上,她就恨得牙痒痒,恨周马驹,恨所有人,更恨三哥。

杏子差不多有拇指大了,看一眼都牙酸。站在树下,她禁不住要揪一个塞进嘴里。她心里郁着的邪火一天比一天浓。长在肚子里的骨血,就是个罩着她的魔咒。

你——你,你有了?三哥不知啥时候站在离她几步远的地方,声音里抑制不住的惊喜,他捧着她失了血色的脸,你有啦?

青杏阴他一眼,恶狠狠拨开他的手,扭身离开。

两天后,她回她哥家去了。再回来像换了个人。脸色蜡黄,憔悴不堪,身上似有若无地逸出淡淡的麝香味。

三哥扑簌簌抖着,猛地推开她。他两眼喷火,脸扭曲着,牙咬得咯咯响,巴掌举了又举,慢慢攥成拳头,砸在自己头上,他一脚踢飞了脚边的小板凳,摔门而去。

她追到门口扯着嗓子喊:你欠我的!

三哥滞了一下,走了。过了两天他才回来,和阿吉别克一起。

阿吉别克拘着一只宰好的羊。嫂子,嫂子,他夸张地举着羊肉,笑嘻嘻的,高兴得很了你该,他说你病了,我想还两天酒和他喝呢,他急得不行,羊羔肉送回来了给你。

她没抬头,她知道三哥正盯着她。

夜里,三哥和阿吉别克喝酒,两人都醉得人事不省。

十二

新粮下窖后,她去找周马驹。

庄稼收完了,山梁荒秃秃的。梁湾里的野杏树和白桦林,红彤彤的叶子像火在烧。

头天下午,她给公爹说要去找周马驹。公爹头都没抬,哑着嗓子嗯了一声。

兵营离靖宁不远,是个老营盘。哨兵端立在门口。

她说找周马驹。哨兵小跑着进去通报。出来个当兵的带她进去。

三哥光着膀子在井台边洗头。一个兵往他头上浇水。马裤耷拉在胯上,古铜色的脊背,溅起的水珠掠过若隐若现的腰骨,像被潜隐的力量弹起又落下。

她的心要从嘴里蹦出来,憋在嗓子眼儿,脑子乱成了一团糨糊,眼睛不知该往哪看,低头觑着面前的人影。

先带她去周马驹的房子,他嘶哈嘶哈吸气,使劲搓头,弄得水花四溅。

营房在旁边院子里,隔着一道门。先前的那个兵把她带到周马驹的床铺前就走了。

周马驹到野外训练去了,明天回来,三哥不知啥时候来了,倚着门框。我一直以为你长得青面獠牙呢,他说,那天一见……嘿,他咂了咂嘴。

三哥的眼神像个刺刷子。她不由得收紧了身子。

那边有专门接待家人的房子,你住下等他回来。

不了,不了,那我——那我回了,她忙不迭地说,慌乱地立起身。

三哥倚着门框没动,盯着她,咧嘴笑。

刺刷子从脸上刺啦啦刷过去,一阵刺痒。她摸了摸脸,闷头侧身从三哥身边挤过去。日头斜刺过来,她恍惚了一下,急惶惶地出了兵营。

三哥叽叽嘎嘎笑得像猫头鹰,你等下,我送你。

她没回头,逃也似的往前跑。

不多会,三哥的马冲到她身边。你跑啥？我又不是狼,他从马上跳下来,我送你回去。

她闷头站着不动,两手绞在胸前,捂着怦怦乱跳的心。

天快黑了,别真的在路上遇到狼了,三哥的声音软下来。

她看他一眼,扭身闪过他。

走出很远,心才慢慢静下来。她慌乱地回头望一眼。三哥还站在那里没动。日头只剩半个在梁顶上。翻过一道梁,她才发现三哥远远跟在后面。鼻子一酸,眼泪下来了。

公爹蹴在门柱边抽烟,烟头一闪一闪。看她上了坡,立起身,重重咳一声,回屋去了。

早起吃过饭,公爹到井台边饮牛。他总是精细地侍弄他的牛。他把饲草铡成寸把长,用水淘洗过,拌上麦麸。临到农忙,他还会在饲草里掺进豌豆。他铡草从不要青杏帮忙,总是一个人窝在草房里慢腾腾地铡。有时老五来串门,就让老五帮他。乏累了,就眯眼蹲在井台边抽烟。公爹说,牛就是庄户人家的一口子人么。

她在院子里磨转了一圈,进屋拿了几块碎布,卷起来夹在胳肢窝下,我去老五家剪鞋样,她说。

公爹瞅她一眼,挥挥手,低头继续侍弄他的牛。

隔了两天,她又去兵营。她还离得老远,隐约看到哨兵一闪。周马驹堵在营门口,回去,再不要来找我,他说。

你,你是我男人,我不找你,我找谁?

周马驹紧抿着嘴,眼睛躲闪着不看她。

你想耗死我,她盯着他,声音禁不住地抖。

三哥在不远处晃悠,若无其事的样子。

嗓子憋得要炸了。你为啥娶我?声音哑在嗓子里。她把带来的鞋甩在周马驹怀里。她不想让三哥看笑话。

明晃晃的白。山梁是白的,一沟一壑的白,白茫茫,空荡荡。死一般的寂静。鸡叫是静的,羊叫是静的,狗叫也是静的,一切都是静的。晃眼的白,看不到一个活物。她站在莽苍苍的原上,雪没到了膝盖。她一步一步往前挪。风卷雪,火一样舔舐她。身上像着了火,骚烘烘的热。她扯掉衣裳。三哥站在麦地里,武气地挥着马鞭子。日头着火了,麦子着火了,雪着火了……到处都是火,翻腾的烟……她的眼迷住了,脚绊住了……她叫不出声来。

她一丝不挂躺在炕上,脚缠在被子里。她发狠地踢脱被子。隔壁屋里,公爹梦呓般的轻叹,再也听不到一丝声音。

早饭时,她说:我明个去看驹娃。

公爹意味深长地看她一眼,没吭声。

一路上,她都被怨愤和莫名的慌乱缠绕着。周马驹在城里找了个比他都大的婊子……她忽然愣住了,怔忡地望着清幽幽的远山。你就窝囊死了,连个人都留不住。山背后的白光里洇进一抹红,像渗进了血。她咬着下唇,哼了一声。

三哥在营门口迎她。周马驹训练去了,他说,后晌才回来。

那我——我给他洗被子,你的——也拿来洗吧,她眼角的光惶急地掠过三哥的脸,嗫嚅着。三哥正盯着她。她脸红了,忽然就红了。

我不用你洗,谁都不用你洗,走了没几步,他又改了口,那你去拆被子吧,我让伙房烧水,井水太冰了。

等她抱着周马驹的被子出来,三哥的被子已堆在井台边,旁边是洋铁盆、搓板和小马扎。

他低头倒水。她的眼神落在他脸上。左眼角到嘴边,一道紫色刀疤足有两寸长。

刀疤像虫子在心里爬,她几次想抬头再看一眼。脸上咋就留下这么大个疤,忍不住想问,你婆姨……

我还野着呢,婆姨还在姨娘家呢。

这不是她想要问的话。她愣怔地抬头看他。刀疤映在明晃晃的光里,晃得啥也看不清。她把被子摁在搓板上发狠地搓。

你帮我找一个吧,他蹲在洋铁盆前,没脸没皮的样子,像你——也行……他声音滞了滞,嗯——周马驹个勺尿……

她竖起耳朵,周马驹咋了?

要是像——你——他故意拖长声调,嘿嘿,那得弄一满炕被子,要不都让你搓烂了,盖啥呢?

她愣了愣,使劲咬住嘴唇才忍住笑。嘴唇隐隐作痛,真该一搓板砸在他头上。她揉搓得更快了。他肯定笑得鼻子不是鼻子眼睛不是眼睛的,不抬头她都知道。气恼又期盼。说不清期盼啥。她不时瞅一眼隔壁院子。院子那边该有动静了吧,周马驹忽然站在她面前,脸气歪了才好,那他是不是就回头了……不过,啥动静都没有也好,就像现在这样。她怔了怔。她再没搭他的话。他要帮她给洗好的被子拧水,她挣了一下,没挣脱,也只好由他。

日头偏西,隆隆的马蹄声涌进旁边院子,人喊马嘶。他和她正给被子拧水。周马驹倚在隔壁院门上,龇着牙,意味深长地笑。

十三

三哥的地窝子起火的那天早上,青杏正魇在又一场梦里。

她挺着大肚子,拼命往前跑。路长得望不到头,路两边雾腾腾的啥也看不见。她的裤脚下有血渗出来,像淌水。马的咳咳嘶鸣,屋门哐当震响,狼嚎狗叫……

三哥不在炕上,屋门大敞,火光裹着烟雾飘进来。她惶急地跳下炕,趿拉着鞋。院门外的地窝子浓烟滚滚,火光映红了半边天。马的咳咳嘶鸣断断续续传过来。

自从三哥搬出地窝子,地窝子就成了马圈。马在外间,里间放饲草。三哥每年都会早早储好足够马吃一年的饲草,屋里堆不下,就垛在屋顶上。

三哥几次往地窝子里冲,都被大火逼了回来。他张牙舞爪地来回跳,终于无望地两手抱头,呜咽着扑倒在地。

青杏呆愣在屋门口,恍惚看到传说中的那场大火。那个女人很久没来了。种子已经下地,下山风依然像针。她的心揪起来。她奇怪怎么会揪心,她滞了一下,扑上去抱起三哥。

三哥哼哧一声,扭头盯着明贵。他咬着牙,身体紧缩成一团,眼里的火光暗了,像燃烧的灰烬。他伸直脖子,这是我欠你的……他终于叹息般喘出口气,软在青杏怀里。嘴角有一丝血,慢慢沁出来。

明贵灰头土脸地站在院门口,两手交握,眼里烟火升腾,亮闪闪的,左脸上一抹灰渍,像刀在火光里闪。

青杏打个寒噤,哈——呵——说不清她想哭还是想笑,脸抽搐着,呵——哈——报应——哈——她一下一下拍打着三哥,再没一句成调的话。

明贵是头天后晌回来的。

他很少回家。一年前,三哥送他进了木垒河国民小学。县里动员满七岁的娃娃都去上学。他虽然不足岁,三哥说,早一年也好,不行了明年从头再来。他对三哥却像天生的仇人,看三哥的眼神是从眼角斜刺出来的,像一支箭。

青杏对三哥的恨越来越没有了根基,虽然还是愤愤难平,可看见明贵的眼神,她也心里发毛。她私下问过他。他不说话,后来,连看她的眼神也变了。

她把明贵拉到三哥面前,让他跪下。

明贵紧抿着嘴,扭头望着东边发白的山顶,骤然一脚,踢在三哥身上,头也不回地走了。

她愕然看着走远的明贵,追了两步,回头看看地上的三哥,又停住。身子忽然空了,轻飘飘的,像片枯树叶子。

三哥再没说一句话,整整睡了一天。第二天早起,他从屋后的梁坡上铲土,把地窝子和马一起埋了。埋得和斜坡一样平齐,不露一丝痕迹。

青杏几次要帮他,都被他拦住了。他的眼里空空荡荡,荒凉得连一丝丝风都没有。她知道,他心里啥都清楚,只是忍住不说。她见过他在红木柜里翻出那些羊粪蛋似的散发着淡淡麝香味的药丸时,脸色死灰,抖得像筛糠。

他还和往常一样,一有空闲就坐在溪边的石头上,木呆呆地望着一点点一点点滑下山梁的日头。他还从兜里掏出豌豆,伸到身后。半晌,又醒悟似的慢慢扭过头。身后空空荡荡。他望望天,低下头,就着手心,像马一样把豌豆舔进嘴里。

羊群转完场,阿吉别克给三哥送来一匹黑马。和三哥先前的黑马一样,通体没有一丝杂毛,不同的是这匹马的四个蹄子是黑的。三哥只是骑它,从没牵它到溪边刷洗过。一有空闲,他还是一个人坐在溪边的石头上,等着夜色漫上来。

麦收前,阿吉别克托人捎话,儿子割礼,请三哥去。三哥去木垒河城,在沙迪克的马鞍铺子买了一套骑具,带着青杏进山了。

他抱起她,把她放在马上。她的身子不由得簌簌发抖。那年,周马驹就是这么把她放在马上的,她摸了摸额头的疤。他跨上马,左手穿过她腋下,搂着她,纵马驰向山道。

阿吉别克和婆姨巴亚什小跑着迎上来。骑马让他的腿变罗圈了,走路左右晃,手也甩得毫无节奏。

巴亚什穿红裙子,套黑条绒马甲,佩绿色刺绣佩巾。她挽住青杏的胳膊。

阿吉别克手抚在胸口,嫂子,躬身给青杏行过礼,接过三哥的马缰绳,交给身边的巴郎①,拥抱了三哥。

三哥提过褡裢,递给他,扬了扬下巴,示意他打开。

啥好东西?你来了,我就高兴得很。

阿吉别克抖开褡裢,银饰马鞍露出来,还有银饰笼头、辔头、马鞭子……他的眼睛一亮,哈——他搓着手,握拳在三哥胸口捣一下,三哥——三哥,我——唉——我高兴的,他抱起三哥抡一圈,招手喊儿子把一匹雪青马牵来,换上新骑具,单腿跪地,让儿子上马,在马屁股上击一掌。马扬开四蹄蹿出去。他打一声呼哨,我的鹰,飞了,我的鹰,他张开双臂,俯身转着圈,呦呦呦——飞了。

勺子,巴亚什笑得像花,红艳艳的咯咯咯笑声从掩着的

---

①巴郎:孩子,通常指男孩。

嘴里冲出来,她指着阿吉别克,勺子他是,她对青杏说。

青杏瞟一眼三哥,也笑了。巴亚什笑里的满足和对男人的骄傲感染了她。

阿吉别克带他们到离毡房不远的山坡上,那里坐着一个老人。这个嘛——我的妈妈,他说。我妈妈九个娃娃有呢,他挥手画了个圈,都山里放羊,把山住满了都。她攒劲得很,山一样的。他蹲下身,扶着老阿妈的膝盖,说了几句话。她笑了,皱纹舒展开来,像盛开的花。

老阿妈往旁边挪了挪,拍拍腾出的地方,示意青杏坐下来。

石头已磨去棱角。边上几道裂缝,青草从中钻出来,细弱嫩绿的叶子,颤巍巍地随风摆动。

老阿妈的皮肤几近透明,稀疏疏的白发,麦褐色头皮,红眼圈里蒙着水雾,扭曲的手指像枯藤缠在拐棍上。拐棍是桦木的,早已磨得溜光水滑。她摸摸青杏的脸,拉过她的手,握在手心,摩挲着。太阳像个透明的杏子,金色的光映在她脸上,她眼里也溢满了光。

羊群从山背后漫过来,先是几只,随后是一大片。羊群后面,牧羊人骑马扬鞭,牧羊狗奔前窜后。太阳滑落了,夜色漫上来,篝火升腾,冬不拉琴声像奔腾的马蹄,欢快又隐着忧伤,一种不可言喻的神秘力量像水一样漫过青杏。她的眼睛湿了。

第二天上午,他们离开阿吉别克家。

路从梁坡上伸到沟底,不见了,又从另一个梁坡上冒出来。冬麦差不多有膝盖高了,豌豆苗已经"拉手",间或一两朵小白花,在风里颤巍巍地抖。两只鸟雀追逐着,叽叽啾啾,打一个旋,又打一个旋,飞到山梁背后去了。

  山上的大牲口下山来
  下山了看一趟我来
  ……

粗嘎的小曲子不知从哪个山弯飘过来。

老阿妈有九个娃,把山都住满了。阿吉别克的娃割礼了,割完礼就是个男人了……

他的鼻息拂过她的脖子,像虫子在爬。女人就是地。她倏地拽起他的手,狠劲咬了一口。

从山里回来,三哥又进了趟木垒河城,买了玻璃,请匠人把窗户换成了玻璃窗。她终于躺在炕上就能看到星星了。

她坐在窗前绱鞋。雨下得绵绵密密。院墙上一朵嫣丽的小红花立在细雨中。潮湿黏腻的土腥味涌动着隐秘的生机,梁坡上野地里草木疯长,豌豆花也开了。她眼角的鱼尾纹颤了颤,嘴角微漾,唉,她看一眼三哥,抿了抿嘴。

三哥坐在屋门口抽烟,木然的脸隐在淡蓝色的烟雾里。他的话越来越少,佝着背,带着芒刺的咄咄眼神没了,变得犹疑躲闪,流露出越来越浓的愧悔。

唉……

三哥木愣愣地回过头。

库兰是谁？

库兰,三哥喃喃重复了一句,像在回味。他的眉头颤一下,慢慢拧成川字,眼里倏地闪出一星光亮。眉头展开又骤然蹙起,像被悲伤猝然击中的那种无措。手微微抖着,几次都没把烟递进嘴里。他低头靠近手里的烟,深吸一口,话裹在烟雾里,从唇齿间徐徐吐出来,像从心肺里撕扯出来的,死了……

她挪了挪屁股,想起身抱住他,可身子像钉在了炕上。

天色一点点一点点暗下来,雨依然下得悄无声息。她和他都沉进无边的夜里。

懵懂中,眼前一个黑影子。她以为是梦,温热的混合着淡淡烟味的鼻息,若有若无。他在俯身看她。她一把抱住他。

吃过早饭,她把周马驹的灵牌塞进了灶膛。

三哥睁大眼睛,望着灶膛里蹿起的火焰,瑟缩缩抖得像打摆子。

她杀了一只鸡,做了鸡焖饼子,炒了洋芋丝,凉拌胡萝卜丝,请王农官和老五来喝酒。

王农官没来。老尕带着赵皮匠家瘫儿子的媳妇跑了,他正泼烦着呢。

老五呷一口酒,捡一块鸡肉塞进嘴里,去年春上,赵皮匠买了王农官南墙根的那块地……嗯,香,他咂巴着嘴,为了那块地,王农官差点窝憋死。

三哥含混地应着,冲老五扬扬筷子,捡一块肉,慢慢嚼。

前些天他还在我屋里唉声叹气呢。老五吃得很快,肉到嘴里,没见咋嚼,骨头就从嘴角吐出来了。咦,你咋不吃,他拿起酒壶给自己满上,他还说北塔山要打仗了……

三哥怔了一下,他啥时候说的?

就前两天,老五眨着眼,你咋一听打仗,就两眼贼亮呢,你看你眼睛就像狼见了羊。

三哥咧了咧嘴,端起酒杯,一仰脖子灌进嘴里。

青杏泡好茶放在三哥脚边,回到西屋,点亮红烛,换上大红锦缎棉袄棉裤,盖上大红盖头,端坐在炕上。

烛光透过盖头,红艳艳的。

他进屋了,在屋门口站了一阵,迟疑着靠近她,掀起盖头。她长舒口气。他粗重的酒气喷在她脸上。

我要给你养个娃,她扑在他怀里,说。

他搂住她,哭了。

十四

冬至那天,公爹出了趟门,回来递给青杏一张纸。

啥?

休书,公爹说。

青杏手一抖,休书滑落在地上。

公爹俯身捡起休书。

青杏忽然蒙了。她无处可去,回她哥家她想都不用想。她使劲眨着眼,嘴角先是向下撇,又倏地扬起来……她一把夺过公爹手里的休书,我做了啥丢人事,要休了我?她几下撕碎休书,一扬手,看着纸片像枯树叶子飘落在地。

公爹的眼睛一眨一眨,我又——我又没撵你走,声音黏嗒嗒地在嘴里搅拌汤,混沌得让人生疑。

青杏盯着公爹。公爹不看她,头扭向别处。

老五婆姨来串门那天,一惊一乍扳着她肩膀,咋了你?像鬼附了身。她缩着脖子屋里屋外蹓摸一阵,这房子咋鬼气森森的,请个道士禳治禳治吧。

青杏翻了翻眼皮,我不是鬼附身了,是让鬼撂到干滩上了……

周马驹这么弹嫌我,该不会真让鬼附身了。这房子的风水说不定真犯了天爷神灵的忌讳,要不住在这房子里的人咋都不顺当呢。

晚饭时,她给公爹说:请个道士吧,老五婆姨说,屋里有股子鬼魅味。

道士是靖宁牛王宫的,听说很厉害。

杀了白公鸡,鸡血淋得满屋子腥臭,苦艾草烟味呛人,青杏端坐在炕上。屋子蒙得不透一丝光。那女人紧贴墙角,斜乜着眼,神色不宁地盯着她,你哄你自己呢……

道士举着桃木剑,晃着点燃的画了符的黄表纸,在火光里张牙舞爪。那样子不像他在驱鬼,倒像他让鬼撑着满屋子跳。

青杏跳下炕,把道士搡出了门。

十五

青杏的肚子平静如故,一点动静都没有。她和三哥耐不住了,去找老郎中。

老郎中翻着白眼替她把了脉,沉吟道:你这是吃麝——他觑一眼怔忪站在一旁的三哥,你这是——吃坏了元气……抓几服药,先吃了看看吧,吃了药也不是无望的,他说。

老郎中的药吃了一冬,吃到开春,她出的汗都渗着草药味,看见熬药就忍不住想吐,三哥端药给她时,她还是咬牙闭眼喝下去。

看她喝药的难受样子,三哥说:说不定这一碗喝下去就好了,他咧嘴笑,把她搂进怀里,拍拍她的头,就好了,就好了,哪有不长庄稼的地呢……

她听得出来,三哥说这话时的底气越来越虚怯。他老了,他才四十岁出头。他脸上越来越深的皱褶,和沉淀在皱褶里的东西,他语气里不由自主的小心翼翼,都让她心生愧悔。人这一辈子活着究竟图个啥呢?她摩挲着他脸上的刀疤,想起刀疤晃得她啥也看不清的那个午后,她拍了他一把,那天我不是想问你有没有婆姨?

三哥怔了半晌,虚眯着眼,我听到你问的我婆姨……他一本正经地眨眨眼。他的眼里慢慢涌射出一缕光,灼灼地盯着她。

你欠我的……她的鼻子忽然发酸,齉齉的。

他抱起她,放在炕上,那我还你么……

这些日子,她老是泪光盈盈,像被水浸透了,虚弱又柔软。三哥总会热烈回应她,让她真的像在梦里。

惊蛰那天,她蒸白面馍、煎鸡蛋供奉白虎。白虎是张毛笔画个虎形的黄纸,前两天她托人从木垒河街上代买回来的。

她双手合十,低声祷告。三哥笑话她拜的不是白虎,是猫。呸呸呸,你不敬白虎,这一年它都戳你是非。她非让他朝地上啐几口,再作揖祷告。他趁她没注意,捏起一块煎鸡蛋塞进嘴里。一串马蹄声由远而近停在院门口。他嬉笑着探头看一眼门外,又扭回头,你看,你看,你真把白虎叨咕来了。他搓着手,蹿出门外。

不用看,她都知道阿吉别克来了。她去院里逮了只鸡。做好了,盛一碗供奉白虎。三哥悄没声息站在她身后,说:白虎肯定怪罪你,怪你为啥早不杀鸡。他躲开她拍过来的手,嘿嘿笑,去和阿吉别克喝酒。

怪会哄人的,早咋没看出来呢?她抿嘴轻笑,尿样子,瞟一眼三哥,怔了怔,左右看看,抻抻衣襟袖子,摸摸微微发烫的脸,臊气……她扑哧笑出来。

听冬窝子回来的人说,北塔山外蒙兵来了不少,阿吉别克喝了一口酒,说。

老毛子在后头日鬼呢,外蒙兵不顶屁用……

谁日鬼不管,想占草场不行,库兰的血还在那些草场里呢……

先人留下的地方,丢掉了,没脸见先人。

他们喝了一晚上酒,第二天,三哥和阿吉别克一起进了山。

三哥从山里带回来两只雪鸡。他说是老阿妈说的,雪鸡和当归一起炖,对女人身体好。

隔了几天,三哥带青杏去古城老毛子开的洋医堂。洋婆子把青杏带进一间屋子。出来时,她涨红着脸,眼睛躲闪着不看三哥。洋婆子说青杏先前吃的药很好,又拿出一包白药片,这个吃,你们那个中药好,也吃,她说。

从洋医堂出来,三哥问她在那屋子里干了啥?

她推他一把,你管……她的脸颊涌上两团红晕,像红绸子。

三哥还要问,她拍他一把,哧哧笑,那你也让洋婆子带你进去……

街上挤满了当兵的,街两边摆满了小摊。她拿起拨浪鼓,啵啷——啵啷,瞟一眼三哥,又默然放下。转过街角,啵啷……三哥笑盈盈举着拨浪鼓。她泪眼巴叉地挽住三哥,你就知道抓挠我的心尖子……

王农官来找三哥的那个后晌,三哥正趴在炉子前熬药。

王农官蹲在三哥旁边,北塔山要打仗了,狗日的外蒙派了不少兵在北塔山。

老毛子在后头日鬼呢,伊犁那搭也越来越不消停了……药罐里咕嘟咕嘟冒热气。

青杏倒了碗水,拿个板凳搁在王农官身边,王家爸,你喝水。

王农官嗯一声,端起碗喝一口,县里要成立骑兵保安大队,他像在自言自语。

三哥倏地扭过头,一眨不眨地看着王农官。

王农官慢悠悠地说,各村也要成立分队,你是带下兵的……

我去县上,三哥说。

在家跟前啥都能顾得上,多好。

我去县上,三哥说得义无反顾。

三哥走的时候,地里的麦子还没一拃高。

那天夜里,他搂着她,周马驹——死的那年我来找过你,他说,才入冬,你挺着肚子站在院门口,我,我知道——明贵……

她捂住他的嘴。

有了娃,就是家了,我想和你过安安生生的日子,他叹口气,我欠你的……

她贴进他怀里,你就是欠我的,你欠我个娃。

那你——那你把我吃进去,再生出来吧。

她张嘴咬住三哥的唇……

年轻的时候,我当兵在北塔山。

那个库兰是谁?

三哥怔了怔,是个好丫头,黑马就是她送我的……过了一阵,他又喃喃道:北塔山是一片好草场,为了那片草场死了那么多人,他搂紧她,我的魂在那搭呢,我得去。

早起,三哥骑在黑马上,腰间的皮带扣着战刀,两眼闪烁。她又看到第一次见他时那种威声武气的模样。他勒住马,再去找老郎中看看,你得把自己养好,养胖些,哪有不长庄稼的地呢……他看着她,咧嘴笑,似乎还想说,愣了一阵,终于没再说啥,打马决然而去。

斧头剁了细叶柳
你打回话我就走
谁把荆州死硬守
……

十六

青杏赶到兵营的时候,他们刚刚吃完早饭。那些当兵的三五成群地都在隔壁院子里。

心憋得快要炸了,脑子乱成了糨糊。我咋就不如那个婊子了?她要问问周马驹为啥娶她,为啥休她?可他已经把我休了,问了又能咋样呢?三哥的影子时不时地在她脑子里闪一下。

哨兵没能拦住她,跑去喊周马驹。

三哥站在连部门口。

青杏怒气冲冲像只疯母鸡,奓着翅膀。

周马驹惶急地从隔壁院子里冲出来,一把拽住她,你来干啥?

你管我,我做了啥丢人事你要休了我,她想甩开周马驹的手,挣了几挣,没挣脱。

周马驹一怔,愠怒地拽着她甩了一把,回去!

凭啥听你的,你已经休了我了。她趔趄着拧着脖子。

三哥咂着嘴。没说话。

隔墙上扒满了人。

也不嫌丢人,你……周马驹看三哥一眼。

我丢啥人了,我又没偷人找婊子……

周马驹一愣,一巴掌扇在她脸上。

三哥唉一声,伸手去拦,没拦住,踹了周马驹一脚,狗日的,你咋动手……

周马驹拽着她趔趄了好几步才站稳。

她挣脱周马驹,往三哥跟前靠一步,我给你当婆姨,她仰头看着三哥,你要不要？血骤然涌上头顶,头胀得要炸了。

三哥怔住了,尴尬地咧着嘴吸气,像牙疼。

她摸着被周马驹扇得火辣辣的脸,你嫌弃我？

不是,我……三哥脸一冷,你先回吧。

我先回,那你要不要？她逼近一步。

我不能……

一盆冷水兜头浇下来,她怀疑是自己听错了,使劲眨眼睛。慢慢地,眼神阴冷得像冰,从三哥脸上移向周马驹,又转回来,停在三哥脸上不动了。怨毒、愤恨、羞恼,她咬着牙,你不让我活了,声音也冷得像冰。耳朵里狂风呼啸。周马驹不安地往旁边挪了一步。她一口啐在三哥身上,转身走出兵营。三哥犹疑着喊她一声,她扭过头,眼神像刀一样挥过去。

天黑尽了她才到家。她已经被怨毒愤恨烧得面目全非。公爹圪蹴在院门柱旁抽烟,不及起身,她已经绕过他冲进屋子,摔上了门。

炕热得烫手,炉子里的火烧得正旺,呼噜噜往炕洞里钻。她扭头望一眼白蒙蒙的窗纸。堂屋门咣当响了一下,过了一阵,东屋门才吱呀呀关上。

火是从东屋开始烧的。公爹惊慌失措地冲出来,院子里一下涌进很多人。她端坐在炕上。火从窗口蹿进来。那女人裹在火里,披头散发,舞着手又跳又叫,烧,烧,哈哈哈……烧得好……烧得好……尖厉的笑声、嘶喊声,下山风卷着火,整个梁湾都卷进了火里……

烧得好……烧得好……她躺在炕上双手乱舞,又踢又蹬……倏地睁开眼,窗纸明晃晃的。

公爹圪蹴在井台边,袖着手,虚眯着眼,烟叼在嘴角,偶尔咂一口,淡蓝色的烟雾和热乎乎的鼻息搅成了一团。

天蓝得噎人,日头像烧红的独眼,晃得她睁不开眼。她从没睡到过日头上山。她倚着门框发愣,细风像狗舌头,在她脸上舔一下,又舔一下。她索性回屋爬上炕。

炕像个刺窝子。她又爬起来,坐到红木柜前。镜子里的女人刺毛乱参,两眼通红,像吃了死人的狗。她拿起梳子才梳两下,又摔在红木柜上。那女人在火里又跳又叫,烧得好,烧得好……这就是个火坑,她激灵灵打个寒战,起身转个磨转,急惶惶出门,像被鬼撵着。临出院门,公爹咕叨了一句。她没回头。

雪地上,小路通到沟底,再往前是一串脚印。她踩着脚印像扭秧歌,间或踩空了陷下去,身子一歪,倒在雪地里。远近看不见一丝其他颜色,白茫茫地让人绝望。

老五不在家,老五婆姨围着被子坐在炕上,头上缠着头巾。她在坐小月子。

这才几天没见,你娃都小产了,她酸溜溜地斜跨着炕沿。

我迟早死在他手里,老五婆姨抹一把鼻子,在衣襟上来回蹭,尿人就踢我肚子,我越说不要踢我肚子他踢得越欢,她说,我就想要个娃么,他又不行……她吸了吸鼻子,声音嘶哑。

他咋不休了你?

休我?老五婆姨翻个白眼,勺尿才这样想呢,你睁眼看看,这搭有啥?这些个沟沟岔岔里有啥?鬼影子都没有……

咋不跑?货郎子咋不领你跑?她恶毒地瞥一眼老五婆姨。

老五婆姨愣怔了一下,下回他来了我还跟他。她的脸腾地红了。

你就是个骚情货。

你知道啥?你就是个勺尿,你知道啥?你啥都不知道,老五婆姨两眼灼灼,他能让人舒坦得不想活了,他还给我唱小曲子呢,我在梦里想你呢,浑身就像蛆咬呢……

她哼一声,忽然又恼又愤恨,一甩手,出了老五家。

就是个没皮脸的骚情货,呸,还舒坦得不想活了,狗恋蛋、叫驴趴草驴,也没见哪个舒坦得不想活了。她扭头望着老五家院子,散了架的货郎担子落了一层雪,堆在屋檐下……她恨不得进去把骚情货的房子点了。

路从脚下伸出去,弯弯扭扭像条死蛇。她咬着牙朝旁边没人烟的梁沟里走。她不知道要干啥,她想把天扯下来,把天搅翻。梁坡又滑又陡,没走多远,忽然一个趔趄,咕噜噜翻滚而下,一棵树杈挡住了她,才没滚到沟底。她躺在雪地喘息,空荡荡的梁谷像个棺材,啊……啊啊……声音没传出多远,就被吸得干干净净。

雪淹没到腰上,她只能爬。手扒着雪,火烧火燎过后,是钻心的疼。她终于爬到回家的路上。雪溅得满头满脸,脸上水渍渍的,说不上是眼泪还是雪水。

进到院子,无措地左右趔摸着。鸡咕咕叫着围在脚下,她伸手逮住鸡。鸡扑扇着翅膀,直着嗓子叫。她咬牙切齿地扭断鸡脖子,往地上一扔。

公爹从屋里出来,站在门口,嘴张了几张,只出了口粗气。

她直冲冲地走过去,公爹往旁边闪了一下。

她进西屋捅着炉子里的火,坐上锅烧水,又拿刀到院子里。鸡腿还在一伸一伸抽搐,她一刀剁断了鸡脖子。怨毒像伏在洞口的蛇,吐着蛇芯子,眼睛一眨一眨,阴森得让人起鸡皮疙瘩。她下菜窖捡了几个洋芋和胡萝卜,把菜板剁得咣咣响,有几次差点让菜刀切了手。

鸡肉炖洋芋、凉拌胡萝卜丝,端到堂屋桌上,吃饭了,她喊,返身从红木柜里拿出个瓦罐。她忽然慌乱了,拿瓦罐的手差点滑脱。瓦罐里是糜子酒,原本是她留给周马驹的。她斟了半碗酒,放在公爹面前,喝些个酒吧,天冷,她压着嗓子,想把话说得绵软些。她知道自己的声音在抖。

公爹的眼睛在她脸上闪了一下,躲开了。自从她嫁进门,他的眼睛始终躲闪着。可她又分明感到,他盯在她背上的眼神,毛糙杂乱。

屋子暗下来。公爹像只老公猫,趴在桌子前,吃得静神静气。咯吱咯吱,咯吱咯吱,吃几口,咂一口酒。嘎巴,骨头嚼碎了,声音细得像针。

她抖了一下,像被猫挠了一爪子。屋子里静得叽叽尖叫,窸窸窣窣,满屋子都是惊慌窜逃的老鼠。头嗡嗡响,木愣愣的,如临深渊的惶恐。

她抓起瓦罐给自己倒了半碗酒,仰起脖子,酒灌进嘴里,灌进脖子里……她捂着嘴,冲回屋里,哐当摔上门。

那女人靠着红木柜,你把房子点了吧,她慢慢靠近她,点了房子你还有盼头……

滚,她抓起笤帚砸过去,你死远些。

没路了,她的声音细若游丝,你会悔死的。

半夜,屋门吱呀一声响,很轻。

勺尿,你把房子点了吧……声音尖细如针,往她脑子里钻。她蜷缩着,两手抱头。懵懂中,她想起还没出嫁时梦到周马驹脸上的皱褶比他爹还深。

一行泪像虫子一样,爬过她的面颊。

十七

三哥死了,在北塔山战死了。

送三哥回来的有县长、部队军官,还有阿吉别克。他和三哥一起去的北塔山。

日头刚刚爬上山顶,嘎斯车拉着三哥的棺材停在院子门口。这是又一年豌豆花开的时节,北塔山的战事正打得如火如荼。

四道沟的人没见过嘎斯车。这么个铁疙瘩,棺材和人拉了满满当当一车,还能跑得尘土飞扬,太稀罕了。五个攒劲马都不一定抵得上它。几个人围着它转,狗日的嘴在哪搭呢?

黑狗趴在杏树下,装模作样地汪一声。杏树枝繁叶茂,缀满了拇指大的杏子。鸡咕咕觅食。窗户上的玻璃闪着刺目的光。

那天,天蒙蒙亮,那女人来了。

我男人今儿个就来了……

女人坐在炕沿上,羞赧又难掩欣喜。

你看你个厌样子么,都老成鬼了,还忸怩作态,她笑着啐她一口。

女人叹口气,唉……你看你可怜的……

她惊悸得一下坐起来。清幽幽的月色,照在空荡荡的炕上。她的脊背一阵阵发凉。

半晌午,路过的老五说,王农官家乱成了马蜂窝。赵皮匠的瘫儿子死了,埋在了王农官家南墙根的那块地里。

就在那两天,她觉出了身体的异样。慵懒得一动不想动,不知乏累从哪里钻出来,说句话都不想张嘴。她茫然望着杏树上拇指大的杏子,那些青涩的杏子,像钩子钩她的眼,酸水止不住涌上来。她忽然惊住了,一把捂住胸口,被闪过的念头冲得头晕目眩,天呐,她无措地左右踅摸,阳光一无遮拦地洒下来,天——呐——她两手交叠捂在肚子上,终于一声惊呼,三哥,我的天爷爷呀……

日头照得山野一片清亮。她看着棺材从车上抬下来。她惊讶自己竟然没有一丝惊讶。欣喜依然在,悲伤一瞬而至。她的嘴角扬起又放下,想哭又想笑,三哥,三哥咋了?

后晌,明贵回来了。是老五硬拉回来的。

青杏拉着明贵的手,慢慢跪下去。她想让明贵为三哥尽一次做儿子的孝,为他披麻戴孝,举幡拉纤。明贵推开她的手,扭过头去。

她立起身,再也没说啥。

她做了打狗面饼塞在他袖筒里。她想对他说些啥,怔忡半晌,也没想出来,唉……随后的招魂、打散、报庙……她一声不响地提着孝棒,按丧礼规程,一步都没少。

老五婆姨一脸担忧,扶住她的手臂,你说句话么,你……

她瞪着老五婆姨,两眼凝滞,一下一下眨着,他,欠,我的,声音一丝一丝从沙哑的嗓子挤出来,她的脑子还僵在看到三哥棺材的那一瞬。

天傍黑时,雨淅淅沥沥落下来,雨点打在玻璃窗上,吧嗒吧嗒像牙在抖。雨下得时急时缓,到后半夜才停。

天蒙蒙亮,唢呐声冲天而起,阿吉别克和另外七个抬棺的汉子立在棺木旁。明贵呢?王农官扯着嗓子喊。没人应。

青杏披麻戴孝,纤绳绑在身上,接过王农官递上的瓦盆,高举过头顶,摔在地上。她举起引魂幡。老五婆姨扶着她胳膊。王农官扯着嗓子喊:起灵!她扯紧纤绳,把他引向墓地。

坟坑边,一切就绪,她跳进了坟坑。

阿吉别克惊慌地喊了一声。

她扯开衣襟,扑身在阴冷的坟坑里。悲伤汹涌而至,又细流般消融。她没有哭天抢地。她把脸埋进土里,你有娃了,她说,眼泪倾泻而下,悄无声息,你给我留了种,我把你也种在这地里。

埋葬的过程简单又隆重。三哥的坟在公爹下首。坟前未燃尽的纸灰青烟缭绕,引魂幡随风飘摇。

老五婆姨陪在她身边。

走吧,她说,走到梁顶,她们停下来。

新坟的梁湾里有个人,隐约是明贵。

对面王农官家的祖坟里,密密麻麻葬了不知多少代,差不多葬满了一整个梁坡。山梁后的炊烟像水墨一样洇染。王家的先人到四道沟时,这里还没人烟,一晃眼,这些沟沟岔岔里都住进了人家。她想起她被马驮进四道沟的那个冬天的早晨,竟恍若隔世。远处的人影子小如蚂蚁,人在这山野里算个啥?

她轻抚着肚子,抿了抿散乱的头发,长舒口气,女人就是地,她挽住老五婆姨的胳膊,就势拍了她一把。

老五婆姨愣了一下,龇牙笑,尻子疼,尻人又打我。

雨后的梁湾一片清亮,天高而深远,山风中夹杂着山花野草的清香。麦子正在扬花抽穗,豌豆地里的白花像一层雪。远处山梁上,穿大红裙子的小媳妇侧身坐在驴背上,牵驴的小伙子倒退着走。

  大门不走我翻墙来
  怕人听见我手提鞋
  ……

半春子

正是麦收后短暂的闲暇时节,镇子浸泡在午后炽烈的阳光里。半春子歪着头,额上浸着细密的汗珠,微翘着嘴角,在灶台前轻快地搓揉抹布、擦洗灶台。裸露的麦色手臂,紧致有力,她的心也正被亢奋的情绪鼓荡着。六月的阳光箭一般从她头顶的小窗口射进来,屋子又闷又热。何贵堂和几个乡党已喝了一上午,糜子酒灌得他们一个个面红耳赤。

半春子把泔水泼到门外,溅起一缕细尘。老榆树叶恹恹垂着,纹丝不动,嗅不到一丝丝风。赵皮匠和几个老汉凑在树下扯方,嘴里哼哼着,孙柏灵摆下了一字长蛇、二龙出水、三教斗法……声调里透着自得悠闲,他身后是靠着树干的崔掌柜。崔掌柜的头垂在胸前,明晃晃的秃脑门泛着油光。喀喇喇的马蹄声越来越近,在空荡荡的街巷里闷响。

半春子手搭凉棚,轮廓看不分明的太阳在细尘扑飞的空间投下一片匀白,两个或是三个蒸腾虚幻的人影,幽灵似的从街面上飘过去。左壁崔家的车马店静悄悄的。牧民已转入冬牧场,前些日子热闹的繁忙景象过去了,再热闹起来要等来年牧民转场的时候。右壁是马鞍铺子。沙迪克正往夹在两腿间的木马鞍坯子上钉银饰。小铁锤叮叮咣咣,沙白的山羊胡子一撅一撅,深眼窝,鹰钩鼻子突兀地耸着。手在忙活,嘴也不闲,黑眼睛的丫头子,快来看看我,天黑了我在小树林子等你……

狗日的想得美,老驴还想吃个嫩草,赵皮匠捏着一块石子,扭头笑谑道。

沙迪克手不停,我嘛女人想了唱,你嘛贼一样地想,他瞟一眼赵皮匠,咧嘴笑,露出一个豁牙。

赵皮匠还要说,和他扯方的老汉哧一声,争个屁,老沙说得对对的,你就是个蔫叫驴……

马蹄声戛然而止。当兵的跳下马,脚跟一碰,冲半春子敬个礼。半春子认识他。他是骑兵连长的传令兵。那个大个子骑兵连长,又黑又瘦,脸似刀削,左脸颊上一道疤痕,足有两寸长,像雕刻时不小心崴了手,划了一刀。那年,周马驹就是跟他走的。几天前,她听人说周马驹随部队驻扎到了北闸。每年夏收,为防备土匪抢粮,都会有部队就近驻扎。她正准备去找他呢,她要嫁给他,不管自己比他大,也不管他家里那个叫青杏的女人,反正他已经休了她,她还要跟他生个娃呢。她的心倏地一阵激跳,像冷冽的寒天里,喝了口热汤,她不由得向前跨一步。芒刺似的阳光扎在传令兵脸上,她似乎听到刺啦刺啦冒油的声音。慢慢地,笑僵在她脸上,怔忡地望着传令兵嚅动的嘴唇,刚刚涌上心头的舒爽,倏忽不见了,像晴空里打了个闪,耳朵嗡嗡嗡响,像蜜蜂在耳边飞。屋外一片灼白,刚才的情景像个幻觉。她相信周马驹,他是个好人。她觉得传令兵送来的消息不可信,可又无法怀疑。这个害货,她咕哝了一句,脖子上两根凸起的筋,扭出深深的颈窝。她揉了揉鬓角,嗓子里像鲠着骨头。

半春子不是木垒河人,几年前男人死了,来木垒河投奔开杂货铺的表舅。后来,表舅要回老家,她盘下表舅的杂货铺,开了酒馆。酒馆临街,一溜四间,三间做了厅堂,余下的那间一隔为二,外间做伙房,伙房墙上开了个门,和厅堂串起来,里间做卧房。卧房迎面是土炕,后墙上有个二尺见方田字格镶着玻璃的小窗户,剩下的空间就促狭得只够转个身了。酒馆就半春子一个人,掌柜伙计都是她,卖些羊头羊蹄羊杂碎之类的小吃,酒是陈家烧坊的糜子酒,醇香甘冽,卖完了去烧坊招呼一声,烧坊的伙计就会送来。陈家是个老烧坊,和半春子的酒馆隔着一条街。羊头杂碎上不得席面,来吃的都是镇子上的闲人,三五个乡党凑到一起,一个羊头,几个羊蹄,至多再切一盘羊杂碎,几壶糜子酒,一天的无聊时日就打发了。酒馆两个时节最忙,每年五月前后,牧民赶着羊群追着雪线,一步步转到山里的夏牧场;到八月左右,雪线再把羊群一步步赶回戈壁里的冬牧场。逢到忙时,半春子就临时雇个伙计。她为人和善,又不斤斤计较,酒馆拾掇得也清爽,羊头羊蹄燎得焦黄,洗得干净,煮杂碎的汤又是老汤,来她酒馆吃羊杂碎的人就比别家多。

半春子有些发蒙,心里像塞进一团乱草,憋闷得理不出头绪。窗口斜射进来的光柱里飞舞着细尘和蚊蝇。何贵堂和几个乡党依然喝得热火朝天,桌子上的黑瓷盘里还剩两个羊蹄,凉拌肚丝已吃掉了一多半,苍蝇嘤嘤嗡嗡,懒洋洋地旋来绕去。不知谁说了句什么,逗得几个人叽叽嘎嘎笑,笑声在这个夏日六月的午后,弥漫着令人躁闷的猥亵意味。

何贵堂没像其他几个乡党笑得那么畅快,他扭头巡睃一下,跟着嘿嘿两声。他向来如此,性子绵软得像温暾暾的白开水。他是个泥水匠,婆姨死了,留下两个娃娃。他曾托人向半春子提过亲。那时,她刚到表舅家。何贵堂穿一件洗得灰突突的白布褂子,圪蹴在一进屋门的矮凳上。她只瞟了他一眼，便闷头坐下，再没吭声。她想起十六岁那年，一辆轿篷马车载着她悄然进入一个幽深的大宅子。男人骑马跟在马车后面，身后是两个挎着枪的马弁。院子里幽暗静谧，不见一丝喜庆。男人是省军营长，比她大了差不多三十岁。她被后爹卖给男人做小。她后爹又懒又烂酒，没把她卖给窑子已是天大的恩德。男人买她只是想给自己留个后，他和夫人在一个炕上滚了二十多年，也没滚出个一儿半女。男人说不上疼她，说到底她就是个为男人生儿育女的工具。间或，男人给她些钱，让她去看看她后爹，也会给她些玉镯玉佩金银首饰之类的小玩意，除此之外，男人在她面前从来都是说一不二。他却从不违逆夫人的心意。他像是怕夫人，或是怕吓着夫人，说话软声细气，从不高门大嗓。男人长得武气，还会说古，从古到今那些远得没边的事，他说得跟真的一样。现在，儿子被夫人抢走了，她男人也死了，她禁不住又抹了一回眼泪，媒婆的絮叨，一句也没听进去，连何贵堂啥时候走都不知道。这些年，何贵堂一直不声不响地帮她，她知道他的心思，她也知道，嫁给他，她会过得比现在安逸，可何贵堂的性子总让她感到窝心，当然，她也没过了周马驹这个坎。

半春子咬着下唇，唇边的红晕退去了，透着瘆白，怨愤和委屈在心里翻腾着，她知道，所有的纠结都是白费，是她把周马驹从一个懵懂不谙世事的少年变成了现在的样子,这个害货不是头一次惹出这样的祸了。不喝了,不喝了,我要出门了,她冲进厅堂,冲正喝得热火朝天的一伙人嚷道。她有些气急败坏,忽然听到周马驹的消息,她的心又泛起了波澜。

众人愣怔片刻,嬉笑道,这是咋了?像火上了房,刚才还又哼又唱的,是不是驹娃又出了啥事?

你爹才出事了呢……半春子鲠了一下,说。

你——你没事吧?何贵堂抹了抹嘴角的油渍,他让自己把话说得软声细气。

半春子皱了皱眉,她知道何贵堂担心她。我——我要出门呢,她的语气缓下来。有人还想再说两句撩骚话,眼睛在她和何贵堂身上巡睃一圈,吧唧吧唧嘴,讪讪地相继走出门去。

半春子头一次见到周马驹,就被一种看不见的锁链缚住了,从那以后,她再也没挣脱这个锁链。有时她想她是被自己缚住了。她哀叹这是命。

每年入冬以后,开春之前,都是一年里最闲暇的时光。日子长得让人没着没落,除了掀牛九、扯方,就是喝酒听曲儿,再没个别的耍头。许三麻子左腿绑着大板,脚踩在矮板凳上,怀抱三弦子,扯着嗓子唱《坐窑》,粗犷的唱腔在雾气腾腾、烟气酒味腥膻味缭绕的酒馆里横冲直撞。他是方圆百里最有名的说唱艺人,每年冬春两季都会在镇子上的东兴阁酒楼唱一阵子。半春子的小酒馆原本请不起他,可他喜欢吃半春子做的羊杂碎,每天他都到半春子的小酒馆唱两段,既帮半春子拉了客人,也满足了口腹之欲。半春子也喜欢听他的说唱,《坐窑》《赵氏孤儿》《五典坡》,她都喜欢。

刘翠屏寒窑泪满腮
思想起当初好伤怀

周马驹和德盛皮毛行的掌柜赵皮匠坐在紧挨许三麻子的那张桌子上,就着羊头和一盘羊肚丝喝酒。赵皮匠眯着一双小眼睛,吃一口羊头肉,吱地咂一口酒,然后,半闭着眼睛,和着许三麻子大板的韵律,头一点一点,像鸡啄米。周马驹是头一次来酒馆,他是赵皮匠店里新来的学徒,穿一件新棉袍,头戴瓜皮小帽,眉眼有棱有角,昂着头,像只小公鸡,充满新奇的眼里隐着兴奋和小心翼翼。

他让半春子想起了儿子,他眉宇间的神情像极了她的儿子。半春子想起儿子,心就乱了,儿子像扎在心头的刀,锐利的刀锋总在不经意间割她一下。

儿子出生那年,半春子刚过十七。那个小人儿就是她身体里溢出来的精灵。胖乎乎的小手抓挠得人心里痒酥酥的,像春天里毛茸茸的杨树絮儿拂过你的脸;小脚丫上那一排小指头,像极了六月里水晶晶的豌豆粒;小脸儿粉嘟嘟的,像刚出锅的嫩豆腐;小嘴像熟透了的蜜桃上的那个红润润的尖嘴儿,咕嚅咕嚅翕动着,你拿指头逗他,他就像只小雀儿,张着小嘴在你怀里拱啊拱的,寻着奶头就一口嘬住,你说,他那么小的小嘴儿,咋就有那么大的劲呢?每说到这里,半春子会微微闭上眼睛,想着儿子吸嘬她奶子时带给她的奇妙欣快、让她浑身战栗的感觉。可那样的好日子过了没多久就没了——儿子满月的前一天,他被夫人的差人抱走了。抱走儿子的是王家婶子,她原本在后厨帮忙。她抱着娃儿已经走到屋门口了,又踟蹰着转回来,她让半春子给娃儿又喂了一回奶。半春子一直为那天的迟钝懊悔不已。她看出了王家婶子的欲言又止,可她硬是没往这上面想。你说,你说嘛,夫人那么一个长得面善,天天在佛堂里念经的人,咋就那么狠心呢,咋就能把那么大点点的小娃儿从他亲妈身边抢走呢?儿子满月那天,他们没让半春子出门,外面的喧闹一直到月影西斜才停歇。人们好像忘了还有她这么个人,连口水也没人端给她。半春子已经想不起来是咋熬过那些日子的,她眼里的泪没干过。在那些没有尽头的日子里,她抚着鼓胀得快要裂开的奶子,祈盼天爷开眼,让她再给儿子喂一回奶。她把奶水挤在小碗里,求王家婶子端进夫人屋里。她哀求男人把儿子还给她。男人哄她说,再生一个就留给她,可她再没怀上。儿子不足一岁时,山里土匪作乱,男人带队伍去剿匪。土匪倒是剿灭了,男人把自己也剿死了。男人死后,夫人把她赶出了家门,让她滚得越远越好。可儿子是我身上掉下来的肉,我咋能舍得下他呢?

入冬的时候,半春子去孚远看儿子。她守在街角,等着王家婶子出来。儿子刚被抱走时,王家婶子时常过来陪她喧荒,宽慰她。有两个月没见过儿子了,小东西又长高了不少。之前她来过好几次都没能见到他。儿子缩在王家婶子身后,毛茸茸的眼睛忽闪忽闪觑着她。她一把拽过他,紧紧搂在怀里,她亲他的脸,他的脸肉嘟嘟的,温润柔嫩,溢着幽幽奶香,她亲他的脸像有只手轻轻抚过她的心头,儿子却惊乍乍地哭喊起来。她惶恐地看着儿子脸上一排清晰的牙印,撕了一下自己的嘴,儿子却不再让她近身。他一手捂着脸,微微蹙着眉,像小兔子一样圆溜溜的大眼睛里闪着疑惑不安和怯弱。

像有鬼勾着,半春子在周马驹的桌前桌后磨转。她斟杯茶放在许三麻子面前,三哥,你说嘛,刘翠屏个勺婆姨,她放着好端端的日子不过,非要跟个穷秀才去住寒窑,你说她究竟图个啥呢?许三麻子鼻头上几颗深浅不一的麻子泛着油光,他没理识半春子,左脚急跺,大板噼啪噼啪响,三弦子拨得像骤雨,扯着嗓子吼,脖子里暴起的两根筋,像绷直了的琴弦。

  我这里举目望窑外
  大雪铺路盖山崖

  半春子又转身到赵皮匠身边,替他添了茶,伸手拿过周马驹的茶碗时,她的手竟莫名地有些抖,禁不住地想要摸一摸周马驹的脸。她直眉愣眼肆无忌惮地盯着他。他的脸在昏黄的煤油灯光下是柔润细腻的蜜色。周马驹一仰脖子,又灌下一大口酒。他喝酒的样子,一眼就能看出他的虚张声势,他嘴角挂着的一丝痞气,也一样有着装模作样的意味。他瞟一眼半春子,拇指食指捏着抽了一半的莫合烟凑近嘴边猛吸一口。他呛着了,紧抿着嘴,鼓着眼瞪着半春子。半春子扑哧一声笑出来,嗔怪地睨他一眼。他看她的眼神忽然软了。

  那年冬天真冷,冷得和其他冬天不一样。

进入腊月的一场雪下了一天两夜,到第三天的午后才放晴。在酒馆喝酒的人都陆续回家铲雪去了,半春子也裹上围巾去门口铲雪。雪落了足有二尺厚,路封严实了,大树小树的枝枝丫丫上挂满了雪,四处白茫茫的,远处的双疙瘩山浑圆峭立,在金红的夕晖里,像两簇升腾的火焰。

周马驹缩着脖子,两手捅在袖筒里,从远远的街口晃出来。他看到半春子在铲雪,犹豫一下,踩着厚厚的积雪,脚下咯吱咯吱地一路响。姐,我给你铲雪。他把手放在嘴下哈了哈,搓搓,伸手从半春子手里拽过木锨,你回吧,我铲得比你快,他吸一下鼻子。半春子看他冻得红兮兮的耳朵和脖颈儿,看你的脸冻得,也不裹个围巾啥的。她取下围巾替他围上,心里又涌起想要抱抱他的冲动。下这么大的雪,儿子会不会冻着,她有些恍惚。她踮起脚替他整理围巾,手不经意触到他凉丝丝的脸,像烫着似的,倏地缩回手。他斜翘着嘴角,笑眯眯盯着她,像洞穿了她的心思。她怔了怔,转过身,急匆匆地往回走,你铲个能走的路就行了,我给你做饭去。她没回头,但她能感到刺在脊背上的目光。

半春子做了拉条子,拌面的菜是肉炒洋芋丝、肉滚辣皮子,她还特意捣了些油泼蒜泥,盛在小碗里。周马驹呼噜呼噜吃下两锅面,才意犹未尽地放下碗。

没吃饱?还有面呢,我再给你下去,半春子看一眼舔着嘴唇的周马驹。

饱了饱了,姐,啧啧,你做的饭太香了,周马驹嘿嘿笑着,又舔了舔嘴唇。

又不是没吃过拉条子,你的个嘴就是个蜜罐罐,她撇了撇嘴,想吃啥了你就来。

我爹拉得那个面哪叫拉条子,比指头还粗,周马驹竖起手指比画了一下,洋芋丝也切得跟指头差不多,在锅里煮,舀到碗里就是糨糊……他表情夸张地说。

那你妈咋不弄?半春子侧过脸,不经意地问道。

周马驹的神情忽然黯淡了,她——嗯——她死了么!

半春子的心似被针刺了一下,怔忡地看着周马驹。小火炉烧得通红,铜壶里的水刺啦刺啦响,丝丝缕缕的蒸汽从壶口溢出来。谁家的狗叫了一声,引得四下里的狗都跟着叫。周马驹略略有些不安,疑惑和探究在眼里游弋。他张着嘴,似乎想说什么,踌躇半晌,只重重地呼出口气。往后,你就到我这搭来吃饭吧,想吃啥了你就说,半春子心里荡漾着母性,她想护住眼前这个没妈的娃。

夜里,半春子做了个梦。恍惚是山坡,漫山遍野的花,红的、黄的、白中带紫的,鼻子里溢满花香,蜜蜂在花间飞,风又细又弱,天蓝得让她心痒痒,她躺在绿莹莹的草地里,隐约觉得周马驹来了,她看不清他的脸,但心里清楚就是他,光着膀子一晃一晃走过来靠在她身边,半春子忽然发现自己是光着的,她想爬起来躲开,可怎么也站不起来,手脚像被捆住了,越急越动不了,拼命挣扎,她惊醒了,身子像虚脱了,一点力气也没有。她扭动了一下,手还夹在两腿间,湿漉漉的。心怦怦地撞着胸口,像要蹦出来。刚才的梦依然清晰,她奇怪咋做了这样的梦。山风从窗外掠过,簌簌响。她茫然望着清幽幽的窗口,星星一闪一闪,月光洒在炕上,洒在腿上,一片银白。屋子朦朦胧胧,又空又大,没边没际的大。她蜷着身子,头伛在两腿间,双手紧搂着膝盖,蜷得像母腹中的婴孩,她觉得自己被巨大的黑夜挤压着,而身体里又有种旺盛的东西在往外冲,她快要被撕碎了。

半春子的日子有了微妙的变化,她的饭食不再是冷一顿热一顿地凑合,她每天都做好了饭等周马驹来吃。饭没什么特别,无非是些家常饭,臊子面、扁食、搅团……闲暇时,她会烙些小饼子,弄成猫啊狗啊、小牛小马的形状,烙得两面焦黄,等周马驹走的时候,包一些塞给他,让他当零嘴。她觉得心底正有种什么东西在慢慢滋生,像春天里草芽在土里拱,让她轻快,让她闲不下来,她的嘴也闲不下来。

俺那鸳鸯枕

翡翠衾

便遂杀了人心……

她轻声哼唱着,手在案板上忙活。忽然,她怔住了。小曲子是她跟许三麻子学的,她唱不全乎,只会这几句,可她能体会到其中的意味。她脸上的红晕隐去了,茫然地巡睃着空荡荡的屋子,想起黑夜里做的梦,半晌,轻叹口气,闷下头,慢慢揉捏着面团,没过多久,她的嘴角重新荡漾起笑意,她又依然如故了。

周马驹往酒馆跑得勤了,来了就帮半春子挑水、砸煤块、洗羊头羊蹄羊杂碎,以往半春子干不动的体力活,他都帮着她干了,再不用她四处求人。等到客人散尽,剩下她和他,围着小火炉,半春子纳鞋底,麻绳扯过鞋底的刺啦声,伴着屋外料峭的寒风,有一搭没一搭地说些闲话。

半春子瞟一眼周马驹,你爹咋给你起这么个名字?怪势势的。

周马驹愣一下,小时候,我毛病也多得很,我二奶让我妈抱我到庄子路口去撞,站半天,啥也没撞上。我妈说,她都冻得不行了,鸡都叫了,她看见雪地里一个黑马。我妈没办法,跪下磕了头,回来抱上我去找我干爹,他给我起的名字,我就认他当了干爹。唉——你说怪不怪,毛病真少了,他拍了拍胸口,站起来,矬下腰,晃着膀子,你看我现在……

半春子撇撇嘴,不就是个名字,看你说得玄的。

你不知道,周马驹向半春子探下身,我干爹是个先生,他说我命属阴,命里头少阳气,起这个名字能弥补我命里的亏欠。

半春子眨眨眼,笑眯眯盯着周马驹,那天你得亏碰上个马,要是——她忍住笑——要是那天碰上个叫驴……她倏地抿住嘴,炉火映着她的脸颊,像红绸子。

周马驹嘿嘿笑着吧唧吧唧嘴。

半春子终于忍不住,扑哧一声,笑伏在腿上。唉呀,她被针扎了手指,血从指肚上渗出来。

周马驹抓过她的手指,含在嘴里。

半春子愣怔一下,抽回手,推开周马驹。

屋子静静的,铜壶在火炉上刺啦啦,刺啦啦……

半春子听周马驹说,他爹三十出头才娶了他妈,六岁那年,他妈就死了。他爹一直盼着逢上两个好年景,好给自己续个弦,好给他找个后妈,可老是天不遂人愿。说到他爹续弦,周马驹斜翘的嘴角隐着痞气,谁知道娶回家他能不能守得住呢……他还说,到城里当学徒是他自己的主意,去私塾念书也是他坚持的,只可惜私塾念了没两年就散了。半春子想着自己的儿子现在也跟没妈的娃一样,禁不住又抹一回眼泪。

半春子又去看了趟儿子,回来的路上受了风寒。她强撑着给自己熬些姜汤喝了,睡了一天,不但不见好,反而更烧得火炭似的。

周马驹去请了中医堂的肖先生来,给半春子诊了脉开了药。他去崔家借了熬药的陶罐,往小火炉里添了煤,把火催起来。看着药熬得差不多了,把药罐移到火炉后面的炉斗子上,慢慢熬着,好把水分再收掉些。他把淘洗好的小米,加上红枣、蕨麻放在瓦罐里熬。他侍候半春子吃了药,喝了小米粥,半春子就睡了。他坐在炕头,看着半春子发呆。忽然,他跳起来,急匆匆地走出屋子。再回来时,他提着一串麻雀和一小包中药。他炖了麻雀汤。

半春子喝着周马驹替她煨的麻雀汤,眼泪麻麻的,心里更多了些说不清道不明的柔润杂乱。

周马驹看半春子泪眼婆婆地盯着自己,心里漾起一股劲,遏制不住地要往外冲,姐,我吼个山曲子给你听,不等半春子答应,扯着嗓子就吼:

尕壶壶里提地酒
想你一步一跟头
就像阎王把魂勾

……

就你个碎娃,尿垫子还没干透呢,勾魂呢,勾你个头呢,半春子嗤一声,破涕为笑,撇嘴睨着拿腔作调的周马驹。他就越发癫狂得没了高低。

阎王勾魂还好哩

心上就像刀绞哩

……

在这个又冷又长的冬天,他的山曲儿像洒在热汤里的椒蒿,让漫长难熬的时光有了鲜麻的味道。

半春子抽空替周马驹织了条围巾,围巾是艳红的,在又一场大雪来临时围在了周马驹的脖子上。

周马驹眼里闪着光,姐,你咋对我这么好?

半春子撇撇嘴,就你嘴甜。

织围巾的毛线是她托人从古城老毛子开的洋行里买的洋货,毛线纺得又细又匀,织出来的围巾摸着像夫人穿的锦缎。她用剩下的毛线织了一条小围巾,想等下次去看儿子时带给他。

从酒馆到北闸也就五六里。出了县城,顺着咬牙沟走一程,往北拐进另一条梁沟就是北闸。咬牙沟荒秃秃的,黄土路像条死蛇在沟底蜿蜒,在不远处的梁湾里消失了,又从很远的梁坡上冒出来。大肚子螳螂、马蛇鼠、蚂蚱和说不出名的生灵从一侧草丛里蹿出来,又倏地没入另一侧草丛。半春子走得急,土坷垃硌得她脚疼。她是个大脚,原本也是裹过脚的,只是她妈死后,裹了一半的脚又放了。她穿一双黑面布鞋,一朵莲花从鞋外侧伸过来,在鞋面上盛开。鞋面蒙了土,灰蒙蒙的,隐隐显出粉色花瓣。她的黑布裤脚也沾了土。她的上身是雪青色纺绸褂子,领口袖口滚着月白色十字花边,腋下扣襻上掖着淡紫色帕子。头发绾个鬏,用铜簪子别着。她是个细致的女人,啥时候都把自己拾掇得干练整洁。挎在肩上的花布包袱,在背上晃来晃去,她索性拉过来夹在腋下。

已经一个多月没落一滴雨了,八月的太阳依然如火,天蓝得让人憋闷,空荡荡的看不见一丝丝云。黄土梁坡上光秃秃的,麦子已经收了,秋播还没开始。眼前的这片梁坡地,让半春子的心悸了一下。那年六月的那些阳光明媚的午后,她和周马驹出城摘豆荚。摘豆荚是周马驹的主意。倾斜的豌豆地白花飘逸,白蝴蝶和黄蝴蝶翩然嬉戏,地埂边茂盛的芨芨草随风轻扬,天地静谧。他站在豌豆地里,两臂

伸向天空,透着力量,太阳把他虚幻成一个迷离的剪影,像要飞起来,他斜过头望她,扯开嗓子吼:

  天爷发雨雷响哩
  我在梦里想你哩
  浑身就像蛆咬哩
  叫我咋么受了呢
  ……

  半春子头顶着杨树枝编的花环,站在地埂边。花环是周马驹在来路上折的杨树枝编织的,密实的枝叶替她遮住刺目的阳光。她眯眼望着有些轻狂的周马驹。风很轻,几乎察觉不到,夹杂着淡淡的青草清香和说不出名堂的令人欣快的气息。她的心里灌满了风,一朵红晕倏地染上她的面颊。周马驹的歌声像钩子,隐隐挠着她。她知道他想引她注意。荡漾在他眼里的渴望、探寻和似有若无的小心翼翼,让她心生怜悯。她知道没妈的娃有多苦。
  她妈死的时候,她还没灶台高,她踩着板凳趴在灶台上做饭,她不会烧火,灶门里忽然蹿出的火,燎了她的头发……后爹喝得两眼迷离,看着她沾满烟灰的脸,龇着牙笑,忽然飞起一脚,震得她心肝都碎了……

她出生时,正是夏末。月亮明晃晃地亮,他爹说:你看她的小脸脸,红艳艳水灵灵,多像个月亮,说书的说,嫦娥就住在月亮里的桂花树下呢。她妈说:嫦娥过得恓惶死了。

我的命还真就是个嫦娥,半春子想。

周马驹忽然站到她面前,捧着剥好的豌豆粒,眼睛像两簇火苗燎炙着她。经过那个晚上,他的眼里有种得偿所愿的自信。她抗拒着他的眼睛,心里涌动着越来越浓的不安和愧悔。她一直当周马驹是她儿子,可这个害货天生就是个抓挠人心的鬼。豌豆粒透明得像水滴,半春子捻起一粒放在唇齿间,圆润的豌豆粒在舌间滑动,她的身子轻轻战栗,心里一片空白。

几天前的那个晚上,周马驹就是这样忽然站在她的面前,拦腰抱住她的。那时,她刚洗完碗转过身,霍然迎上周马驹直愣愣瞪着她的眼睛。那眼睛黑得吓人,像要生吞了她,她禁不住抖了一下。他也在抖,抖得更厉害,像筛糠,一脸的慌乱。煤油灯火苗摇曳,昏黄的灯光将两个巨大的黑影叠在墙上。她能感到他黑漆漆的眼神背后所隐藏的意味。她是过来人,没有哪个男人看她的眼神能躲过她的眼睛。他就是一匹刚刚出槽的儿马,脸颊和下巴上几颗羞羞答答的粉痘,唇边夌出的一层茸毛还没变黑,带着芒刺的眼神也没褪尽青涩。她比他大九岁,对于男女之事,她死去的男人没有留下可供她向往的回忆,男人像山一样的身体把她裹在身下时,她除了恐惧,唯有瑟缩着身子接受。可她不忍拒绝周马驹,她怕伤着他,她怕他就此离开,再也不来了。你——你——要干啥?你个碎娃……她想推开他,手像没了筋骨,柔弱无力,他就势抱起她,把她放在里屋的小土炕上。

半春子怔忡地望着光秃秃的梁坡底,莽莽苍苍的峁梁,远处是空茫茫的戈壁,隐在山梁皱褶里的人家若隐若现。人活在世上就像蚂蚁,天爷顾不过来这么多人的生死哀怨。刚才那些让她心漾欲飞的记忆,像蛇一样溜走了。他把人家丫头祸害了,虽然,传令兵把事情说得轻描淡写,但她看得出传令兵欲言又止的样子。她的心又揪起来,也许真没啥大事,赔些个钱就能把事情了了。早前不是赔些钱就把事了了吗?!那些瞎了良心的爹娘巴不得丫头让人祸害,好讹些钱呢。她懊悔自己没早些去看他,要是早两天,说不定就避开这个劫了。

天蒙蒙亮,半春子醒了,身边的周马驹睡得正酣。她没叫他,她想亲他一下,这个念头转瞬间就被另一种情绪湮没了。前几天,何贵堂来找她,迎面碰上周马驹担水进门,他二话没说,冲上去一脚踹翻了周马驹,水泼了一地,两人在泥汤里打起来。她像只疯母鸡,把周马驹护在身后,操起扁担要跟何贵堂拼命,何贵堂就蔫了。事后,她想,能让何贵堂这么个蔫人动气发火,她是真的伤着他了。她觉得对不住何贵堂,给两个娃做了套衣裳,包了扁食送过去。他圪蹴在屋门口,没理她。她放下东西,临出门时,何贵堂堵在门口,瞪着她,你究竟图他个啥呢?她图个啥呢?她也想不清白。她不在乎街坊四邻的闲言碎语,让他们说去吧,嘴淡么,他们的日子里也实在没有比这更值得说的事了,再说,谁又能说得清别人屋檐下的事情呢?她宠着周马驹,她不图他啥,她只想像儿子一样守着他。夜里周马驹躺在她身边,她不想和他弄那事,和他弄那事,会让她感到不安和愧疚,有种负罪感。他黏她,像黏人的小狗,她把他像儿子一样搂在怀里,让她想起儿子粉嘟嘟的小脸拱在她怀里的感觉,那感觉让她欣快,让她周身都洋溢着幸福。周马驹是个乖巧的人,总能戳中她心头最软的那块肉,最后得偿所愿。这时候,他会让她枕着他的胳膊,他搂着她。她知道,他不想做她的儿子,他想做她的男人。

半春子窸窸窣窣爬起身,拢拢刺毛乱岑的头发,挽起袖子,匆匆洗把脸,捅着灶膛的火,塞进几块煤,往老汤锅里添进几勺水,扯着风箱把火催起来,再把头天夜里拾掇干净的头蹄杂碎放进锅里煮。这时候,天慢慢亮起来。她每天如此,酒馆是个熬人的活,偷不得懒。

半春子端着水盆提着扫帚,推开屋门。山顶上溢出一抹红,双疙瘩山像蒙着轻纱,若隐若现。已是秋末冬初,地上铺着一层清霜。她撩水洒了门口,拿起扫帚准备清扫,无意间瞥见一个人圪蹴在沙迪克马鞍铺子前的榆树下。那人看她在看自己,磕了磕烟袋,欠身躬腰站起来。半春子咧嘴笑了一下,可笑靥时僵在脸上。她没见过周马驹他爹,隐约觉得眼前这人就是,心里咯噔一下,撩起围裙擦手,惶遽地迎上去,是——是周家爸吧?快进——进屋坐吧。

他爹站着没动,我——嗯——他爹清清嗓子,手在下巴上摩挲着,我来——找驹娃来了。他虚眯着眼,越过半春子头顶,声音里有种干咧咧的沙哑。我给他寻了门亲,他说,日子定下了,阴历十月初八,就是下个月。他爹似乎一口气要把憋了一早上的话都说完。

半春子有些发蒙,愣怔地瞪着他爹。太阳晃晃悠悠爬上山顶,金灿灿的光洒过来。他爹的额头眼角几道刀刻一般的皱褶里,浸着汗渍灰垢,被阳光照得又油又亮,小棒槌似的手指在身前下意识地揉捏着烟袋,胀大的指节,灰褐色的老茧和皲裂像枯树皮。

半春子扑簌簌地抖着,轻飘飘的,像一片枯败的叶子。她忘了是怎么喊周马驹出来的。她的心像是被人捏住,狠狠地撕扯了一把,恍然沉入数年前儿子被夺走的时刻。周马驹气急败坏地撂了一句,我管尿……随后再没了声音。大概一顿饭的工夫,周马驹回来了,他说他给店里告了假,回来帮她。他到水缸前探头看了一眼,拿起扁担去挑水。

半春子愣怔了一天,她有点找不到自己了。平静的日子忽然起了波澜,她的心像飞沙走石后的戈壁,空旷又荒凉。周马驹娶妻生子是迟早的事,只是没想到这一天来得这么快。半春子也曾冒出和周马驹厮守在一起的念头,可那念头刚冒头,就被她摁住了。在她和周马驹之间像梗着什么东西,是因为儿子吗?是街坊邻居的闲言碎语?好像都是,又都不是。现在周马驹要娶媳妇了,她该高兴才对,可她却像失了魂。晚上,客人还没散尽,她就爬上炕躺下了。周马驹在伙房倒弄了半晌,端进一碗汤面。半春子推说不饿,让他自己吃,看周马驹眼巴巴盯着自己,又接过碗,放在炕桌上,用筷子搅着汤面,实在没胃口,她轻叹口气,驹娃,听你爹的话,回去把媳妇娶回来,好好过日子……

我管尿他,周马驹甩了一下头,我管尿他,那是他给他自己找的媳妇……他瞥一眼半春子,忽然住了嘴。

半春子还陷在自己的情绪里,你听你爹的,娶了媳妇对你爹好些个……

我——我爹他想婆姨都想疯了,周马驹怪怪地咧一下嘴,我对他再好,也不如他自己娶个婆姨好。

你胡说个啥呢?半春子拽住他的手臂,你咋这么说你爹呢,早上我看见你爹的样子就知道他不容易,你娶了媳妇,要好好孝敬孝敬他,人都活得不容易……屋子暗昏昏的,煤油灯结了个灯花,噗地爆个响,灯火摇曳,周马驹映在墙上的影子也随之晃动一下,他往半春子身边靠了靠,姐,他扳着半春子的肩,我娶也娶你……

可——可我是——我是你姐……她语气轻得像飞蝇,呆愣片刻,又猛地仰起头,一把推开他。她心里忽然涌起一股恼恨,她恨自己,她狠狠撕了一下自己的嘴。她是想让他回去娶亲的,可嘴里说出的却是另一种暧昧得令人生疑的含混。她蹿下炕,把周马驹推出门外,你回你店里睡去,白天你来这搭吃饭,黑夜里就回你店里。姐,周马驹叫声黏腻,涎着脸,赖着不走。他每次这么叫她,她都无法拒绝。她滞了一下,还是狠着心,把他堵在门外。随后几天,除了吃饭,她都把他堵在门外,心里却像塞进一团糟乱的羊毛,麻乱得理不出个头绪。

隔了几天,周马驹他爹又来了。半春子让他进屋,让了几次,他爹都摇头拒绝了。他佝偻着腰,圪蹴在酒馆门口,灰扑扑的脸上是颓败和无奈。前些天中午吃饭时,她听周马驹说,他爹原本想给自己续弦,他二爷说了话,他爹才把续弦的事情放下,给他说了这门亲。眼前这人是被日子压塌了,半春子想起她后爹,那个嗜酒如命的人。她后爹和爹是不出五服的堂兄弟。后爹家里穷,娶不起媳妇,赶上老家闹年馑,和她爹两人相约投奔半春子的表舅。半道上,她爹病死了,临死前把她母女托付给她后爹。她妈又病又饿,受了惊吓,落了病根,病恹恹过了六七年也死了。她后爹天天抱着酒罐子,喝得昏天黑地。

半春子切了一碗杂碎,浇上热汤,拿了大半块馍,端给周马驹他爹。他不在这搭,她说得急,她想让他爹吃了饭快点离开,她不怕左邻右舍的闲话,他爹圪蹴在屋门口的样子像一块烧红的烙铁,烤炙着她。她左右踅摸着,看他爹的饭吃得差不多了,他几天都没来了,她说。她让自己的语气缓下来,可她不知接下来该说啥,怔忡地看着他爹。他爹瞥她一眼,我——唉——日子紧得很了,彩礼都给了人家……他爹呼噜噜把碗里剩余的汤灌进嘴里,抹抹嘴角的汤渍,手在裤腿上蹭了蹭,欠身把碗递给她。阳光又稀又软,双疙瘩山还没被大雪完全封盖,山石裸露着,像个癞痢头。他爹的话不急不缓,温突突的,像一团黏踏踏的洋芋搅团噎在她嗓子里。给你说了,我已经好些天没让他进我屋了,她躁起来。他爹扑闪着眼睛,一脸无辜地看着她。她看到那双浑浊的眼里闪着渴望,她忽然觉得他爹脸上的颓败和无奈是故意做给她看的,这几天,她不让周马驹回来,本就失魂落魄得像丢了东西,她心里倏地涌起莫名的怨怼和委屈,刚才的怜悯风一样刮走了。

隔天,半春子去看儿子。她在那里守了两天也没见到,只好怏怏地回来。回来后,一连几天,也不见周马驹的影子,半春子心里更是没着没落,像丢了魂。

后晌,何贵堂和几个乡党边喝酒,边诡诡地低声说着啥,其中一个嘿嘿嘿笑得鬼声鬼气,看半春子过来,都静了声。半春子抹桌子收拾碗筷,说啥呢?鬼鬼祟祟的,她撒撒嘴,嗤了一声,你们男人聚到一起肯定没好话。她端起碗筷进到伙房。何贵堂跟进来,一副欲言又止的样子。

不在外头喝酒,你跟进来干啥?半春子瞟他一眼,径自忙着手里的活。

也没啥,嘿嘿,也没啥……

有话你就说!

嗯——你真没听说?何贵堂回头看一眼外屋,嗯——你……

究竟啥事?半春子皱了皱眉,你看你咋就窝囊得连一句话都说不清呢?

何贵堂尴尬地咧咧嘴,驹娃——驹娃和张六子婆姨缠不清,他说得慢腾腾的,都说他把张六子的婆姨睡了。他的嘴角扬了扬,似乎想笑一下。

半春子知道张六子跟着驼队跑驮运,出门少则十天半月,长则一年半载,张六子婆姨明里暗里跟人缠不清,是人人都知道的秘密。她像没听清何贵堂的话,侧过脸又追问了一遍。何贵堂看她把眼睛瞪得溜溜圆,到嘴边的话又咽了回去,眼神躲闪着,把他家的,这贼尿娃……他讪讪地咕哝一句。

半春子不信,看何贵堂又不像信口胡说,手在围裙上蹭着,片刻才醒悟似的,一步跨到何贵堂身边,你骚情地给我说这些,你想干啥呢?她推了何贵堂一把。

何贵堂躲闪着,事情都传疯了,我怕你让贼尿娃日哄了,他说。

你管得宽,要你骚情,这回你高兴了如了你的愿了,半春子把何贵堂推搡出伙房,揪着头发倚着门框溜滑到地上。她有种被人当街扒光了衣裳的感觉,尤其这消息是何贵堂告诉她的,就更有了羞辱她的味道。一股冰冷的寒气从心底渗出来,她如处在风搅雪里,肆虐的雪花裹着她的头脸,让她啥也看不清。外间鬼声鬼气地笑,闷闷的,像从很远的地方传过来。这个害货咋是个喂不熟的狗?她把心肝都掏给他了,他却把她的脸当尻子一样露给别人,臊她的皮。她可以忍受街坊四邻的闲言碎语,可他不该拿刀子捅她的心尖子。她翻起身,把何贵堂和喝酒的人都撵了出去。

太阳落山的时候,她出门去找周马驹。夕晖像在屋顶树梢上洒了层金粉,炊烟扶风飘摇,街上冷清清的不见一个人影,谁家屋里传出一声月娃子的哭声,又很快被奶头噎住了。虽然还没落雪,下山风依然凉飕飕地刮人脸皮。向北拐过一条街,是吉盛昌商行,对面艾山家的铁匠铺早收工了。现在是淡季,没有谁家的农具急等着修理,打制的镰刀也要等下一个麦季才能卖出去,可人不能闲着,日常就打些铁钉、饭勺、锅铲之类的日用品。铁匠铺再过去是魏家油坊,正是一年里最忙的季节,咚——咚——咚——沉闷的撞击声,一下,一下,撞得人心颤。赵皮匠家的作坊在镇子最北头,离得很远,浓烈的腥膻骚臭味和着硝味扑面而来。半春子走到赵皮匠家门口,站住了。她一直都在纠结来不来找周马驹,虽然镇上的人都知道她和他的事,可那毕竟提不上桌面,再说把他找回来,又咋弄?这害货就是天爷派来磨难我的。

天还没黑透,月亮已升在西边的天上。半春子袖着手,在赵皮匠家门口左右踅摸,她几次要喊人,可张张嘴又把喊声咽了回去。卧在大门里的大黄狗不时抬起头龇牙呼呼两声,看她走开了,又把头枕在伸直的腿上。大门向南,正对着堂屋,东面是作坊,西面是伙房、伙计住房和仓房之类。

干打垒的院墙不高,所谓大门不过是在土墙豁口的两端栽了木桩做门柱子,中间横穿了三根木杠,挡个驴马之类的大牲口。一股山风,半春子禁不住打了个寒战,她咬咬牙,朝前迈了两步,正要张嘴喊,大黄狗呼地朝她一扑,她一个趔趄差点摔倒。堂屋门开了,赵家四丫头站在一片昏弱的光里,谁?

我——半春子犹疑着应了一声。

四丫头犹豫一下,才慢腾腾地走过来。她立在门框里侧,手搭在门框上,盯着半春子,她没让半春子进屋。大黄狗在她脚边嗅着,她踢了一脚黏在脚边的大黄狗。你不要听别人胡说,驹娃这两天连门都没出过,她回头看一眼,我说真的。她说得很轻,像自言自语,这几天,他没事就和人在屋里掀牛九呢。

四丫头许配给东城高家,已经过了三媒六聘,就等着一个黄道吉日出嫁了。

赵皮匠的婆姨一口气生了六个丫头,才给赵皮匠生了个儿子,只可惜这个儿子一出世就是个病秧子,一年到头,不是喘就是咳,一刻也没离开过药罐子。赵皮匠为这个儿子真是费尽了心思。前三个丫头出嫁时,除了彩礼,还要对方答应,在他百年之后,帮着照料他的儿子。轮到四丫头了,更是如此。高家倒是爽快,彩礼除了银圆、金银首饰和一应穿戴,还给了赵皮匠五斗种子的梁坡旱地,这份彩礼丰厚得让人眼红,更别说高家的家境和在木垒河的声望了。不过,人们也知道这份彩礼对门不当户不对的赵家四丫头意味着什么——她是嫁给高家那个傻子。赵皮匠不怕别人说他狠心。

半春子看不清四丫头的脸,她的脸隐在暗影里,背后是屋子里透出的昏弱的光,她能感到四丫头没有骗她,你——你喊他出来吧,她嗫嚅道,这不像她,但此刻她忽然感到心虚。

四丫头静静地站了一会才离开,刚走了几步又回过身,驹娃怪可怜的,这两天他真没出门。

妹子,我信你,半春子说。

周马驹晃晃悠悠地走在前面,像啥事也没发生过,走几步,涎着脸回头叫她一声姐。半春子不理识他,手操在袖筒里。月亮冷清清地悬在天上,偶尔有一两声狗叫。你咋是个喂不熟的狗,半春子吸溜一下鼻子,几天的委屈涌上来,她一屁股坐在地上,呜呜呜——你咋——呜呜——

周马驹凑近半春子,姐,他俯身想要抱起她,顺势在她脸上亲了一口,姐,回吧。

半春子拨开周马驹,少骚情,她站起身,快走几步,又停住,你这几天真没出过门?

谁——谁说的？周马驹嘻嘻地笑。

半春子轻哼一声，一指头戳在周马驹脑门上，你就是个没良心的鬼，净戳人心尖子。

半春子纠结了几天，还是逼着周马驹回去娶亲去了。这期间，周马驹他爹又来了两次。

周马驹临走前的那个晚上，半春子躺在他怀里，今儿个夜里，姐啥都听你的。天快亮时，她望着白蒙蒙的窗口，说：娶了媳妇了，就好好过日子，有空闲了过来看看姐，不要忘了姐。她鲠了一下，眼睛不争气地发酸，嗓子里有股浓烈的火焰似的东西使劲往外冲。她推开黏在身上的周马驹，你再睡一阵子，姐给你弄饭去，她齉着鼻子说，忍不住又搂了一下周马驹，终于嘤嘤地哭起来。

大朵的云团在西边汇集，被落日染成橙红，像燃烧的火焰。明天要阴天了，半春子脚下加紧了些。一匹快马从她身边掠过，马上是个当兵的，回头看她一眼，给马加一鞭子，扬长而去。半春子心里涌上一丝不祥。

翻过一道山梁，下到沟底。一条溪水顺着梁湾汩汩远去，顺溪水散落着十几个大小不一的庄子，隐在穿天杨和老榆树荫里，干打垒的院墙若隐若现。

队伍驻扎在向阳的梁坡上，一溜儿五顶墨绿色帐篷，不时有人匆匆忙忙地进出。对面沟坡上，一座破旧院落门口围满了人，老的少的都有，数十个壮年汉子拄着铁锨木叉，围成半圆站在离哨兵丈把远的地方，像随时要挥起铁锨木叉扑上去拼命的样子。人群后面，散立着四五个警察。两个哨兵端着枪，紧靠着院门。院子干打垒的围墙四角也站着哨兵，屋顶上、院子里都有。梁坡上，聚着看热闹的人，几个娃娃趴在穿天杨树上。院子旁是个新修的宅院，屋子呈凹字形，一色青砖到顶的拔廊房，院墙足有七尺高，重檐门楼，侧面有个小门通向旧院子。

早上那个传令兵看到半春子，把她带到中间帐篷里。帐篷中央一张苫着墨绿军毯的桌子，一个牛皮公事包，背带耷拉在桌沿边，几个搪瓷茶缸胡乱地散在桌子上。骑兵连长阴着脸，坐在桌子右边的行军床上，看到半春子进来，抬手指了指桌子边的凳子，顺势一把拍在行军床沿上，两臂一撑，立起身来，我已经派人去奇台团部请示了，他说。

半春子从包袱里拿出银圆，求你抬抬手，罚他罚得轻些个，她把银圆朝骑兵连长面前推了一下，又推了一下，轻声道。

骑兵连长拿起银圆掂了掂，这回不是钱能抹平的事了，他瞥了一眼半春子。

那——那还要咋？半春子急了，她看到一丝阴冷从骑兵连长眼里闪过,她不由得颤了一下。

骑兵连长把银圆塞回半春子手里,他惹错了人家,把事情弄得太大了,我也做不了主。他指了指前面的青砖宅院,我让你来,是想让你去求潘家,他兄弟是警察局长,潘家放手了,他还有生机。他沉吟一阵,挥挥手,让传令兵带半春子去见周马驹。

日头落山,围在小院子门口的人,不见少,反而更多了,暴戾和汗水湿漉漉地黏在每个人脸上。半春子穿过人群,关周马驹的屋子门口的哨兵往旁边一闪,她怔忡地盯着屋门,竟莫名地紧张起来,身子不由得绷紧,有那么一瞬,口干舌燥得连喘气都不匀活。一年多没见过周马驹了,她忽然觉得对他的思念里隐着忧惧,她不知道他现在胖了还是瘦了,他成了她梦里的一个影子,是扎在她心头的一根刺。她把包着羊头的布包递给哨兵,指了指屋里,使劲抿一下嘴,转身离开。

半春子去了潘家。骑兵连长怕出意外,派传令兵跟着她。她才走进院门,还没来得及说话,脸上就挨了一巴掌,几个女人扑上来薅住她的头发,又撕又扯,混乱中,听到一声呵斥,传令兵和几个小伙子生拉硬扯才把她从几个女人手里拽出来。天色暗下来,一个男人背着手站在堂屋门前的台阶上。半春子知道他,他是县里的财税稽查。年初,听说他为着啥事和县长扯皮,县长免了他的稽查之职,让他赋闲回家。

她抹一把嘴角的血渍,扑通跪在院子当间,双手捧着银圆,潘家爸,求你抬抬手,饶了他吧,半春子望着台阶上的那个人,你就当他是条狗。刚才被撕扯的头皮在隐隐作痛,脸也火辣辣的。

潘稽查哼了一声,慢慢踱到她身边,绕她转了一圈,在她面前站定,我不要你的钱。他哑着嗓子咳了一声,一口痰吐在她面前,你能把它舔起来吃掉不能?半春子仰头看他,他阴狠的眼神逼视着她。那个狗日的畜牛干下的事,就这么恶心,潘稽查咬着牙,说。

一抹血色的光掠过屋顶,阴影下,鸡屎似的一坨黑,半春子隐隐觉得心口在翻腾,她咬了咬牙,俯身要去舔。

潘稽查抬脚挡住了她,我看你真是勺掉了,那个畜生祸害你几回了,你还为他这样,值当吗你?他往旁边跨了一步,又折返身,俯身向着半春子,手往虚空里一指,那狗日的就是个牲口,牲口,他啐了一口。

那你就可怜可怜我吧,潘家爸,就饶了他吧,半春子把头磕在地上,哀求道。

潘稽查跺一下脚,你——你个勺子,滚滚滚,赶紧滚,他冲左右挥挥手,气急败坏地转个磨转,把她给我撺出去,撑——出去。

两个小伙子揪起半春子,把她往外推,半春子回头挣扎着,潘家爸求你饶了他吧,来世我变牛做马报答你。一包东西哗啦甩过来,把你的钱拿走,半春子听潘稽查吼道。

骑兵连长在小院子里等着半春子,咋说的?他背着手,问她。

我去求蔡县佐,半春子还没从刚才的情景中缓过来,我现在就去求蔡县佐,她又重复一遍。

我看你还是留下来陪陪那个贼屄吧,潘家不松口,你求谁也没屌用,骑兵连长转身要走,过了今个黑夜,谁知道明天会咋样呢,他沉吟道。

半春子看不出骑兵连长的忧心,她觉得他在敷衍她。他咋又弄出这号丢人事呢?她下意识地问了一句。

前两天他回去了一趟,嗨——让我说他就是个贼屄,骑兵连长走了几步,又停住,你说青杏么好个媳妇,长得漂亮,人也贤惠,可他个贼屄偏偏要往死路上走……

你见过青杏?

骑兵连长瞥了半春子一眼,折转身,走了。

半春子的心倏地一紧,不由得打个寒战,她似乎又看到了骑兵连长眼里闪过一道冰冷的光。那年是你把他带出来的,你得救他,她冲他的背影喊道。

半春子无措地站着。也许真没啥事,她想,可骑兵连长最后瞥她的那一眼又总让她脊背一阵阵发凉,她觉得那凌厉的眼神,像闪着寒光的刀。四下里静得连声狗叫都没有。黑云翻卷,天低得伸手就能够得着,没月亮,也没星星,风像溜墙根的狗,探头探脑,冷不丁蹿出来,倏忽又找不到一丝踪迹。周马驹的屋子静悄悄的没一点儿声息,屋顶上,哨兵的黑影晃来晃去。

娶了亲的周马驹在家住了没两天,就回来了。他是快半夜才到家的。半春子正陷在又一场梦魇中,隐约听到拍门声,她以为是梦,咚咚咚的声响硬是把她从梦里拽了出来。是她逼周马驹回去娶亲的,可周马驹刚走,她就后悔了,像丢了魂。他走的那天她割破了手指,她不是有意的。洗羊头时,刀子不经意划过手指,血洇出来,血粒慢慢胀大,顺着指肚滴到污浊的水里,紧接着又是一滴,一滴,一滴……血在水里洇开,像烟囱里翻卷而出的烟雾,在空旷的风里,一圈一圈散开。慢慢散开的烟雾蒙住了她的眼睛,身体像被掏空了,轻飘飘地踩在棉花上,一点儿不着力。脑子再也没有一刻闲下来,那个面容模糊的女人忽然变成一根芒刺扎在她心里。夜里,躺在炕上,窗外的弯月像一牙瓜,孤零零的,青幽幽的冰冷从窗口渗进来,她拧着大腿皮肉不让自己想他,可那些景象在她心里生了根,扯下来就是连皮带肉的一块。她的大腿已没有一块好肉。

屋门哐当撞开,一股寒风刮进来,像火炭一样裹住她。半春子含混地呻吟一声,任由周马驹拦腰抱起她。这个晚上,她头一次尝到了作为一个女人的滋味。浑身像着了火,焚毁了她,那种源自身体深处的神秘战栗让她像被湿漉漉的狗舌头舔舐手心一样。周马驹疯了一般拱在她怀里,他以往也疯,可他今天的疯让半春子感受不一样。她像春天里刚经过一场透雨的土地,敞开了,舒展而滋润。她听到草芽拱动泥土的声音,这和她死去的男人留给她的记忆不同,和早前周马驹给她的也不同。

半春子不问周马驹,他新娶的媳妇咋样,她也顾不上问,她只听他说过一次,那女人叫青杏。有时,她会陷在那个面容模糊的女人锥子一般的眼神里,她就使劲拧一把大腿上的皮肉,瞬间的疼痛会把她从令她不安的眼神中拽出来。她啥也不愿想,她只想把自己埋在自己的情绪里,享受周马驹带给她的欢愉时光。

又一个冬天降临了,一连几场大雪把大地遮盖得严严实实,冷冽的阳光在雪面上折射出青悠悠的光。双疙瘩山圆润飘逸,像女人翘挺的奶子,更远处是墨绿色的森林和丝绸一般蓝莹莹的天。她想扯开嗓子,把壅塞在心里的秘密和欲望都吼出来。青杏那锥子一般令她不安的眼神也似乎离她越来越远,越来越模糊。她觉得这些年她把自己遗落了,她的全部心思都在儿子身上。她想起当丫头时,一群大丫头小媳妇去薅猪草的时光,她最小,跟在她们身后。梁坡上小伙子吼的山曲儿,像风一样灌进她心里。还有秋后结伴去捡麦穗捡豌豆,那些即将出嫁的丫头们挤在一起,诡诡秘秘,叽叽喳喳,忽然蹿起的笑声像一群麻雀,扑啦啦冲上白云悠悠的天,那蓝莹莹的天呦,让人心都碎了。她的眼前闪出隔壁三虎子看她的那种毛刺刺的眼神,她隐约感到她们藏着的秘密,她知道她们捡了麦穗捡了豌豆会拿到杂货店去换几尺布、几缕花线,然后,剪呀、绣呀、缝呀……她也去换了布和花线回来,可不知道绣啥?她妈死得早,还没来得及教会她这些。她觉得心里某个隐秘的角落,有什么东西在探头探脑,像拱在泥土里的青草芽儿。她会无端生出伤感,又说不清为什么。那些漫长又稍纵即逝的夜里,月光透过窗户缝隙,像碎银子似的洒在炕前地上,耳畔是外间后爹的如雷鼾声,她的身体和心思日渐丰腴。直到一天半夜,她从又一场五彩缤纷的梦里骤然醒来,看到后爹像个鬼影子,静悄悄地立在她的炕前。她不知道后爹啥时候进来的,她不敢动,紧紧抓住被角。那一夜没有月光,窗纸映着颓弱的淡淡白晕,后爹的呼吸像戈壁滩的风,又粗又急。不知过了多久,后爹喟然叹口气,转身走了。十数天后,一辆轿棚马车将她悄然载进了那个幽深的大宅子。后爹把她连同她懵懂的心思,一起卖给了她的男人。

一桌客人在划拳喝酒,何贵堂和几个乡党在另一桌上掀牛九,他的眼角会不经意地从半春子和周马驹身上掠过。半春子看得出何贵堂眼神背后的意味,可咋办呢?她又不能把自己一劈两半。屋当间的炉子烧得通红,炉火呼呼作响,酒馆里氤氲着春天般躁闷的气息。她摸了摸隐隐发烫的面颊,她的眼神像根毛绳,缠着周马驹,她听到身体里汩汩流淌的声音,像化开的山溪,溪水在清凌凌的冰层下流过,脑子里闪过周马驹拱在她怀里的样子。昏黄的煤油灯下,周马驹浅铜色的肌肤,透着让她心荡神摇的魔力。她禁不住要想起这些让她心漾的景象。

可是,周马驹他爹来了。随后是一场持久的追逐。半春子和青杏之间像一条磨道,而周马驹就是这条磨道上被他爹追赶的驴。她越来越无力面对周马驹的爹,她觉得是她闯进了青杏的梦,搅乱了人家的梦。她为此感到惶惑,且被这种越来越浓的惶惑刺得坐卧不宁。她知道周马驹依恋她,这反而更让她忧惧,就像怀里揣着个偷的宝贝。

周马驹的爹每次来找周马驹都是如此。他不进店,佝偻着腰,袖着手圪蹴在酒馆门口。灰扑扑的脸上是无所依从的茫然，目光迟钝的小眼睛里是颓败和无奈，只有在看到周马驹的瞬间，他的眼睛才会突地跳一下，闪过一抹柔和的笑意，像记忆深处的某个印记忽然跳出来刺了他。笑意稍纵即逝，他的眼神又黯淡了。

　　日子被无声无息的情绪裹挟着前行，日出而作，日落而息。周马驹还如往常那般黏她，可那些酣畅淋漓的快慰再不纯粹，就像醇香可口的苞谷黏饭里混进了碜牙的沙子，他爹和青杏总在她将要冲上巅峰时，不失时机地跳出来，冷眼看着她。每当此时她就如中邪一般，一把掀开迷狂的周马驹，看着他一脸无辜的样子，自己先是一愣，继而扑趴在炕上，悲苦汹涌奔腾，是更大的委屈和纠结。

　　周马驹黑漆漆的眼里渗着困兽般的茫然，死盯着半春子，脸颊上的肌肉一鼓一鼓，像在跟谁较劲。终于，在半春子又一次掀开他时，你从来就没把我当你男人，他吼道，他的脸因愤怒而扭曲得变了形，他蹾下炕，摔门而去。

　　半春子关了店门。她去赵皮匠家找过周马驹两次，都没找到。她知道是周马驹躲着她。她啥也干不了，躺在炕上，脑子一片混乱。浑浊无力的阳光从结着窗花的玻璃透进屋子，炉子里的火早灭了，屋子又阴又冷。她快冻透了，她往被子里蹾了蹾，忽然想去看儿子，可这想法却没了以往的急切。她隐隐感到不安，在炕上又躺了一天，终于拿定了去看儿子的主意。

她起身拾掇起一个包袱。其实,也没啥好拾掇的。自从那次她听王家婶子说她替儿子织的围巾,刚戴进屋就被夫人扯下来,扔进了灶膛,她再也没给儿子准备过任何穿戴,她知道在那个家里,儿子的吃穿用度用不着她操心,可她是儿子的妈呀,咋能不操心呢?她想起前一次去看儿子时,碰巧有个娃儿举着风车,她看到儿子眼里溢满着艳羡的光。她替儿子买了风车。风车是用红柳条做的,纵横三根红柳条绑扎成一个方框,彩纸做的风轮。这次,她没有再在街角等王家婶子出来,她径直走到大门口,可不管她咋说,她都没能走进院子。

半春子举着彩纸风车,日影一点点一点点移动延伸。冬日的天蓝得空空荡荡,清冽的阳光夹着似有似无的寒风,街上行人匆匆,门房袖着手,不时探头觑她一眼,神态木然,像门楼两侧的石狮子。青砖飞檐的宅院门楼,厚实的大门,暗红的朱漆已经斑驳,显示着年代的痕迹,森严又冷酷。她曾在这里生活,这里有她的骨血,现在,它却将她拒斥在门外。生活竟对她如此吝啬,她忽然觉得自己活得像只畏怯的老鼠,她只能乘人不备时,从黑暗的洞窟里探头窥觑一眼外面的阳光。她禁不住簌簌发抖。

她终于听到院子里传出一串笑,笑声像铜铃一般清脆撩人。她的心骤然紧缩,怦怦怦撞击着胸口,她看到那个精灵似的小人儿穿着厚实的棉袍,他又长高了,能顶到她奶子了。半春子往前冲了两步,她看到门房皱了皱眉。儿子看到她了,笑声戛然而止,怯怯地左右环顾着。她招了招手,扬了扬手里的风车。她看到儿子的眼睛一闪,慢慢向她挪过来。她把风车塞在儿子手里,一把搂住他。

一声轻哼,是那种压抑的,从鼻孔里挤出来的声音,她和儿子同时寻声扭过头去。夫人站在门口的台阶上,也眼看着她和儿子。儿子在她怀里扭了一下,挣开她,回头看一眼夫人。夫人阴下了脸。儿子推开她,跑了两步,又折转身把风车甩在她面前,踩一脚,才跑回夫人身边,妈,他拽着夫人的手。夫人抚了抚儿子的头,牵着他消失在门洞里。临进门时,儿子回头看她一眼,又看一眼。夫人也扭头笑了一下,那笑像一把锐利的刀,洞穿了半春子的心肺。骤然的撕裂让她一下转不过弯来,她愣怔地看着眼前的风车。风车的彩纸风轮已经碎裂,红色的彩纸像一摊血。她眼里尽是儿子踩在风车上的脚,那脚在她的心口踩踏出一个深不见底的洞,冰冷刺骨的寒风从那空洞中灌进她心里。她茫然望着空洞洞的大门,照壁挡住了宅院里的幽深。她木然转身,像在梦里,四周的一切影子一般轻飘飘地向后滑去,直到过了两个街角,在一个僻静的巷口,汹涌的委屈才从她眼里奔涌而出。

她懵懂地顺着巷子走去,她不知道她要去哪里。巷子深处是一家翠香楼,天色尚早,门口冷冷清清。世界像是死寂了,连个人影都没有。一只乌鸦栖在屋后的白杨树上,白杨树瘦伶伶的枝萧瑟瑟地支棱着,乌鸦冷不丁嘎嘎的叫声,像凉飕飕的风从脊背掠过。不远处的大门,哐当响一声,一个小娃儿跑出来,七八岁的样子,你慢些个,把帽子戴上,一个年轻婆姨扬着手里的帽子追出来。我不冷,小娃儿话音没落尽,人已经跑出了巷口。年轻婆姨看看半春子,娃儿大了,管不住了,她抿嘴笑了笑。几只麻雀在树枝上,叽叽喳喳,半春子恍然看到儿子回头看她的眼神,儿子是乖巧的,她舒出口气,过两年,儿子也该像那娃儿一样满街乱跑了,她想。那天,她雇了轿棚骡车,连夜赶回了木垒河。

半春子到家听到的第一个消息就是周马驹被赵皮匠扭进了县衙大牢。他和赵皮匠的四丫头私奔,被赵皮匠带人抓了回来,吊在作坊的横梁上,鞭子抽了一夜。

消息是半春子到家的第二天上午,何贵堂带来的。他看到半春子屋顶的烟囱冒烟,知道她回来了。他闷头在火炉前坐了半晌,才犹疑着说出周马驹出事的消息。半春子没接话,木愣愣地瞪着何贵堂,她的身子扑簌簌抖着,半晌,幽幽叹口气,哥,你回吧,我乏累了,说着,不等何贵堂搭话,径自走进里屋,上炕躺下了。

半春子真是欲哭无泪了。四丫头许配给东城高家,三媒六聘都过了,出了这样的事,赵家还有高家咋能咽得下这口气?这个害货就是天爷派来磨难我的,她磨转了一下午,到晚上,还是提了两罐糜子酒和几包点心去找蔡县佐。

蔡县佐两年前赋闲在家,却不过半春子的再三求告,在高家和赵家来回跑了几趟,半春子又在东兴阁摆了一桌酒,请镇子上几个德高望重的老人作陪。高家挣得是面子,说几句狠话,也就罢了,赵家无非想捞些钱,两家都如了意,事情也就了了。等把周马驹接回家,已经过了小年。

半春子走到关周马驹的屋子门口,两个哨兵闪开,站到稍远些的地方去了。门缝里透出浑浊的光,静悄悄的没有一丝声响。她感到疲惫和虚弱,想靠在哪里歇一歇,她回头巡睃了一圈,四处黑魆魆的。小院门口有几星烟火一明一灭,那应该是潘家守在那里的人在抽烟。她忽然觉得危机像潜伏在暗处的狗,眈眈地盯着她。她慌乱地推开屋门,周马驹垂头坐在行军床上,马灯光照得屋子暗幽幽的。他慢慢立起身,站着没动。半春子下意识地抿了抿头发,几步跨到周马驹身边,一股浓郁的男人气息钻进她的鼻腔,她抬手想搂住他,手到中途又停住,你——嗯——她忽然不知如何开口。站在眼前的是她日思夜想的男人。

半春子摩挲着周马驹的脸。昏黄的煤油灯光映在他脸上，眼窝凹陷，眼神躲闪着，颌下是细密的胡子，嘴唇翘起一层干爹爹的皮。他咧了咧嘴，哑着嗓子，姐，他想笑一下，可笑僵在脸上。一阵疾风吹得残破的窗纸簌簌响，雨滴随风落在窗棂上，淅淅沥沥，渐渐地沙沙沙响成一片，一股泥土的腥味涌进来。半春子想起那年去县衙大牢给他送饭，他翻龇着肿胀的嘴唇，眼窝青紫，一脸谄笑的样子，半春子的眼阴了一下，猛地一巴掌掴在他脸上，你——你往我心上撒盐呢！

去县衙大牢接周马驹的是他爹。

那天下午，半春子关了店门，虽说小年已过，她还是在灶台上摆了三大碗，三小碟，祭灶王。她给自己包了扁食，捣了油泼蒜泥，端上炕桌，却没了胃口。炕前的火炉烧得正旺，炉火顺着烟道呼呼往里钻。窗外的天蓝得让人心疼，不时有零零星星的鞭炮声伴着小娃儿欢实的喊叫挤进来，撑得屋子又空又大。半春子的心里浸满荒凉，过去的事像影子一样在她眼前晃。她想起了儿子，可闪在眼前的却是儿子踩在风车上的那只脚，儿子回头看她的乖巧的眼神，周马驹愤怒地摔门而去的脸，半春子呻吟着颓然倒在炕上。

空荡荡的莽原,风旋着刮起一溜雪尘,远处的山黑沉沉的,儿子在前面跑,叽叽嘎嘎的笑声在山谷里回荡,半春子在后面追,脚下的雪咯吱咯吱响,日头像团火,悬在头顶上。儿子忽然不见了,迷迷糊糊地看到周马驹站在不远处,龇着牙冲她笑,笑声像风一样裹着雪在她身边旋,她被风卷着飘了起来,越飘越高,天地一片混沌,她喊周马驹,她听到咚咚咚的回音,咚咚咚,她惊醒了,她听到了敲门声。

周马驹他爹忐忑地站在门口,驹娃不回家,他爹搓着手,回头看一眼身后,他咋都要到你这搭来,他说。周马驹躺在牛车上,挣扎着仰起头,咧咧嘴,一排牙白森森的,一闪一闪,姐,他喘息着,委顿在牛车上,眼巴巴地看着她。

周马驹刚出事那会,他爹来过,塞给半春子一个布包,大约有十来块银圆,你——你是个好娃,是驹娃不争气,祸害了你,欸——他叹口气,我把家里的羊卖了,能拿出来的都在这搭了,你不要嫌少,他爹苦着脸说。半春子不想要,看看他爹为难的样子,就收了。

周马驹断了两根肋骨,浑身上下没有一块好皮肉,衣裳黏在血痂里,脱不下来。半春子只好拿手巾蘸水,浸在衣裳上,慢慢地,一点点,一点点往下揭。挨打是因他嘴犟,赵皮匠又给警察局使了钱,要定他个拐卖的罪名,原本这也不难,把四丫头喊来一问,就啥都清楚了,可他拒绝和赵家四丫头对质。

周马驹瘦成了一把骨头,身上的烂肉长了脓。半春子用肖先生开的草药熬成水,替他擦洗。他疼,疼出一身一身的汗,汗水浸在伤口里更疼。他牙咬得咯咯响,憋得眼睛都红了,硬是不吭一声。半春子又气又恨又心疼,你就是条喂不熟的狗,看他盯着自己邪邪地笑,你心瞎掉了,她咬着牙说。

姐,他涎着脸,总不能让她嫁给勺子……我真没把她咋着……

半春子撇一撇嘴,谁稀罕你。

她去找肖先生。肖先生踌躇半晌,拿出拇指大一块黑黢黢的东西给她,一股淡淡的尿臊味钻进她的鼻腔。这是大烟膏,驹娃疼得不行了,你化些水给他喝,可不敢喝多了,肖先生一脸郑重。

半春子攥着大烟膏,心里忐忑不安的。她见过吸大烟的人,呵欠连天地走进烟馆,再出来时却抖擞得像换了个人。太平年间,杨将军是禁烟的,杨将军一死,金督办开了烟戒。每年开春,陕甘一带的花花客来这里租地种花,到六七月间,漫山妖艳的花朵随风起伏。她想起嗜酒如命的后爹,后爹醉酒后,飘飘欲仙的样子,像极了吸足了大烟的人。她突然生出说不清的冲动。她去了左壁崔家车马店。她想跟崔家借杆烟枪,她见过崔家婆姨抽大烟。崔家婆姨显得很为难,看半春子直愣愣盯着自己的眼睛,拿出一套半新的烟具,折价卖给了她。

半春子端着木托盘回到家,揭了木托盘上的红绸子,拿火镰点了烟灯,用银钎子挑点大烟膏,放在灯头上烧,她不会烧烟泡,崔家婆姨给她比画了一回,她照猫画虎,倒弄了半天,周马驹总算把烟吸到了嘴里。

一大早,半春子才把屋门推开一半,愣住了。一个穿大红棉袄棉裤的小媳妇,迎门立着,周马驹他爹袖着手圪蹴在屋门边。小媳妇看半春子愣在门口,一步跨上前,姐,声音清凌凌的。

你——青——青杏,半春子木愣愣地瞪着她。

青杏歪着头,睫毛像扇子,呼扇呼扇,上下打量一下她,抿了抿嘴,浸在清冽的晨风里的脸,红润润的,左侧面颊上一个麻子,像个酒窝。她反身扶住周马驹他爹的胳膊,爹,进屋吧,她侧身从半春子身边,一步跨进屋子。

半春子无措地站在屋门口。眼前的场景和她脑子里想过无数遍与青杏碰面的样子相去太远,连边都不沾。此刻,青杏倒更像这屋子的主人,她把周马驹他爹安顿在桌子边坐下,提起炉子上的铜壶,替他爹倒了碗水。他爹低垂着浑浊的眼,腰佝偻着,一脸不安,一条胳膊搭在桌子上。半春子心里一阵阵发虚。

青杏巡睃了一遍屋子,径自走进了里屋。

半春子的脊背一阵阵发紧,弥漫在屋里的是那种鞭炮捻子点燃时的刺刺声,她绷紧了身子,随时等着那一声爆响。可是,没有出现她想象的情景。窸窸窣窣的说话声隐隐约约传出来,她听不清。

半春子心里越来越空茫。屋门开着,日头明晃晃地照进来,清冽冽的冷紧紧裹着她。她不想动,斜靠着门框。太阳才爬上山顶,清亮的光晕里洇着一抹红,轮廓看不分明的双疙瘩山覆着厚厚的雪,亮晃晃的。时间像是凝滞了。

姐,我回了。

不知过了多久,半春子听到有人说话。她懵懂地抬起头,一团火在眼前晃,声音遥遥地传过来,嗡嗡嗡,像风在耳边旋。姐,我不怪你。半春子茫然点着头,她看到青杏脸上隐着泪痕和决绝。一连好多天,她都懵懵懂懂,连青杏来没来过家里都不确定。她觉得那是梦。

没过几天,他爹来了,提了只老母鸡和几个鸡蛋,说是青杏让送来的。末了抄着手,闷头在火炉子前蹲一阵,回去了。清明前,他爹又来了,蹲在火炉前,唉声叹气,屋里屋外磨转了不知道多少趟,才发狠似的进到里屋,他让周马驹给青杏写休书。周马驹龇着牙,嘿嘿嘿,笑了。拿了休书,他爹就走了,再也没来过。后来,半春子听人说,青杏把休书撕了,她说死也要死在周家。半春子听了几天没说话。

周马驹的身体在慢慢恢复,他的烟泡也烧得越来越好,越来越娴熟。在屋里捂了一冬天,他显得羸弱又寡白。逢到好天气,阳光暖洋洋地洒下了,半春子搬一把躺椅放在门口,让他晒日头,再泡一壶浓茶放在他手边,他便越发滋润得云里雾里了。

何贵堂还和往常一样,逢到空闲就和几个乡党聚在酒馆喝酒掀牛九,有时他一个人来,闷头坐一阵就走。半春子知道何贵堂心里不畅快,觉得亏欠了他,给他做了双鞋,又给两个娃做了夏天的单衣,他要给她钱,半春子冷了脸,他就不再坚持,找个空闲,帮半春子抹了回房泥。

惊蛰那天,半春子起个大早。惊蛰要祭白虎,吃鸡蛋。她请出头一天肖先生画的白虎,供在桌子上,摆上猪血馒头和红烧肉,燃了三炷香。白虎是黄表纸画的,黑色斑纹,龇着大獠牙。老辈人说,白虎吃饱了吃好了,来年不伤人,不搬弄是非。她捡起一块红烧肉在白虎嘴上抹了三抹,双手合十抵住额头,躬身拜了三拜,然后去灶间煎鸡蛋。等她把煎好的鸡蛋端上桌子,才喊周马驹起来。这些日子,老是无端发困,她伸个长长的懒腰,感觉身子轻快了许多。她推开外间屋门,大雾正在慢慢散去,双疙瘩山沐在晨光里,若隐若现,像女人挺拔的胸。自从周马驹写了休书,半春子的不安和忐忑不见了,日子只剩下她和周马驹,这是她梦寐以求的,她每天都被盛大的欣快鼓荡得脚下发飘。她回头看一眼,周马驹正慵懒地在桌子边大张着嘴,打哈欠,快吃饭,快吃饭,她的声音洋溢着欣快,紧走几步,把筷子塞进他手里,把盛鸡蛋的碗往他面前推了推。周马驹一口吃光了鸡蛋,又捡起一块红烧肉塞进嘴里,拿起祭白虎的猪血馒头咬了一大口,鼓着嘴大嚼。唉呀——这是祭白虎的,你咋就吃了?周马驹涎着脸冲她咧嘴龇牙,你就是个长不大的娃么,她嗔怪地撇一下嘴,一束光从她眼里倏地划过,呀——她轻呼一声,怔怔地盯着周马驹,她被脑子里骤然闪过的念头怔住了。周马驹疑惑地看着她。她的脸被红晕染透了,像春天里绽放的杏花。姐,你——你咋啦?她抚着胸口,慢慢坐下来,她的眉梢竟挑起一丝羞怯。

半春子怀孕了。十多天后的一个下午,她拉着周马驹的手放在自己肚子上,我有了,她说,抑制不住的兴奋,让她的声音有些颤。周马驹一时没明白,姐,你有——有啥了?半春子嗔怪地戳着他脑门,你当爹了。周马驹惊乍乍地啊一声,我——我看我看,他扒着半春子的肚子,左看右看,又把耳朵贴上去。半春子捧起他的脸,你个勺子,她用拇指抵着小指肚比画着,他现在也就这么一点点大。整个下午,周马驹都围在她身边,被按捺不住的兴奋和好奇鼓动着,不时扳过她的肚子看一下。夜里,他正往她怀里拱,忽然扬起头,你说,你有了娃了,我还咋往你怀里拱呢?她把他的头搂在胸前,你个鬼呀……

时令进入五月,客人一天比一天多起来。周马驹去陈家酒坊送酒账,半春子看水缸里水少,趁着后晌没客人,去挑水,路上隐隐觉得肚子不舒服,也没在意,到夜里,疼得厉害了,还见了红。她没敢告诉周马驹。挨到天亮,去找肖先生。肖先生替她把了脉,开了两服安胎药。半春子临要出门了,肖先生又犹疑着喊住她,这胎——嗯——这胎中了烟毒,就算保住了,也不见得好。半春子怔住了,像当胸挨了一拳,半晌才缓过气,就再不能想个啥办法了吗?她不甘心地盯着肖先生,看肖先生也是一脸无可奈何的样子,黯然道,你——你不要让驹娃知道……我咋也要把这娃生下来。肖先生叹口气,你这娃——你这不是糟害自己吗?

半春子雇了两个伙计,再不用自己上手。她又连着吃了肖先生的两服药,还是不见好。她时刻处在恐惧中,被梦魇缠绕着。她让周马驹陪她去了趟娘娘庙,她祈求观音娘娘能帮她解了危厄。周马驹悾惶地看着她脸色一天比一天寡白,却没有丝毫办法。忽然有一天,周马驹半夜才醉醺醺地回来,第二天早起,他把烟枪和半春子的药罐子都拿出去砸了。半春子看周马驹黑着脸,愤怒的样子,第一次对他露出怯来。

半春子小产了。周马驹抱着她哭了一场,便没了音讯。她找遍镇子,也不见他踪影。十多天后,周马驹托人告诉她,他去当兵了。她去兵营找他,骑兵连长拦住她,没让她见周马驹,你要他在你炕上捂蛆呀还是沤粪呀?骑兵连长瞪着她,说,看她噎得说不出话,阴阴地哼一声,挥挥手走了。

日子像是停滞了。半春子小产后,身上一直淅淅沥沥不干净,她像被掏空了,走路发飘。她又悔又恨,心更像在油锅里煎,抓在手里的日子忽然没了,像沙子一样从指间溜走了,周马驹搂着她哭的样子一直浮现在她眼前,像针一样刺着她。在漫无边际的夜里,她拧着自己的皮肉,疼痛像蛇一样游走。

周马驹走后,何贵堂一有空闲就来帮她干活,挑水、劈柴、砸煤块,没事了就坐在桌子旁抽烟发呆。半春子知道何贵堂的心思,没客人时就陪他坐着扯些闲话。哥,你是个好人,可我就是搁不下他,半春子神情幽戚。

何贵堂闷头抽烟,我也搁不下你,他闷声闷气地说。

半春子咧咧嘴,不知该咋接何贵堂的话。可他的话让她心里暖融融的,像有什么东西在心里拱。

她起身走到门口。老榆树上还残留着没有落尽的榆钱,赵皮匠和几个老汉在扯方,身后是靠着树干的崔掌柜,沙迪克的马鞍铺子依然叮叮咣咣敲得脆响……日子还是一如从前,也将延续。她的眼睛忽然湿了。她微微扬起头。双疙瘩山涂满了各种颜色,红的、黄的、蓝的、紫的,褐色山岩裸露其间。山前的梁坡上,豌豆地白花飘逸。又是六月了,她轻轻舒出口气,我找驹娃去,我要嫁给他,我要再给他生个娃。

半春子犹疑着轻轻靠在周马驹的胸口,他的心咚咚咚,跳得急促有力,一下一下冲击她的耳鼓。她靠在他怀里,忽然感到虚怯,她不知道明天等待他们的是什么?不久前,升腾在她心里给驹娃再生个娃的希望,忽然像握在手里的沙子。雨下得越来越急,她不禁打个寒战,鬼不行干路,小时候逢到有人死了,就听老人这么念叨。差不多两个月没下雨了,今夜的雨,让她感到不祥。她抬头看看他,昏黄的灯光映在他脸上,是一种枯焦的黄,我咋就喂不熟你?她幽幽叹道。

我妈是我爹捡回来的,她逃荒快饿死了,倒在我爹门口,周马驹深吸口气,声音嘶哑。我六岁那年,她跟个货郎跑了,我跟在她身后出了庄子,我说妈你不要我了?我妈停下来,搂着我哄我说她去给我买芝麻糖,我看见她哭了,捂着嘴,走出老远,还不停地回头看我……周马驹的语气里有种无力为继的虚弱和荒凉,从我记事起,我爹一直思谋着给自己续弦……我——我没碰过青杏的身子,姐,他扳起半春子的肩,忽然急促的气息喷在她脸上,姐,我没碰过青杏,赵家四丫头也是,我只是不想她嫁给那个傻子,还有我——怕你不理识我了,姐,我知道你疼我,我也想疼你一辈子……半春子看到他的眼里有团火。

你——你前两天回去了……半春子忽然觉得背上有条冰凉的蛇在游动。

屋外的雨下得急促细密,风卷着雨从窗棂上扫过,溅进屋里。周马驹哑着嗓子,青杏——他的声音空洞,像是从很远的地方传过来,青杏她——青杏的肚子大了……

轰……半春子感到血冲上头顶,她半张着嘴,愕然瞪着他。风刮得屋门咯吱咯吱响,昏黄的马灯光映得屋子又空又大。周马驹扳着她肩膀的手委顿地滑到一边,他脸上的肉一抽一抽地颤着。半春子捧住他的脸,不认识似的端详着,猛地搂进怀里,我的——我的——啊——我的驹娃呀……

雨停了,风在窗口探头探脑。一阵杂沓的脚步声涌过来,又渐渐远去,黑暗中有人喊:到县衙去,我们到县衙去……过后,又是一片死寂。

半春子猛一把推开周马驹,我找蔡县佐去。姐,周马驹拽着她的衣袖,你不要走。她看到他眼里的依恋和惶恐,我找蔡县佐去,她拨开他的手,走了,她不敢再回头看他,她觉得她的心被揪扯着,碎了。

前面影影绰绰的人影,脚下一走一滑。路过一片斜坡时,她滑了一跤。她甩了甩手上的泥,像受惊的狗,惶急地往前蹿。

蔡县佐家大门紧闭,静悄悄的。她咣咣地拍打着门环,院子里的狗狂咬着叫起来,引得四下里一片狗叫。堂屋的门吱呀一声响,蔡县佐哑着嗓子喊,谁?一路踢踏踢踏的脚步声,狗日的,睡个觉都不让人安稳。他喝住了狗。

院门才开条缝,半春子一把扑住他,蔡家爸,你救救驹娃。

蔡县佐惊退了一步,谁?他喝问道。

蔡家爸,你救救他……

你——你——咋弄成这……

蔡家爸——她拽着蔡县佐的手,驹娃他——他又闯祸了,他……

丫头——蔡县佐咳咳两声,沉吟道,我昨儿个听说了,救他——救——欸——这件事情还埋着别的由头,关键不在那尿娃祸害了那丫头……

蔡家爸,就你能救他了……

他挣脱她的手,不是我不救他,丫头我——我没那么大的脸面——我不是你以前的蔡家爸了……

半春子扑通跪在地上,你一直把我当自己丫头,今儿个你就再救救他吧,来世我当牛做马侍候你——她的头咚咚地磕在地上。

唉呀——不是我不——你起来,你起来,你这是难行我么,咳——蔡县佐跺跺脚,就地转个磨转,你起来吧,我豁上这张老脸……

东边的天际有一线白,黑乌乌的云团翻卷着,天深不见底,几颗残星,一闪一闪。县府门口挤满了人,一个声音断断续续从嘈杂的人群里挤出来。

……诬告……潘稽查……他……贡献……明天……复职……严惩……

蔡县佐背着手,呆愣地站在人群外,丫头,他的声音苍哑,像耗竭了力气,丫头,我——咳——他一跺脚,转身走了。他的背弓着,像鸭子似的,走一步,向前冲一下。

蔡家爸——半春子嘶喊了一声,她向前追了几步,回头看看鼎沸的人群,又返身。人群像一堵墙,她无望地一次一次被弹回来,她要见县长的喊声也不过是哑在嗓子里的一声虫鸣,连她自己都听不清楚。

终于,人群像泄洪一般,她被裹挟着,又慢慢落在后面。她的脑子一片空白,在湿滑泥泞的路上疯跑。她在梁顶上冒出头的时候,潘稽查家宅院旁的梁坡上已挤满了人。

周马驹反绑着,两个兵挟持着他。

院子里站着几个人,戴金丝眼镜的是县长,半春子见过他,四个警察立在穿警服的胖子身后,他的旁边是骑兵连长。院墙外,人群黑压压的,里面有不少是生面孔,那是潘家的亲戚,是帮潘家去县衙请愿的。对面梁坡上的帐篷已经收了,一队士兵骑在马上,整装待发。半春子挤进人群,跌跌撞撞扑到县长面前,扑通跪伏在地,县长老爷,你饶了他吧……她又转而向着那个胖警察,求求你饶了他吧……她的头一下一下磕在地上,咚咚咚。胖警察向后退了一步,一挥手,两个警察一左一右扭着她的胳膊,把她拖到一边。

骑兵连长走到周马驹面前,从腰间抽出手枪,咔嚓顶上子弹。山顶溢出一抹红光,太阳慢慢露出半张脸。周马驹的脸抽搐着,咧嘴挤出一抹惨然的笑,净白的牙齿在阳光里一闪一闪,姐——他喊了一声,姐——他又喊了一声。

一只鸟儿啾啾着,在蓝莹莹的天上打个旋,箭一般掠过梁顶,飞走了。空气中涌动着浓郁的泥土味道。让我再看看他,半春子拼力喊道,她声音里没了哀求。骑兵连长回头看她一眼,一挥手,扭住半春子的兵松开手。人群闪开一条道。半春子的鬏散了,满脸泥污,衣裳已看不出颜色,脚上只剩一只鞋。她理了理遮在眼前的头发,拽起衣袖擦擦脸,拢拢散乱的鬏。她慢慢往前走,不慌不忙。猛地,她一把扯开衣襟,一颗扣襻像蜜蜂一样,倏地从她胸口飞起,在空中画了一道弧。她裸露的胸口闪着明艳的白光。太阳忽然跳了一下。一切都静下来,听不到一点声息。她搂着周马驹的头,贴在胸口。她的嘴角微漾,有一抹笑,若隐若现。阳光泼洒在她身上,虚幻出一层金色光晕。

库　兰

这个冬天,北塔山狼灾泛滥。

入冬不久,狼灾的征兆已经显露。最初是三五只的小狼群,继而是十几只甚至几十只的大狼群,到大雪封山,狼群已不是夜深人静时偷偷摸摸地祸害人畜,而是大白天像风搅雪一般,从北塔山的山口子或是西边的戈壁滩呼啸而至,再横扫而去。

伴随狼灾的是黄羊群,大片冬草场被忽然涌进的黄羊损耗殆尽。

终于,老哈山愤怒了,他去找三哥。

三哥是驻守北塔山的巡防营排长,叫龚启三。龚家几代单传,到他爹这一代,依然是独苗。他爹想子孙满堂,希望自他开始能接二连三。

老哈山给三哥起了个哈萨克族人的名字,叫乌什别克①,只有他自己偶尔叫一次两次,别人很少叫。最先叫三哥的是老哈山的女儿库兰。库兰说他的名字叫起来太麻烦得很,叫三哥才方便得很。

　　老哈山临出门时,库兰也要跟他一起去。他没理她。他穿好皮衣皮裤,腰间扎着银饰腰带,臃肿得像头熊。他把图马克②往头上一扣,纵马而去。库兰和三哥从小一起长大,他知道库兰的心思。三哥是个好巴郎,阿吾勒③的人开玩笑说,让三哥给他当库幺巴郎④。他有过这样的想法,也只是一闪念,他怕阿吾勒的人说闲话。他知道他们不过是嘴上说说,要是他真这么干了,他们的唾沫会把他淹死。他只有库兰一个孩子。库兰之前的三个孩子很小就让老天爷收走了,有两个连七天都没过。库兰出生时他已经五十岁了,她是老天爷给他的恩赐。也到了该出嫁的年龄。她快十六了,他想给她招个库幺巴郎回来,好把她留在身边。可谁家会把儿子给他呢?羊群转场前,对山拜托人来为他的巴郎萨乌兹别克提亲,他没答应。对山拜这个人,他说不上讨厌,也说不上喜欢。对山拜白话太多得很,人也不实在。

---

①乌什别克:乌什是三,别克是哈萨克族人名的常见后缀。
②图马克:一种三个帽扇的皮帽子。
③阿吾勒:村落,村子。
④库幺巴郎:女婿。

老哈山刚爬上对面的山坡,库兰就跟上来了。他没说话,他拿她没一点办法。她是在他手心里长大的,她的眼睛安静地看着他时,他无法拒绝她的任何要求。

他们顺着乱石间隙下山。路很滑,马在冰雪覆盖的山坡上,走得小心翼翼。这是一条东西走向的山沟,山势嵯峨。走不多远又进入另一条斜向西北的更大山沟。苍茫茫的白雪,铁褐色的山岩,看不到一棵树。出了山沟,右拐向北,再走差不多五公里,有个垭口,是北塔山通往科布多草原最大的垭口。三哥就驻扎在这里。山那边曾是老哈山他们的冬牧场。自从外蒙兵攻陷科布多,那里被禁止进入了,就像睡了很久的毡子,忽然一天醒来,发现毡子被人硬生生地撕去了一块。现在的冬牧场在阔克巴斯陶附近。这是准噶尔盆地北缘的一个狭长地带,几个阿吾勒相隔不远地挤在一起,牲畜多,雪大,草又不好,现在狼又来了。

狼灾显露之初,他们请游历经过阿吾勒的巴克斯①做过驱狼法事,祈求羊神乔勒潘护佑羊群。

法事在阿吾勒西边的山顶举行。四周其他的山上都长满了郁郁葱葱的花草树木,唯独这座山只在山顶长着一棵枝繁叶茂的松树,其他地方荒秃秃地寸草不生。巴克斯说

---

①巴克斯:巫师,巫医,说唱艺人。

山顶的松树是神树。他头戴天鹅皮帽,脖子上系着七彩丝带,腰间挂着黄铜响铃。手杖是白蜡木的,已经磨得黝黑发亮。松树前燃着火堆,巴克斯做了巴塔①,宰了羊。羊头祭献在树前一块石头上,羊的心肺五脏挂在松树杈上,阿吾勒的男人们围坐成一圈。巴克斯披挂整齐,怀抱冬不拉,赤脚踩着烧红的马镫,訇然起舞。冬不拉曲调激烈,铮铮有杀伐之音。巴克斯低声吟咏,间或发出狼一般的嗥叫……

可是羊群依然不断受到狼的袭击。

老哈山最大的心愿是有一片草场,能让他安心放牧。据说,他的祖辈就在这一带,因为准噶尔叛乱,才逃到卡普恰盖。那是一段磨破脚板的迁徙之路。卡普恰盖草场肥美,俄国人把男人都征去了前线,只剩下老人、女人和孩子,而且每年的徭役和税赋更是高得无法承受。他们先逃到布尔根,再迁回这里……现在,这里也不能让他们安心放牧了,他们还能迁往哪里呢?

出了山沟,山势变得越来越矮,这是北塔山南麓最后的浅山,再往前是一直向南,由高到低的倾斜大缓坡,缓坡缓到没力气再缓的时候,就变成了戈壁,变成了沙漠。苍茫的戈壁沙漠空旷辽远,覆着厚雪,间或有一小片黄沙露出来。

---

① 巴塔:祈祷仪式。

雪面上的枯草茎在风中瑟缩地抖,风旋着带起一溜雪尘。一只鹰吸溜溜鸣叫着在空中盘旋,猝然俯冲而下,扑向野兔。

老哈山后悔今天出门没带猎鹰。他有一只勃尔古特猎鹰,是远近几个阿吾勒最好的猎鹰。

为了捕这只勃尔古特猎鹰,老哈山费了好多心思。捕鹰的网是两只羯羊从乌伦古湖换来的,过程也是一波三折。网布在离冬窝子很远的一处沙梁下,网下拴着活野兔。他在羊群和网之间来回跑,既要照看羊群,又担心捕到鹰时,鹰挣脱网跑了,或是捕鹰的网弄伤了鹰。他捕到过两只鹰,一只太老了,另一只他又嫌它不够机敏,都让他放了。驯鹰更是让他费尽心力,尤其是熬鹰,他和鹰熬得一样精瘦。好歌、好马、好鹰,是哈萨克族人三个最好的朋友,老哈山说。

老哈山挥舞马鞭子,哦咯咯吼着,纵马冲向俯冲而下的鹰。

三哥在逗一只白狗玩。白狗叫柯孜①,胸粗腰细腿长,是条好猎狗。三哥把它抱回来时,它还是个毛茸茸的小狗仔。库兰对三哥给狗起名叫柯孜,气恼得不行,几次让三哥

---

① 柯孜:女孩。

给狗改名字,三哥说:你看它长得和你一样,漂亮得很。后来,喊柯孜喊得最勤的还是她。

柯孜竖起耳朵听了一阵,倏地撇下三哥冲出营地。不多会,柯孜围着库兰的马跑前窜后,从山坡后面转出来。

柯孜救过三哥和阿吉别克。

已是夏末秋初,天气转凉了,三哥带着阿吉别克和另一名士兵去巡逻,遭遇了狼群。那时,他还是班长,阿吉别克是才分到他班里的兵。他说阿吉别克长着一张葫芦脸,一看就是不长弯弯肠子的人,他喜欢没有弯弯肠子的人。

太阳挑在山尖上,他们在半山腰,准备下到沟底,狼群出现了。三哥两腿一夹身下的枣骝马,向山下冲去。他们不能留在半山腰,如果狼群把他们围住,他们无法抵挡狼的冲击。忽然,枣骝马前蹄一滑,咴咴一声长嘶,骤然翻滚在地。他被甩出去,撞在一块石头上。他听到身后一声惨叫,还没反应过来,阿吉别克已经俯身拽起他,冲到沟底的崖壁下。

白狗柯孜一声不吭,挡住冲在最前面的狼。阿吉别克的枪响了,一头狼骤然跃起又翻滚着落下。三哥懵懂中冲着一个黑影开了一枪,总算站稳了。

那个落在后面的士兵一点声音都没有,枣骝马倒在前面不远的地方,嘶嘶喘息。它的腿别在石缝里,断了。太阳在山顶挣扎着,终于跌落到山后去了,夜色漫上来。四周荒秃秃的,除了石头,连根草都没有。

早早把我们盯上了,这些狼,阿吉别克说。

三哥说:不行,得点个火,要不狼群冲上来,我们挡不住。

阿吉别克左右踅摸一下,挥着战刀,冲向枣骝马。柯孜冲在阿吉别克前面。三哥开了两枪,掩护阿吉别克。阿吉别克割断枣骝马的肚带,把马鞍子和军毯之类的东西拖回来。

三哥从皮囊里掏出酒壶,喝了一口,把酒洒在军毯上,点着火。酒气带着火升腾起来,三哥把马鞍子割成小块扔进火里。

狼扑向枣骝马。枣骝马无望地挣了几挣,喘息着……一只狼扑上去咬住了枣骝马的脖子,随后是一群狼。

三哥击毙了冲在最前面的狼。他骂了一句,冲阿吉别克挥挥手,别过头去。

阿吉别克一枪打中了枣骝马的头。他又狠狠打了几枪,把撕咬最欢的狼击倒。

三哥拦住了他,你省些子弹吧……夜色浓得化不开,绿莹莹的狼眼幽灵一般围上来。军毯和马鞍燃起的火,奄奄一息。他搂过柯孜,捋了捋它的毛,拍了拍它的头,往前一推。柯孜在三哥身上蹭了一下,嘤咛着低吼一声,消失在黑暗里。不多时,山顶上传来一阵狂怒地撕咬声。

枣骝马很快被撕咬成一堆骨架。几只狼在不远处来回穿梭,试探着往前冲,又很快退回去。另外十几只狼若无其事地蹲坐在四面的岩石上,偶尔一声长长的狼嚎,划破夜空,惊得星星都躲进云层里去了。

它们别的狼喊的呢,别的狼还有呢,阿吉别克瑟缩着嗓子,说。

今天,我们要是喂了狼,才叫狗日的窝囊死了,三哥抽出战刀,凌空一挥,寒光闪过,狼群一阵躁动。算命先生说我和我爹一样,一辈子只有一个娃,狗日的算命先生,这回我爹的根要断了,三哥说,我爹就是个独苗。

啥叫独苗?

三哥竖起一根手指头,晃了晃。

哦,我阿妈九个巴郎,她不害怕根没有了。阿吉别克哑着嗓子嘿嘿两声,她攒劲得很,她的巴郎把山住满了都,哪个山里都有她放羊的巴郎,他咂了咂嘴,你咋不说话,说话了,就不害怕了。

火彻底熄了,地上一堆灰烬,散发着难闻的燎毛味。天快亮的时候,果然又来了一群狼,从四面围上来。头狼龇着牙走在前面,身后是跳跃闪动的黑影。腥臭的气息熏得人透不过气来。三哥和阿吉别克端着枪,趴在石头上,战刀放在手边。阿吉别克的马不停地打着响鼻,两只前蹄轮换着刨地,咔啦咔啦,石子摩擦的响声,让人不由得脊背绷紧。阿吉别克开了一枪,一声嚎叫,狼群迟滞了一下,没有停下来的迹象。

三哥抓起手边的战刀跳起来,一边开枪,一边舞着战刀往前冲。一只狼在地上翻滚着挣扎起来,退到狼群里。狼群停了下来。三哥退回来,坐在石头上喘息。

狼害怕了,阿吉别克说,它害怕就好了。你说的算命的说你一个娃娃有,我相信得很,我们阿吾勒一个大叔和算命的一样,命也会算得很,他撒羊粪蛋算,四十一个羊粪蛋撒在地上,算得神仙一样好得很,你肯定一个巴郎有呢……

天蒙了黑布,星星月亮都被遮住了。一声长长的狼嚎打破平静,狼群又动起来。

该死的娃娃尿朝天,三哥提着战刀站起来,就是让狗日的吃掉,也得让它吃不舒坦。

狼吃我了,你它不吃了就好了,阿吉别克的牙磕得嘚嘚响。

你是我兄弟,三哥怔了怔,说,他的战刀和阿吉别克的刀交互一碰,转身和阿吉别克背靠背。

狼群越靠越近,腥臭味越来越浓。三哥打了两个点射,最前面的狼一声没叫,栽倒在地。阿吉别克也打了一枪……

马不停地打着响鼻。受不了我,阿吉别克喊了一声,纵身一跃,哇哇吼叫着,挥刀冲向狼群。三哥也挥刀紧随其后……

远处传来马群奔腾的隆隆声,枪声,哦——哦呵呵的吼叫……柯孜带着人来了。

狼群四散而去。三哥和阿吉别克瘫坐在地上。

柯孜受伤不轻,除了几处小伤,左后腿连皮带肉被撕去一块,过了好久才长好。

那次遭遇狼群回来不久,库兰把黑马送给了三哥。那时,黑马还不到两岁。它从出生就跟她在一起,她看着它一点点长大,像她的影子。

三哥喜欢黑马。它皮毛黝黑发亮,除了四个蹄子是白的,通体再也找不出一根杂毛,像一簇黑色的火焰。黑马很有灵性,他先和它厮磨了差不多三个月,摸清了它的脾性,才开始训练它。他把它牵进沙漠里。这是老哈山教他的办法。沙是流动的,不着力,再烈的马,在沙漠里也折腾不了多久。这真是个好办法,老哈山不愧是好骑手。

黑马是库兰的坐骑白鼻梁生出的马驹。白鼻梁是匹枣红马,鼻梁上一绺白。据说白鼻梁发情的时候,消失了几天,找到它时,它已经怀孕了。老哈山说,黑马可能是野马的种。

黑马是三哥和库兰看着降生的。

库兰盯着卧在草地上的白鼻梁,半张着嘴,右手微蜷,紧抵着玉白色的牙,眼睛一眨不眨。她扭头看一眼旁边的三哥,左手下意识地紧紧拽着他。白鼻梁身下一团毛茸茸的东西慢慢逸出来,最先是头,然后是身体,慢慢地,全部挣脱出来了。白鼻梁一声嘶鸣,扬头站起来,鬃毛飞扬,用嘴拱着那个黑黢黢的肉团,舔舐它。黑色肉团挣扎着,先是昂起头,两只前腿试探着,颤巍巍的,一次,又一次……终于摇摇晃晃站起来了……库兰向前冲了两步,又回过身来拽三哥,你看——你看,天呐,你看它……

太阳在蓝莹莹的天上,亮闪闪的光照着库兰的脸,一层淡金色的茸毛像一团虚幻的光晕。

那年,三哥才离开老哈山家,到北塔山当兵没多久。

你们太白卡①得很,狼都管不住,老哈山摘下帽子,拍打着,一阵子外蒙古兵来了,一阵子狼来了,他说,杨将军在的话,都比你们好得很,他还从察汗通古那个地方派多多的兵把草场看住。

库兰跳下马,抱着柯孜,从兜里掏出一小块肉喂它。

三哥手抚在胸前,问候了老哈山,又冲库兰摆摆手,又

---

① 白卡:不行的,没用的,软弱的。

不是外蒙古兵来了,他瞄一眼库兰,把你害怕的,他笑嘻嘻地说。

今年狼多得太厉害了,奇怪得很,全部的狼都这个地方来了,要收拾它,要一个好好的办法想出来收拾它。

大叔,进房子说吧,三哥说,又回头看库兰。

老哈山拍他一把,先说狼咋办吧。

三哥龇牙笑,把狼引到一个地方打,一次把它们都灭掉。

老哈山撇撇嘴,你的办法,打坏人的办法……你嘴上毛没有,胡说的呢。他翻了翻黄瞳眼,颌下的黄胡子一翘一翘,你两年羊不放了,放羊的本事忘掉了。

那你说咋办?

老哈山嗤一声,我知道的话找你干啥呢?

羊群晚上回来,让人巡逻看守,三哥沉吟道,这段时间,先摸一摸狼的情况,看看哪来的这么多狼。

老哈山捋着黄胡子,羊看守的话,短的时间行,太长的时间不行,他挠着没剩几根头发的头。头肉乎乎的,头皮闪着油光。就是怪得很,这么多得很的狼哪个地方来的?他说。

库兰的笑声像钩子钩着三哥,他忍不住要瞄一眼门外。

库兰把馕块抛起来,让柯孜张嘴去接。她咯咯咯笑,眼睛瞄着三哥的屋门。忽然瞥见阿吉别克盯着她笑得贼一样,眉头一皱,脸倏地红了。她抓起一把雪,朝阿吉别克扬过去,啾,啾啾……她怂恿柯孜咬他。柯孜走开几步,蹲坐着,东张西望。你良心没有得很了,她嘟着嘴说。她蹲下身拍拍柯孜的头,又喂它馕,好歹哄着它冲阿吉别克汪了一声。她笑得蹲在地上不起来,咯咯咯,惊得瑟缩在屋檐下的麻雀,呼啦啦飞走了。

阿吉别克端来馕和奶茶,放在三哥的桌子上。库兰在门口探头探脑。老哈山沉着脸,去,去,我们忙得很。库兰扮个鬼脸,柯孜,柯孜,她在院子里喊。老哈山瞟一眼三哥,摇摇头,好好一个收拾狼的办法想出来才行,你知道吗不知道?

掏狼娃子,和去年秋天一样,阿吾勒的人都去把狼娃子掏出来,阿吉别克给老哈山倒了碗奶茶,狼娃子没有了,狼也没有了。

三哥尴尬地咧嘴笑,大叔,去年秋天掏狼娃子的时候,你烧的肚包肉好吃得很,我现在嘴里还淌哈喇子呢。

狼,现在狼咋办呢,我说的,老哈山哼一声。

我说的,现在,狼咋办呢?阿吉别克冲三哥扮个鬼脸,闪出门去。

午饭是手抓肉纳仁。三哥把能喝的兵都喊过来陪老哈山喝酒。酒至半酣,他借机跑出来。

老哈山瞟一眼急慌慌溜出去的三哥,端起酒碗,一仰脖子灌进嘴里,抹抹嘴,他不行得很,嘴上毛没有的,急得很……

库兰朝三哥招手,她早把马牵到了墙角后。她把马缰绳递给他,他才跨上马,她就给黑马加了一鞭子,看着黑马扬蹄朝营地外奔去,她脚跟一磕,纵马紧随着他,咯咯咯……笑声洒了一路,嫣红的围巾扯成了一面旗,嗒嗒的马蹄声在空旷的荒原上回响。

云洗过一般,莹白得晃人眼睛,从头顶上飞掠而过,荒原也因此生动活泼起来。呱呱鸡贴着地面噗噜噜飞,飞不多远,停下来,木呆呆瞪着两只小眼睛,缩在沙柳下。沙柳枝条颤动,霜絮扑飞,露出沙柳的深红本色。北面高低起伏延绵不绝的山峦,白茫茫的荒原,呼啸的风,库兰的笑声……三哥心中荡漾着波澜,他想飞,想匍匐在地打个滚儿,想喊想跳想笑……他勒转黑马绕着库兰转一圈,又纵马冲上迎面扑来的山坡。

勺掉了你,库兰在后面喊。

他们在一面石崖前停下来,马喷出一股一股的白雾,口鼻间一层白霜。崖壁嵯峨嶙峋,散布着岩画。那些人形兽面,飞奔的羚羊、马、狼群和弯弓射箭的人,线条古拙,神秘灵动。岩画不知经历了多少年,有些已经模糊了,刻痕渗出焦黄或墨绿的锈渍。

这是男人,这个是羊,库兰摩挲着崖壁上的岩画,呀,你看这个是女人吗,这个?她指着一处岩画,这个男人要把羊献给这个女人吗?她靠在崖壁上,闭上眼睛,火红的光胭脂一样涂她脸上,他们和我们一样地生活,是不是?她问三哥,他们也一个男人一个女人在一起,是不是?她帽子上猫头鹰羽毛在细风中簌簌颤动,帽耳两边的银饰沙啦沙啦响。

三哥从兜里掏出一串项链,套在她脖子上。项链是用狼髀石和狼牙间隔交替穿出来的,狼牙和狼髀石都细细打磨过,圆润光滑,透着玉一般光泽。

哦呵……库兰一声欢呼,展开双臂,斜着身子,绕着三哥转一圈,又转一圈,像撒欢儿的马驹,我太爱得很了,她说。她摩挲着项链,红柳枝条一般的手指,红润质感。她愣怔片刻,偏歪着头,毛嘟嘟的睫毛忽闪忽闪,忽然语气幽幽地说:那么多狼杀掉这个项链才有呢,狼太可怜得很,她的眼睛闪了一下,噘起嘴。

库兰抿了抿嘴,反正当兵不好得很,放羊吧你,你回来放羊,她盯着三哥,说:你放羊了,阿达①高兴得很。她的眼睛一眨一眨,鼻息像丝丝缕缕的羽毛,面颊上的胭脂色

---

①阿达:父亲。

更浓了。

三哥虚眯着眼,深吸口气,又倏地睁开。他往前跨一步,嗅到了她身上的酸奶味。她身上的酸奶味总让他恍惚。他想把她搂进怀里,紧紧抱着她。他搅了搅舌,嘴里干涩涩的,喉结急速地滑动了一下。

狼,你眼睛狼一样的,她嘻了一声,一弯腰,从三哥身边闪过去,跨上马,冲下山包。

三哥懊恼地抽了抽嘴角。不知从什么时候开始,她不再让他抱了。她是在他背上长大的,她喜欢赖在他背上,可是现在,每次他想张开双臂拥抱她时,她总是不失时机地跑开去。

库兰的马鞭子举过头顶,挥舞着,咯咯咯,笑声掠过雪面,在荒原上旋荡。

一团颤悠悠的熔岩似的火球,向山背后沉落下去,炽红的烈焰把大地和天空"熔"为一体,苍茫旷远的戈壁一片混沌,神秘又生动。三哥张开臂膀,哦呵呵……

库兰勒住马,勺子你是,她说,哦呵呵……

三哥十五岁时才离开老哈山家。他义父刘世珩送他到老哈山家那年,库兰才会爬。

当年迪化的一场大火,烧掉了西门外的整整一条街。

这条街是当年随左大帅赶大营进疆的津帮和山西客的聚集地。他爹就葬身在这场大火中。那年,他还不到五岁。大火烧起时,他们一家还在睡梦中,及至他爹用绳子把他和他妈从二楼窗户放下来时,房子已经烧成了火球。他妈经了这场劫难,没多久也死了,临死前,把他托付给刘世珩。他们两家是世交,上一辈都是挑担子赶大营到迪化的。刘世珩是巡防营连长,驻防北塔山,他没法把三哥带在兵营里,只好先把他寄养在老哈山家。

那个夏天,三哥从迪化军人讲习所受训了一年回到北塔山,第一次感到了库兰的不一样。

刘世珩带他们巡边时,路过一处草场。羊群像一汪水,在山坡上流动。忽然,水花四溅。三哥一愣,纵马冲过去。他想拦住四散奔窜的羊群。一只狼从岩石后扑出来。他拽过背上的马枪。狼扑倒了羊,叼着羊冲向山顶。他勒住马,瞄准开了一枪,又开了一枪,狼猛地跃起,又翻滚着摔落下来,片刻,再次跃起,挣扎着冲过山顶,逃走了。

那天,老哈山硬是拦着没让他们走,宰了一只冬羔子羯羊,请他们喝酒。

老哈山的房子在向阳的半山坡上,坡下一条山溪自北向南,绕过山弯又拐向东去。房子半截嵌在地下,上半截用石块和木头垒起来,屋内墙抹上牛粪和土和成的泥。毡房在房子西边,羊圈在房子东南角,是石头和羊板粪垒的半人高的墙圈子。

库兰的阿妈卡西帕端着手抓肉进来,焦黄色的羊头对着刘世珩,老哈山做了巴塔,拿起一把铜柄库车小刀双手递给刘世珩。

刘世珩摆摆手,老哈山也没再推让,削了一块羊脸给刘世珩,又削了肉挨个分了一圈,最后削下羊耳朵,你不管多大长了,还是我们的巴郎,羊耳朵你的,他呵呵笑着把羊耳朵给三哥。

三哥笑嘻嘻接过羊耳朵,塞进嘴里大嚼。

厉害得很了他,好巴郎了,攒劲巴郎了,老哈山对刘世珩说。

好巴郎了就给你当女婿么,刘世珩说,我们两个亲家当一下么。

女婿,女婿嘛,嘿嘿……他把剩下的羊头递给卡西帕,搓搓手,端起酒碗,来,来来,我们酒喝吧……

卡西帕给众人舀好肉汤,拿着羊头出去了。

酒至半酣,老哈山拿出冬不拉,端起酒碗冲刘世珩扬了扬,我好好一个达斯坦[①]唱,你喝酒,他说。

[①]达斯坦:包括叙事长诗、英雄史诗、爱情长诗等,是哈萨克族说唱艺术的重要形式。

他叮咚叮咚拨了几下,调好琴弦。

> 汗王贵族的后代康巴尔哦
> 紧锁眉头疲惫不堪
> 在你那黑马的脖子上
> 还有肝肺和鬃毛
> 竖起耳朵听听我的心声
> ……

三哥溜了出来。

卡西帕在毡房门口弹羊毛。她蜷缩着左腿,坐在毡子旁的草地上,两根红柳条上下翻飞,羊毛就暄腾起来。看到三哥出来,她停下来,起身拍打着身上的毛絮,我的孩子,吃得好了吗你?她头戴白色佩巾,眼里漾着笑。只要看到孩子,她的眼里从来都漾着笑,一缕亮灿灿的光,从眼角漾出来。

三哥拍了拍肚子,阿恰依①,你看肚子都圆啦。

卡西帕抚着三哥的脸,都黑瘦得很了你,那个地方不好的话,你回来。

---

① 阿恰依:阿姨,姨妈。

他刚到老哈山家的时候,卡西帕左边搂他,右边搂着库兰,哼着他听不懂的歌谣……她替他备好夏天的衬衫、袷袢①,冬天的皮衣、皮裤,还有皮帽子。他没在失去母亲的悲伤中停留多久,那个瘦弱的影子就已沉入记忆深处。有时他会在梦里见到她,他看不清她的脸,她在他记忆中只剩下一个模糊的影子。

我好得很,阿恰依,他挺挺胸,迈了两步正步,你看我,我多好得很。他拉起卡西帕的手,阿恰依,我想你了,他说。他的嘴角忽然闪过一抹腼腆,瞟一眼不远处的库兰,怕库兰看到似的倏地松开卡西帕的手。

好孩子,我们也想你,她拍拍他的手臂,去看看库兰吧,她说,你要回来看我们,经常。

库兰在木头架子下用棍子搅着装在牛皮囊里的酥油奶浆。

阿达说,你现在是攒劲巴郎了,库兰斜歪着头,山羊一样的眼睛,俏皮地一眨一眨。阳光泼洒下来,她脸上手上的金色茸毛映出一层虚幻的光晕。

他仰起脸,眯眼望着太阳,深吸一口气。没有风,草香花香混杂着牛粪味钻进他的鼻腔,他闻到了她身上的酸奶

---

①袷袢:一种大衣。

味。她微梗着脖颈儿,嘴微微启开,肉肉的唇,红润得像刚刚绽开的花骨朵。他忽然有些发慌,像阳光刚刚爬上山顶,天地骤然洞明的那个瞬间。他慌乱地扭过头,眼神滑过她胸前微微凸起的薄衫。他的心更慌了。

库兰拽着他的胳膊跑。他有点蒙。她叽叽嘎嘎,他听不清她说了什么。她的声音也变了,脆生生的,像百灵子,叽叽喳喳,没完没了。她气喘吁吁,胸口一起一伏。她拉他在草地上坐下来。褐色的山岩撑裂了草皮,红的、紫的、黄的野蔷薇,蓝色的马莲花、老鸹草……五更鹕、阳雀、百灵子,忽东忽西打着旋。

啥时候,嗯——啥时候,你领上我,看那个——房子上面还一个房子有的那个房子,还有多多东西的巴扎①……她热切地盯着他。

他一怔,笑了,哈哈哈,那叫楼……他笑得很夸张,掩饰不住地亢奋。他笑得更响了。

那么多年,他们在这块草地追逐嬉戏,疯累了,就坐下或是躺下,有时她趴在他背上,听他说那场大火,说大火中的巴扎,说那种叫楼的房子,还有那里的人比山里的羊和牛还有马加起来还要多得多,巴扎里的东西更是多得眼睛看

---

①巴扎:集市。

不过来,再多几个眼睛也看不过来。他还跟她说背不上书要挨他爹打手心。啥是书？嗯——嗯——就是多多的纸订在一起,上面有那么多字的那种。啥是字？就是,嗯——嘿嘿,我也说不上来。那打你干啥呢？背不上书嘛……

嗯,楼,楼的房子,她的眼睛忽闪着,倏地一嘟嘴,你笑话我得很,不能笑你,她拍他一把,我喜欢得很,东西多多的巴扎,还有那个楼的房子……你还笑,不能笑,你,她侧起身挠他,忽然怔住了,一把推开他,跑开几步,扭身看着他,咯咯咯……

说不清从什么时候开始,她心里忽然多了些说不清的东西,小蘑菇一样拱出来。嗯,就是小蘑菇在心里拱。

细细密密的雨,像阿妈手里扯不到头的毛线。雨后,太阳从云层后钻出来,阳光落在湿莹莹的草尖上,雾霭刚刚散去,蘑菇出来了。莹白莹白的小蘑菇,指肚一般的小帽子撑在一根细弱的茎上,有的才从土里露出一点点头,沾着几星黑土,柔柔弱弱,瑟瑟缩缩从草窠里,一点点,又一点点,悄悄往外窜。

呀,萨俄热库拉克,她蹲下来,手指轻轻拨弄着小蘑菇。三哥蹲在她身边,你说这叫啥？他扭头看着她,你再说一遍。萨——俄——热——库拉克,她一字一句又说一遍。耳朵,聋子的,她伸手摸摸他的耳朵,嘻嘻笑,露着小豁牙。

他跟着念一遍,疑惑地看着她,为啥叫聋子的耳朵呢,这叫蘑菇,蘑——菇,他又说一遍。

他们采了好多蘑菇,一个个真的像大耳朵。可谁都不知道咋吃,三哥依稀记得在汤里或是菜里吃到过。他把蘑菇洗干净,放进煮肉的锅里。吃饭时,卡西帕拿起一块蘑菇左看右看,看三哥鼓囊着嘴大嚼,才一脸犹疑地放进嘴里。她慢慢嚼着,滞一下,嗯,倏地眉头一扬,嗯嗯,好吃,真的好吃得很……

那个夏天,他们变着法地吃蘑菇,用树枝串起来烤着吃,放进火里烧着吃,有一次,趁阿妈不在家,他们在锅里放进酥油,蘑菇切成片,煎得两面金黄。库兰到现在都忘不了最初吃到煎蘑菇时的那种欣喜。

可她没法把心里的秘密说出来。她没法说给阿达听,阿妈又忙得顾不上听她说,这些秘密就像小蘑菇一样,在心里一天天地长大。

她再对阿达说起三哥时,意味就变了,嗡嗡嘤嘤,像含着酸奶疙瘩。阿达一句话也不说,笑眯眯看着她。她就乱了。说话乱了,气息乱了,心也跳得乱了……头抵在阿达肩上,忽然就有了一点说不清的委屈,鼻子一酸,水雾就漫上了她的眼睛。阿达像捡了宝贝,拧一下她的鼻子,哈哈笑,震得耳朵嗡嗡响。她也扑哧笑了,一扭身,跑出毡房,忽忽渺渺的歌,汩汩汩,从心里淌出来,云朵也因此生动起来了。可是,可是,那些云朵下叽叽喳喳的鸟,呼扇呼扇的翅膀,又让她的心更乱了。

她搅着牛皮囊里的酥油奶浆,橐,橐,声音闷闷的。

阿妈在馕坑前打馕。

她喊一声阿妈。

阿妈扭头看她一眼,拿起一块面团,捏成饼,啪,贴在馕坑壁上,勺子,阿妈撇撇嘴,说。

她一跺脚,嘟起嘴,也说不清想要干什么,赌气地搅着酥油奶浆。

橐,橐,橐橐橐橐……

……

老哈山带着阿吾勒的一个牧民和三哥的人一起去巡边,这是那天商量好的。他们要先弄清楚狼的活动规律。

天蓝得发灰,光晕映在雪面上,折射出的幽蓝,晃得人睁不开眼。

老哈山架着他的勒尔古特猎鹰走在最前面。

猎鹰戴着皮眼罩,一只脚套在细皮绳里,站在老哈山戴着牛皮护套的胳膊上。老哈山的干板羊皮袄皮裤上沾着星星点点的污渍,袖口、领口和裤脚都镶着手掌宽的黑条绒,上面绣着红绿相间的鹿角花纹。狐狸皮帽子刚好和他的黄胡子颜色相称,细密的绒毛摩挲着他的脸。嘴唇又肥又厚,阔脸盘红得发紫,凸起的颧骨几乎遮没了鼻子。黄瞳鹰眼虚眯着,在山峦沟壑间巡睃。

山顶上冷风飕飕,三哥瞄一眼老哈山,不自主地缩了缩脖子。

老哈山望着空茫茫的远方,从这里一直到卡普恰盖,都曾是他们的脐血之地……这是一片肥美的草场,原本,两边是一家人,现在分了,就像父子反目,儿子自立门户去了。按照两边约定,人随地走。可很多人还是迁回到了这边,山那边也不曾消停,时常派人潜过来,鼓动他们迁到山那边去。

在一处垭口,老哈山停下来。这里山势陡峻嵯峨,铁褐色的山岩兀立,雪面上布满凌乱的蹄爪印。垭口外,科布多草原迷蒙苍茫,看不到一点其他颜色。他轻舒口气,马鞭子指着垭口,狼,山的那边来的,一个大群,差不多二十个三十个有。

他们又在两处低矮垭口发现了狼的踪迹,还有从对面延伸过来的大片黄羊足迹。纷乱、杂沓的足迹像一条奔涌的河。

柯孜发现了一只孤狼,那时,他们正在行进中。柯孜忽然停下来,静静盯着对面的山岩,回头扑到阿吉别克腿边,低沉地叫一声。老哈山也发现了狼,他取下猎鹰眼罩,捋了捋鹰羽,一扬胳膊,猎鹰向狼冲过去。狼愣怔一下,慌张地转向另一条山沟。柯孜向狼逃跑的方向斜插过去。老哈山挥舞马鞭子,哦咯咯……紧随猎鹰纵马而去。雪太深,差不多紧贴马肚子。每往前一步,马都扬一下头,鬃毛飞扬。狼奋力向一面山坡奔逃。猎鹰俯冲而下,狼摔了个跟头,反扑猎鹰。猎鹰鸣叫着向后跃起,伸直利爪,又一次飞扑。柯孜从一块岩石上跃下,堵住狼的退路。

遇到黄羊群,是在一处开阔地。阿吉别克最先开枪,一只黄羊应声栽倒。受惊的黄羊群像骤起的黄沙尘,在雪原上飞掠。他们纵马追逐。三哥也开枪打倒一只。转过一道山弯,深雪阻挡住了他们的追逐。

老哈山笑得嘎嘎嘎,今天好吃的又有了。趁着别人去拾柴火,他做了巴塔,剥开黄羊,掏出黄羊肺,切了两块给拴在一旁的猎鹰,也一点吃一下吧,他捋着猎鹰羽毛,你辛苦得很了。

他们在山脚下清理出一块地方,苍翠的松树枝燃起来,哔哔啵啵。老哈山搓搓手,这一次嘛,给你们一个新的吃法弄出来。他让阿吉别克从雪地里翻出几块石头,放到火堆里烧。他把肉割成小块,从皮囊里掏出一把盐,撒在肉块上揉搓腌制。石头在火里由黑变成灰白,腌好的肉块放在上面,焦黄的油脂渗出来,刺啦啦,油烟四起。不多会,清新的松脂香裹着肉香直往鼻子里钻,痒酥酥得让人忍不住想打喷嚏。

三哥先拽起一块肉塞进嘴里,没嚼几下就咽了,咂一下嘴,大叔,是不是还少点啥?

老哈山仰起头,张开大嘴,放进一块肉,从怀里掏出小皮酒壶,拔开塞子,灌了一口,喷——哈——他咂着嘴,捋捋颌下的黄胡子,天堂的神一样的……

阿吉别克一手拿着一块肉,往嘴里塞,一手揣在皮囊里,鼓着嘴笑。

三哥瞟他一眼,又往嘴里填进一块肉,倏地眼睛一瞪,拿出来,他指着阿吉别克。

阿吉别克嘿嘿笑,手掌摊开,露出一骨朵蒜。

三哥还在低头剥蒜,又一个皮芽子伸到他面前。哈,他踢了阿吉别克一脚,早不拿出来。他把皮芽子递给老哈山,我回去跟你放羊吧,他往老哈山身边凑了凑,你弄的肉太好吃了,拿起老哈山身边的小皮酒壶,灌一口,递给阿吉别克。

阿吉别克灌一口酒,递给那个牧民。

那个牧民接过酒壶,晃了晃,灌一大口,又往嘴里塞进一块肉,腮帮子鼓得凸起来。

老哈山哈哈笑,没说话。他总能弄出新鲜吃法。去年秋天,他们一起去沙漠掏狼仔,猎到一只黄羊。他把黄羊肚子清理干净,肉连骨剔开塞进肚子里,用红柳把切口封起来。梭梭柴点火烧沙子,烧好了沙子把肚子埋进去。不到一个时辰,肉香溢出来了,配上沙葱野蒜,三哥想起来就止不住流哈喇子。

老哈山嚼着肉,忽然停住了。他捻着黄胡子,望着不远处的垭口,发了一阵呆,狼,他们撵过来的,他说,又一脸疑惑地挠着光秃秃的头皮,啥办法,他们把狼撵过来?

啥狼,他们撵过来的?三哥一脸蒙。他站起来,指着那边,你是,你是说他们把狼从山那边撵到这边来?

老哈山咂了咂嘴,眯眼望天。他猛地一拍腿,恍然大悟的样子,他们先把黄羊撵过来,狼也跟过来了。他看看他们,一挥手,就是的,他们先黄羊撵过来。随即又满脸忧虑地搓着手,黄羊过来了,草少了,羊吃的草没有了,狼来了,羊群的麻达来了,他们想狼把我们从这个地方撵走掉,他们想得太坏得很了。

返回的路上,猎鹰又捕到了一只毛色金黄的狐狸。好东西,好得很的东西,冬天一个好得很帽子来了,衣裳领子也一样好得很,给库兰。老哈山捋着狐狸尾巴,这么好得很的地方,狼来了,太可惜得很了,他眯眼望着苍茫山野,我们也一个办法想出来,收拾狼,草场保住。

省羔皮公司来人了,领头的是个襄理,查看今年的羔皮收购情况,尤其是紫羔皮的收购。自从金督办主政,羔皮就成了政府专控品,是出口国外的紧俏货。羔皮公司也因此成了二政府。

刘世珩也来了,他现在是巡防营副营长。三哥陪他们去了老哈山的阿吾勒。

阿吾勒的牧民不喜欢省羔皮公司的人,又碍着刘世珩的面子。一路上,众人都憋着不说话,到了对山拜的毡房前,遇到萨乌兹别克,冲突终于起来了。起因是羔皮价格,最终落在狼灾上。狼灾已经让牧民无法正常放牧,受灾最厉害的就数老哈山的阿吾勒。前两天,老哈山家的羊又被狼群冲散,咬死了十几只,咬伤了五十多只。而让老哈山忧心的不仅是狼,还有黄羊。那么多得很的黄羊来了,和羊群争草场,比狼还要厉害得很,他忧心忡忡地对刘世珩说。

你们狼都不管,萨乌兹别克话锋一转,羊都被狼吃掉了,羔皮哪个地方来呢?还羔皮价格高嘛低嘛说的,啥意思有呢?他撇撇嘴,往后退一步,尿意思都没有,他说。他身边站着一个陌生人,阿吾勒的人都没见过他。

那个襄理梗了一下脖子,我们是羔皮公司,是管出口贸易的,我们没有办法管狼。

狼你们都没办法管,羔皮你们还管啥呢?萨乌兹别克斜抽着嘴角,哼一声。

那个襄理扭头看了一圈身边的人。

刘世珩手背在背后,低着头,脚尖专心地拨弄着一粒石子。

三哥斜歪着头,手臂搂抱在胸前,笑眯眯地看看襄理,看看萨乌兹别克。刘世珩瞪他一眼,他才放下手臂,扭过身,龇牙扮个鬼脸。

那个襄理往前跨了一步,听说你在收羔皮?他指着萨乌兹别克,说。

我们的羊,我放,羔皮当然我收,他冲站在他身边的那个陌生人抬了抬下巴,一脸不屑地瞪着那个襄理。

那个襄理一怔,你,你不要落在我手里,他气咻咻地说。

刘世珩临走时,告诉三哥,让他多注意对面的动静,他们又派了不少人过来,鼓动牧民迁到山那边去。三哥眼前闪过那个站在萨乌兹别克身边的陌生人。

萨乌兹别克不放羊。哪有不放羊的哈萨克族人呢?他不是真的哈萨克族人,阿吾勒的人说。他穿的也和阿吾勒的人不一样,呢子军大衣、牛皮军靴,戴一顶黑呢礼帽。大衣和军靴是从溃退经过北塔山的白俄军手里换来的。库兰说他戴的帽子像锅盖,一点也不好看。他从木垒河、古城、承化还有更远的迪化拿回来茶叶、盐、佩巾、绸缎、库车小刀和一些说不上名字的东西,在阿吾勒里换走羊毛羊绒、牛皮羊皮和药材,拿到外面换成货品,再拿回来。他也换羔皮,不过他是偷偷换,做贼一样。

库兰喜欢萨乌兹别克带回来的小镜子。他要送给她,她扭头就走,看都没再看一眼。她才不要他送呢。后来,三哥把一面小镜子放在她手里时,她搂住三哥的脖子,高兴得都要疯了。三哥像撒欢儿的儿马一样,围着她翻筋斗。勺子,你就是,她对癫狂的三哥说。小镜子她时刻带在身边,早上起来一睁眼,先要拿出来左照右照。她第一次从小镜子里看到自己,心像浸在酥油里。阿妈说,她快勺掉了。

三哥最近一次见萨乌兹别克,是在冬宰的时候。

那天,他早早到了老哈山家。阿吾勒的人除了外出放牧的都来了,萨乌兹别克也来了。每年的这一天,是阿吾勒最欢快的一天。冬季转场结束了,该好好犒劳一下一年的辛苦,也为漫长的冬季准备肉食。

蓝莹莹的天,暖洋洋的太阳。是个冬宰的好天气,老哈山说。

西边空地上,老哈山做了巴塔,和来帮忙的人一起把马宰了,把肉连骨分解开,用盐揉搓后裹在马皮里腌制,再灌成马肠。他早收拾好了熏肉的屋子。那是个真正的地窝子,低矮地要躬着腰才能进去。阿吾勒里每家都有这样一个专门熏肉的屋子。灌好的马肠子放进去,用穿地柏树枝点烟熏制,六七天后,淡黄的油脂渗进肉里,穿地柏树的清香味,隔着老远就能闻到。

女人们围在锅灶边,叽叽喳喳像麻雀。卡西帕在炒胡尔达克①,刺啦啦,油烟迸溅。旁边一个女人在剥葱剥皮芽子,一个在和面,一个在切胡萝卜洋芋,还有啥也没干的……干活的手在忙,嘴也不闲着,说话的声调悠悠然,唱歌一样,不时爆出一阵笑。笑声像呼啦啦飞起的麻雀,在蓝莹莹的天上打个旋,又落下来。

一群小巴郎在野地里追逐。旷野无垠,一层薄雪,被他们弄得尘雪飞扬。

东边空地上,一个小伙子边弹冬不拉边唱:

> 山上的青草绿油油
>
> 河里的水流无尽头
>
> 姑娘呦
>
> 你为什么搬了家

---

①胡尔达克:马肉、土豆等炒制的一种哈萨克族饮食。

我的心里多忧伤

　　……

　　他们在跳舞。老的、少的都有。三个小伙子围着三哥跳。他转到哪里,他们也转到哪里,始终把他围在中间。另一边,萨乌兹别克在库兰身前身后旋转。他跳得真好。

　　库兰穿白绸裙,外套黑绒坎肩,戴狐狸皮帽子。帽顶上一簇猫头鹰羽毛,扑簌簌颤着。嫩黄色的狐狸皮衬着椭圆脸,面颊上一团胭脂色,青灰色的大眼睛,像青石浸在清凌凌的水中,扑闪扑闪,水花四溅。她两手叉腰,扭动双肩,振翅的白天鹅一样,白裙子带起的风,扯着裙摆。可是,可是,讨厌的萨乌兹别克老是挡在她前面,又让她气恼。

　　三哥停下来,左右看看,拨开围着他的小伙子。一个小伙子上来拽他胳膊,他一把甩开。小伙子趔趄了好几步,勉强站稳,再次恼怒地扑上来。

　　库兰闪过萨乌兹别克,挡在三哥面前。

　　萨乌兹别克拉开小伙子,看着库兰,我和他两个人的事情,我和他解决,他说。

　　好,三哥说。他拨开挡在面前的库兰,解下武装带,脱下大衣,递给她。

　　老哈山来了才把厮打在一起的三哥和萨乌兹别克

分开。

三哥的左侧衣袖撕裂了,萨乌兹别克的额头蹭破一块皮,鼻孔挂着血丝。

对山拜也过来了,笑眯眯搓着手,站在一边,一句话也不说。旁边的人也都不说话,静静地看着老哈山。

老哈山提着马鞭子,围着三哥和萨乌兹别克转了两圈,一挥手,马鞭子落在三哥背上。库兰的惊呼还没完全出口,老哈山已经转身走开了。他没说话,连看都没看别人一眼,路过库兰身边时,他瞪着库兰,哼了一声。

晚上,三哥走的时候,库兰要去送,被老哈山喝住了。看阿达黑黢黢的脸,她只好悄悄跟在三哥身后,趄到门口,急慌慌地塞给三哥一个布包。

布包里是库兰给他做的白布衫,袖口领口绣着鹿角纹花边。

三哥穿上白布衫,在阿吉别克面前晃。阿吉别克上下打量着他,摇头撇嘴,嗯,不好看得很,我要一个丫头找的话,比这个好。真的不好看得很,你脱掉吧,他拽拽三哥的衣袖,顺势搂住三哥的肩。

三哥咧着嘴,吸口气,他拿开阿吉别克的手臂。

大叔打我了,他说。他头一次打我,之前连骂都没骂过我一句。

阿吉别克怔怔看着他，半晌叹口气，说，大叔为难得很了。少顷，他又补了一句，你也为难得很了，以后……

库兰在土灶上化雪水。土灶在屋门前的小土坎下，是就着地势挖的灶，烟囱是一截生牛皮裹成的圆筒。她把牛皮口袋里的雪倒进锅里，往灶里添进几块羊板粪，把火催起来，又去背雪。附近没有泉水，饮用水要到稍远的地方背雪回来。

屋子在向阳的斜坡上，四周是稀稀落落的梭梭、红柳、芨芨草、骆驼刺和铃铛刺。屋子小半截嵌进土里，上半截用石块和木头垒起来，内墙外墙再用牛粪掺进沙土和成的泥抹平。外墙上，夏天蜜蜂筑的巢穴，看起来千疮百孔。屋顶中间微微隆起，像毡房顶，那是天窗。屋顶积着薄雪，几棵枯草在寒风中瑟缩。

狼牙项链在她胸前晃来晃去，妨碍她干活。她把它塞进衣裳里，过不多会，又忍不住从领口拽出来。阳光一无遮拦，风悄无声息。闪着微微蓝光的雪面间或露出一小片黄沙土，天地苍茫辽远，屋门口青烟飘飘袅袅。她手搭凉棚，虚眯着眼，仰脸望着明晃晃的太阳，深吸口气。她笑了，亮莹莹的牙齿在阳光下一闪一闪，麦色红润的脸，虚幻的光晕生动活泼。她终于笑出声来，咯咯咯，她伸展开双臂，斜倾着身子旋转,狼牙项链在她胸前荡起来,飒飒响,一圈,又一圈……她要飞起来。

  你离我远了
  想你的时候看不见了
  ……

  忽然,她愣住了。一只灰狼在不远处的沙堆上,眈眈地盯着她。它的一只前爪试探着往前迈了一步,左右看看,又缩回去。它微微伏低着身子,风拂动着它背上的绒毛,随时要冲过来的样子。

  耳朵里呼呼响,像荒漠上忽起的风,飞沙走石一片混沌……她动动僵硬的手指,铲雪的木铲子让她的手微微一沉。她使了使劲,紧握住木铲子手柄,慢慢收回迈开的腿,站直身子。阿达说,遇到狼了不能跑,狼会从后面扑倒你。她的脖子冷飕飕的。

  时间停住了,脑子也停住了,所有的东西都停住了。她听到阿妈又吼又喊,举着木棒,疯了一般冲到她身边时,她依然一动不动,直挺挺地站着。

  狼漫不经心地瞥了她们一眼,转身跑了,消失在苍茫茫的荒野里。

库兰直到见到三哥时,恐惧才真正降临。她怔怔地看着他,泪水在眼眶里打转,身子扑簌簌抖得像风中的树,委屈鲠在嗓子里,一句话也说不出来。

她扑进他怀里。

他怔了一怔,一种异样的感觉从心底漾起,不怕了,不怕了,他慌乱地拍着她的背。

他左右看看,周围的一切都没变。小土坎下的土灶飘着淡淡青烟,不远处是梭梭和羊板粪围成的羊圈,拴马桩上挂着马笼头,黑马在木槽前安静地吃草……阳光映得天地间一片白,苍茫茫看不到尽头。倏忽即逝的过去,恍若昨日。她磕磕绊绊跟在他身后,黄毛乱爹,鼻涕粘在脸上……懵懵懂懂中,他们忽然长大了。他都忘了,她最后一次趴在他背上是什么时候。他背着她或是抱着,她拽着他的耳朵,驾——驾驾——咯咯咯,她的笑像风,从耳边拂过。她的头发在脸颊上拂动,痒酥酥的。他闻到了她身上的酸奶味,还有,嗯——还有啥呢?还有那种温润的,有一丝丝甜,他也说不清明的,让他恍惚得想要飞起来的气息。她偎在他胸前战栗,像温顺的鹿。他的手臂试探着搂住她,猛地使劲。他想把她搂得更紧一些,把她融进心里,再不让她受一点点惊吓,受一点点委屈,一点也不让。

不怕了,不怕了,有我呢,我收拾它,他惶急地说。

身后的木门吱呀一声,库兰一把推开他,闪过一边……

他愣怔地站着,阿恰依,他下意识地咕哝着,库兰的气息依然在他怀里萦绕。

卡西帕提着挤奶的小木桶,脸上漾着笑,站在门口,骤然而至的光亮晃得她虚眯起眼。她手搭凉棚,看看库兰,又看看三哥,笑在脸上滞了一下,转身走开了。她没说话,走出一截,又扭回头看了看,挤奶去了。

三哥听到她转身时轻叹了一声。

一声牛叫,哞……小牛在不远处回应了一声。

阳光清亮,有一丝丝风,凉飕飕的,他不由得缩了缩脖子,不让那一丝凉意泛起来。

隔天,他让阿吉别克把柯孜送去给库兰。

老哈山他们终于找到了狼的踪迹。他们是循着黄羊足迹找到狼群的。

他来找三哥。

他说:围猎,我们一起去。你去了,有啥麻达的时候,我们的腰也粗得很。

三哥知道他说的麻达是外蒙兵。他们时不时越过控制线,抢夺牲口,袭扰边民。刘世珩说,那些抢牲口的外蒙兵不用怕,真要提防的是他们背后的老毛子。三哥不懂这些,他只想两边谁都不要找谁的麻烦，谁也不要搅扰谁，让他和库兰天天在一起，就是最好的日子。

那个山有个口子，通到山那边，到时候，狼，打上嘛打上，打不上就撵走掉，让它哪个地方来的哪个地方去，黄羊也撵掉，它和羊群争草场得很，草没有了，羊的冬天过不去了。老哈山捻着颌下的黄胡子，狼麻烦多得很，狼没有了，老鼠多得很，草场坏掉了，再说死掉的牲口没办法弄掉。他语气忽然软下来，黄羊嘛也可怜得很，狼来了欺负它得很，人来了欺负它得很，啥办法有呢？都是老天爷给下的。他歪头望望天，倏地一挥手，唉——都是人麻烦多得很，人心要得东西多得很。

三哥走来走去，摩拳擦掌。

你啥高兴呢？老哈山翻着黄眼瞳，上下打量着他，杀生的事情，你啥高兴出来呢？你……他摆摆手，算了，你嘴上毛没有的，说了也是白卡说……

三哥挑了十多个兵和阿吾勒的人一起出发了。他挑选的兵个个枪法了得，阿吾勒去的也都是老猎手。

三哥还是头一次参加这样的围猎，兴奋得忍不住想说话。他扭头左右看看，每个人都捂得严严实实，没看到阿吉别克。他的膝盖轻轻一磕黑马，脱出急速行进的队列。空旷的雪原上，人马都在静悄悄赶路，没有人说话，猎狗也紧随在主人身边,不声不响。清幽幽的月色,东北风不软不硬,扑簌簌从脸上刮过去,像火星子溅到脸上,人马呼出的白气漫起一层薄雾,马蹄踏碎积雪的声音,有种让人振奋的沉静。

他第一次见到狼的那个夏天,还没到九岁。

刘世珩来看他。他没听清刘世珩说啥,只听到他说起他爹。刘世珩走后,老哈山跟他说,你的干爹是个着实好得很的人,你阿达的真正的朋友,你记住他。他把一匹马的缰绳交在他手里,哈萨克族男人的本事在草原上,他说,你先长成男人吧。

那是他拥有的第一匹马,是匹雪青马。

老哈山带他去放羊。

羊群一进草场,老哈山就躺在草地上晒太阳,毡帽扣在脸上。

> 黑眼睛的丫头子
> 你往哪里跑
> 太阳落山你戴着花儿
> 要了我的命
> ……

老哈山扯着嗓子吼,歌声像风,在空旷旷的草地上旋出去,一点点回音都没有。

唉——乌什别克,你抬得高高的头,站那么高的地方,才断奶的儿马一样,你也丫头子看呢吗?他挥挥帽子,笑得叽叽嘎嘎,一扭身,又歪躺在草地上。

黑眼睛的丫头子
你往哪里跑
……

北塔山在天际边起伏跌宕,南边目力尽处,雪山若隐若现。大地空旷苍茫,一无遮拦。天又高又蓝,几片忽忽悠悠的云,像羊群,一只鹰钉在空中,比麻雀还小。不远处的高坡上,三哥端坐马上舍不得下马,他忍不住想喊,想吼,又像被眼前的景象镇住了。阳光像透明的蜜,涂抹在草尖上,亮汪汪地晃人眼睛。阳雀、五更鹀不知从哪里倏地弹出来,在天上打个旋,又一头扎进另一处草丛。

那只灰狼出现的时候,他以为是野狗。它在一个沟坎里低伏身子,慢慢靠近羊群。黑色牧羊狗低吠一声,射出的箭一样扑过去。他还蒙着,脚跟一磕,冲下高坡。老哈山哦呵呵吼着,挥舞套绳,从他身边掠过。牧羊狗在一个斜坡上撵上了狼。老哈山的套绳甩出去,在空中划出一道弧。狼往旁边闪了一下,避开了。他收回套绳,再一次甩出去。狼翻了个跟头,挣扎着想翻起身。他拨转马头,拖着狼一路狂奔。狼像风中的羊毛球,在草地上轻飘飘地翻滚。

马蹄声鼓槌一样敲击着胸口,心要从嘴里蹦出来,风呼呼灌进耳朵,灌进心里,绿莹莹的光冲撞得眼睛酸胀。哦……风呛进嘴里,噎得他声音鸟叫一般从嗓子里往外挤。他在马镫上立起身,蹬直两腿,深吸口气,哦呵呵……呵呵……天开地阔,霍然洞开。风扯得衣襟鼓起来,振动的翅膀一样在身子两侧呼扇,哦呵呵……呵呵……

人马先向南行进,再转向东,绕了一大圈,始终走在下风口。老哈山说,狼聪明得很,贼一样聪明得很,一点点人味道闻见了,它跑掉了,再想找见它太麻烦得很。他们要在下半夜赶到胡杨林,那是一处浅山开阔地,在沙漠边上。那地方哈萨克语叫玉朗托格,意思是毡房一样的树。这些毡房一样的树在这里不知存在了多少年。每年秋天,树叶由绿转成金黄,像燃起的火。在它东边七八公里有一处垭口,通向山的另一边。他们要先在这里围猎狼群,再转向西,对付黄羊。

离胡杨林还有两三公里,行进的人马分散开,排成一道弧线,向胡杨林围过去。一阵一阵的腥臊味随风而来,越来越浓。

一颗流星划过天际,拖弋出一条明亮的光带,影影绰绰地胡杨枝干,扭曲着伸向夜空,像升腾的黑色火焰。没听到有人发出号令,人、马和狗齐整整停住了脚步。旁边谁的马不停地打响鼻。三哥的马紧绷着身子,像搭在弓弦上的箭。

三哥心中忽然闪过一丝慌乱,是那种期盼已久的事忽然降临的瞬间失措。老哈山说,这世上的东西都有神灵,不管啥东西都有,你不喜欢它得很,它就不喜欢你得很。

那年刚转到夏牧场,老哈山和卡西帕在忙着扎毡房,他和库兰在门口的草地上玩。忘了是怎么开始的,他和库兰在草地上点了一堆火。柏树枝燃烧时散发出香甜的味道,青草叶子在火中慢慢卷曲枯萎,化为灰烬。他们围着火堆兴奋地大喊大叫,又蹦又跳。

老哈山过来把火灭掉。库兰坐在草地上,哭闹、耍赖,都没能阻止他灭掉火。他和往常逗库兰开心的样子一点都不一样。草地上,火烧过的地方像一块疤,很长时间都没再长出草。

那天晚上,一家人围坐在火塘边的餐单旁。锅里煮着羊肉,咕嘟咕嘟,肉香里裹着青草香。马灯吊在头顶上,悠悠荡荡,影子也跟着一起晃。库兰坐在老哈山怀里,早忘了让她又哭又闹的火。卡西帕烧好了奶茶,给每人倒一碗。老哈山掰一小块馕,在奶茶里蘸一下,先让库兰咬一口,再塞进自己嘴里。

卡西帕挖一勺炒糜子,给三哥加在奶茶里,掰一块馕给他,饿得很了你,先一点馕吃吧。

三哥端起碗,呼噜噜喝进一大口,咬一块馕。糜子是炒过又放进木臼里舂过的,搅在奶茶里有股甜丝丝的味道。

你今天点火干啥呢?老哈山问他。他没看他,自顾吃馕。

他嘴里含着馕,扑闪着眼睛,不说话。

老哈山慢悠悠的像在说故事。他每次说故事都这样,盘腿坐在火塘边,库兰坐在他腿上,讲哈萨克族人磨破脚板的迁徙之路,讲草原是他的脐血之地,讲英雄阿布赉和贾尼别克……你没有饭吃,肚子饿得很了,羊没有饭吃,肚子也饿得很。你今天火玩了,火的神灵不高兴了,火起来了,树烧掉了,草烧掉了,羊的饭没有了。羊饿死了,哈萨克族人还干啥呢?那个时候连祖先的神灵都对不起得很了。草原太重要得很,羊的命在草原上,哈萨克族人的命在羊群上。

神灵,三哥缩了缩脖子,嘟哝一句。他不是不敬畏神灵,他想对付的不是狼,是狼的入侵。他和老哈山一样,希望脚下的这片草原,平静祥和,草木茂盛,牛羊肥壮。他的脑子里忽然闪出他和库兰常去看的岩画,那些奔跑跳跃的线条,像张开的弓弦,像射出的箭,像冬不拉琴弦……库兰小鹿一样闪动的青灰色大眼睛……

  你离我远了
  想你的时候看不见了
  ……

  他咂了咂嘴,风从齿间穿过,甜丝丝的。他嘿嘿嘿笑,左右看看,又赶紧闭上嘴,憋得心里胀鼓鼓的。

  一声狼嚎刺破寂静。

  天裂了条缝,山后漏出一抹天光。

  轰然而起的隆隆蹄声像沉闷的雷在大地上翻滚。

  人的吼喊。

  哦——呵呵呵……

  哦——咯咯咯……

  马的粗重喘息。

  子弹穿破空气的锐利哨音。

  一片黑影从影影绰绰的树影里飘荡出来,渐渐分散成一个个弹射的黑点。不时有黑点像忽然迸起的石子,在空中划一道翻卷滑落的弧。远处的山顶愈来愈亮,红灿灿的光泼洒出来,远处,近处,一片灿烂。马,狗群,狼群,飞扬的雪尘,在空旷的雪原上,像飞速翻卷的云团。

冬羔产羔季节,一连下了三场大雪。

老哈山一家忙坏了。既要照看母羊产羔,又要清理羊圈里的雪。三个人刚把前一场雪清理完,还没缓口气,一场大雪又来了。每年冬天,清雪都是最麻烦的事,他们要把羊圈的雪清理干净,垫上干沙土。羊不能卧在雪地里,羊肚子受凉了要拉稀,何况现在又是产羔母羊。

让老哈山头疼的不是大雪,是被大雪封盖了的草场。草场被黄羊损耗后,草已经很少了,现在又被大雪封盖。没有了草,羊群熬不过又冷又饿的寒夜。每一场大雪过后,那些鼓起的雪包下面就是一只冻饿而死的羊。

雪后的天空,清亮如洗。

雪原上,一只母羊使劲刨开雪面,扒开雪,嘴探进去,啃出几根带雪沫的草根,回头看看不远处的羊羔,咩……羊羔瑟缩缩站在雪地里,一只脚迈出去试探着,没找到落脚的地方,又换另一只脚试探,犹豫着,最终落回原处,咩……细弱的叫声被一溜打着旋的雪尘裹走了,只剩下萧萧风声。羊羔终于撑不住了,倒卧在雪地里。

远处,一只火红的狐狸像一团火球,划过雪原。

老哈山走过来,抱起雪地里的羊羔,解开皮袄,兜进怀里。他用脚尖划拉一下板结的雪面。羊蹄甲要刨这样板结的雪面,坚持不了多久就会伤了蹄子。他舒口气,要想一个办法出来,不然的话,羊的冬天过不去了。前些天,他和阿吾勒的人去夏牧场把储存的牧草拉回来。牧草太少,根本应付不了这么大的雪灾。

回到地窝子,老哈山把兜在怀里的羊羔放在火塘边。那里已经卧了十多只羊羔。这些羊羔大部分死了母羊,有几只是因为瘦弱的母羊自顾不暇。卡西帕和库兰要按时为死了母羊的羊羔对奶。这也是件麻烦事,要两个人一起,一个人夹住母羊的头,一个人对奶。

老哈山一声不响,坐在火塘边发呆。

卡西帕倒好一碗奶茶,递给他,他没反应。唉,她喊他一声。

老哈山接过奶茶,吸溜一口,虚眯着眼,盯着火塘里的火,手不经意地摩挲着卧在腿边的羊羔。

卡西帕在地毡上铺好餐单,摆好馕、酥油、酸奶疙瘩和炒糜子。

老哈山怔怔地看着忙叨叨的卡西帕,忽然端起茶碗,几口喝光了奶茶,两手撑着膝盖起身时,趔趄了一下才站稳。

他揉揉膝盖,捶捶腰,走出地窝子。

吃饭了,卡西帕在他身后喊。

羊的事情弄完,他没回头,径自走了。

他要去跟阿吾勒的牧民们商量,去木垒河换牧草回来,应对雪灾。上次围猎,猎到不少狼皮和黄羊,他平时猎到的狐狸、野兔,夏天挖的贝母,还有酥油、乳饼子、酸奶疙瘩、风干肉、熏马肠,虽然这些食物他们也不富余,只要能换回牧草,他们愿意拿出来。

一起去木垒河的除了阿吾勒的几个人,还有刘世珩派的一个军官。库兰也跟着去了。萨乌兹别克也要去。老哈山没同意,他让对山拜一起去了。

前几天,老哈山去找过刘世珩。

刘世珩说这是当下解决雪灾灾情最好的办法。庄稼秸秆是好饲草,庄户人家牲口少,用不完,堆在麦场上风吹日晒都沤成了泥。拿物品去换,两相得益。他喊来一个家在木垒河的军官,交代他到县里找蔡县佐帮忙。他还给蔡县佐写了封信,让军官带上。

老哈山从木垒河回来,三哥才知道。他是见到库兰才知道的。欸?大叔去木垒河咋没跟我说?他心里闪过一丝疑惑,也只是一闪。

库兰依然沉浸在兴奋中,这是她头一次出远门。

巴扎看见了,人多得比羊还多得很,巴扎的东西也多得很,眼睛勺掉了,不知道哪个东西看哪个东西不看,楼的房子没有看见。嗯——她撇撇嘴,巴扎也不好得很,地方这么一点点,她伸出小指尖比画一下,马,想跑的时候跑不动……嗯——他们拿水的地方好,水从地上面一个洞拿出来,我们要那——么远得很的地方背回来烧水……

那叫井,水井。

嗯嗯,井,井,我给阿达说,我们这个地方也一个洞挖出来拿水,阿达说,不行,挖的话等水拿出来太远得很。他们房子跟前都有一个,井,拿水太方便得很了。他们房子也好得很,比我们房子大得很,高得很,墙上一个洞,冰一样亮得很的东西,你房子里面,我房子外面,能看见……

那叫玻璃。

Poli?她的眼睛亮闪闪的。

玻——璃,他鼓起嘴,玻——璃。

啥东西不管了,她手一挥,住他们一样房子,我高兴得很。住我们房子,腰这个样子才走路,她躬下腰,他们女人走路这个样子,她紧抿着嘴,眼睛左右闪着,扭着屁股,一摇三晃走一圈。她们还羊也不放,手,羊油一样白得很,手这么白得很,活干的时候咋办呢?草碰一下,手烂掉了。她比画着捏个兰花指,终于憋不住了,扑哧笑出来,拽着他的手臂,咯咯咯,笑得蹲在地上不起来。

他们不放羊,他们种地。他拽起她,握着她的手。夏天种地收粮食的时候,他们的手也一样黑得很。她身上甜丝丝的酸奶味,她急吼吼地想要把所有的新奇与欣喜都告诉他的样子,让他心里毛茸茸的,忍不住想把她搂进怀里,想拽着她跑,扯着嗓子喊。

还有,嗯——还有蔡——老汉领到吃饭的那个地方……

蔡老汉?你是说蔡县佐吧?

蔡——县佐?不知道,他的头光光,阿达一样的头。吃的饭里面,嗯——蘑菇,蘑菇有,手抓肉那么一点点,吃饭草太多得很,一个碗,一个碗,都是草……

那不是草,是菜。

嗯嗯,菜,菜的饭吃完了,还饿得不行得很。她的眼睛忽闪着,嗯——一个冰一样的毛线饭,好吃得很。

啥冰一样的毛线?

这么长得很,毛线一样,她比画着,撮着嘴,吸溜吸溜,啧啧有声。

你说的是粉条吧?他憋着笑。

不知道,反正好吃得很。

你说的是粉条,那叫粉条……哈哈哈,那叫粉条……他笑得一下跳起来。

她拽住他,你不笑,不能笑,你……

他挣脱她,张开双臂跑,哦咯咯……冰一样的毛线好吃得——很……哈哈哈……

她抓一把雪,追上去,你不让笑你……

库兰——唉——库兰,老哈山在门口喊,勺掉了你,他朝三哥招招手,你回来。

三哥滞了一下。太阳烧得半边天红。胭脂色的光,空旷的雪原,地窝子上的炊烟,木槽前安静反刍的牛,撒欢儿的羊羔,咩……胭脂色的叫声,青草的味道……库兰的脸沐在光里,张开双臂,风扯着她的裙子……三哥心里涨满了笑。

老哈山坐在火塘边。还没到吃饭时间,餐单上已经摆好了吃的。卡西帕给三哥倒了奶茶,讪讪地坐在一边不说话。她没像往常一样眼里漾着笑,拉他的手,摸他的脸。

三哥看看老哈山,看看卡西帕,想问问发生了什么事,嘴张了几张,终于没问出来。盘腿坐在火塘边的地毯上,端起卡西帕倒的奶茶,喝一大口。

库兰的歌声飘进来。

老哈山哼一声。

卡西帕嘟哝一句:她勺子。

三哥心一沉。说不清为什么,就是心一沉。

刘世珩陪省督办公署的人来巡查边务。

刘世珩说,有情报说对面派人悄悄过来,鼓动人迁到那边去,你这里没啥动静吧?

没看到有啥生人,三哥说,你上次在萨乌兹别克家碰到的那个人,我去查了,他说是亲戚,再没看见过他。

阿吾勒的水深着呢,刘世珩说。

这些狗日的跟狐狸一样,三哥悻悻地说。

巡查从紧靠将军戈壁的石钱滩开始。石钱滩在北塔山西边,一路向东,到镇西的红柳峡,几个阿吾勒沿北塔山南麓一字摆开。刘世珩说石钱滩那些看起来像钱串子的东西,原本是长在海里的,不知经了多少年,化成了石头。他说这里原本就是海。三哥不知道海长啥样,他说他就见过乌伦古湖。刘世珩说乌伦古湖跟海比起来,连针眼都算不上。石钱滩里还有种石头,长得跟真树分毫不差,一圈一圈的年轮,清清楚楚,连树皮树杈都长得跟真树一样。刘世珩说那些石头原本就是树。他看三哥半张着嘴,一脸惊诧的样子,又说:这世上就有熬得过时间的东西,就算变成石头,也还是树。

午饭是在老哈山的阿吾勒吃的,三哥没见到库兰。老哈山说她出去放羊了,他把刘世珩拉到一边嘀咕了半天,不知说了啥。刘世珩一直阴沉着脸。

咋了,干爹?

刘世珩看他一眼,给马加了一鞭子。

一行几个人的马都狂奔起来,轰隆隆的蹄声像翻涌飞扬的雪尘。日头已经偏西,羊毛一般糟乱的云缠绕着西边的山顶,光从赤红的云层边缘瀑射而下,胡杨林迎面扑来,再过去是红柳峡。

刘世珩的脸冷飕飕的像块冰。库兰去放羊又遇到了狼?他禁不住打个寒战。没事,不会有事的,有柯孜陪着她呢。

你离我远了

想你的时候看不见了

……

老哈山紧抿着嘴坐在火塘边不说话。

卡西帕说:她勺子。

刘世珩阴沉的脸……

三哥勒住马。沧桑遒劲的胡杨枝干像瞬间凝住的火焰,大雪早已覆盖了先前追逐狼群的痕迹。刘世珩他们已绕过前面的山弯,他一个人孤零零立在空旷旷的雪原上。

一种骤然而至的惶恐,让他茫然失措。

夜里,他们住在了红柳峡。

三哥心绪不宁,几次拽着刘世珩,想问问究竟出了啥事。你得经些事,才能长成男人,刘世珩拍拍他的肩膀,说。天太黑,三哥看不清他的脸。

直到第二天晌午,他们回到黄水泉营部,才有时间坐下来说话。

我像你这么大的时候,喜欢上一个丫头。刘世珩抽出一支红锡包卷烟点燃深吸一口。丫头是个二转子①。她爹是刘锦棠的兵,跟着刘锦棠一路打到喀什噶尔,在喀什噶尔成了家,折腾来折腾去,又辗转到迪化。她妈是伯克②家的使女,算不得漂亮,是个吃苦又能干的女人。我见过她妈。听说她家族里的人要东要西不说,还提了不少要求。她爹为了这女人折腾得脱了几层皮,好容易才把女人娶进门。按说吧,她爹经过这些事,轮到我和他丫头……他滞了一下,猛吸一口烟,眯眼望着窗外。

三哥怔怔地看着他,库兰咋了?一缕光照在他胸前,映着他的半边脸。

刘世珩瞥了他一眼,从他爹知道了我和丫头的事情,前

---

①二转子:新疆方言,混血儿。
②伯克:旧时新疆官名。

后不到十天,他就把丫头嫁给了一个和田人。听说那男人比她大了差不多三十岁,是个跑小买卖的。他皱了皱眉,头两天,我去找她,她爹还很客气,丫头走亲戚去了,过两天就回来……刘世珩怔怔地盯着窗外,拿烟的手抖了一下,长长的烟灰掉落在地上,是他亲自绑了丫头交给了那个男人……

为啥?他可是她亲爹,三哥咂了咂嘴。

可能,可能正因为她爹是过来人,才做得这么绝吧,他长舒口气,像是放下了背上的重物,忽然轻松了。

他可是她亲爹。

你娃还尕,经得事还少得很呢。咋么给你说呢?有些东西是骨子里带来的,不管过多少年它都不会变,就像石钱滩的那些个树,变成了石头,它也还是树。

后来呢?三哥嗫嚅道。脊背冷森森的,丝丝缕缕冒冷气。

后来?啥后来?后来你看见了,一个老光棍。他咧了咧嘴,有一丝尴尬,我再没见过她,就这些消息也还是我托了好多人打听了好长时间才打听到的。

那时候,你要是领上她跑就好了。

跑?往哪跑?嗤,你就是个勺娃么,天是个锅锅,地是个窝窝,你往哪里跑?

那，那你找了她这些年，还不是没找见人家？三哥撇撇嘴，一脸不服气。

你娃——你娃，哼哼，就是个嘴硬的货。他咂咂嘴，那天老哈山给我说，对山拜又跟他提亲了，他问我这门亲咋样？

你咋——咋说的？他一下瞪圆了眼睛。

你以为老哈山是想问我意见吗？嗤……说不定人家黄道吉日都定好了。

那咋可能？他倏地跳起来。

咋不可能？都在一个阿吾勒，库兰嫁过去离家又近，多好。

你哄我呢！他转身就往外走，我，我找他去。

你快给我站住吧你。

他一脚门外一脚门里，倚门停住。

刘世珩嗤一声，就你这样，老哈山说你嘴上没毛，你还不服气。他招招手，你进来把门关好，我冷得很。看三哥没动，又招招手，你进来，听我给你说。他搓了搓手脸，这些年，老哈山对你也真是没的说，可能他也想招你当女婿，又不能不顾忌多少年传下来的老规矩，这不是他一个人的事，谁也没办法。他沉吟着，不过，你从小就在他们家，说不定你会是个例外。他站起来，安慰似的拍拍三哥的肩膀，不管咋说,你现在的任务是把人守住,把地方守住。

他咧咧嘴,又说,我说的可是为国家,不是为你个人。那边先把狼群、黄羊群赶过来,等这边的草场破坏了,再派人过来,鼓动牧民搬走……这是老哈山说的,他是个聪明人,不会做糊涂事,刘世珩望着门外苍茫茫的雪原,唉……国弱民贫,啥时候受苦的都是百姓……

库兰骑在马上,身子缩在干板羊皮袄里,呼出的白气在狐狸皮帽檐和围巾上染上一层白霜。围巾是红色的,是那年冬天,三哥从迪化带来送给她的。雪地上,杂乱的蹄印像一条开封的河。柯孜站在东边不远处的高坡上一声不响,警惕地四处张望。牧羊狗蹲坐在西边,像一块凸起的黑石头。冷飕飕的风像刀,她的腿脚已经木了。她只能偶尔下马活动一下,再赶快上马。虽然经过那次围猎,狼少了很多,但是依然有小狼群或是孤狼侵害人畜。为了防备狼,阿达让她骑在马上不下来。

空茫茫望不到尽头的戈壁,若隐若现的远山,羊毛一般灰突突的云,她的红围巾像一簇闪动的火苗。从对山拜来跟阿达提亲的第二天起,她就出来放羊了。阿达发脾气也没拦住,她态度坚决地把羊群赶出来。她已经好多天没跟阿达说话了。她不能说话,还没开口眼泪就出来了。她忍不住想哭,心里塞满了委屈。虽然和萨乌兹别克还没有订立婚约,涉河盟誓,但阿达没有拒绝对山拜的提亲,她也不原谅他。她不想惹阿达伤心。她知道阿达不是只为找一个能帮他放羊的巴郎,他是害怕了,害怕阿吾勒的人说他破坏了老规矩。那天,对山拜就是这样说他的,因为她当着阿吾勒几位老人的面,拒绝了亲事。这是阿吾勒从没发生过的事,几位老人像看怪物一样,瞪着她。阿达呵斥了她,他从没对她这么凶过。对山拜的眼睛鹰一样盯着阿达,说出的话比石头还硬。他的话还没说完,阿达的脸已经涨红得像羊肝子了,可是,可是,还有什么比她的幸福更重要呢?

不过,阿达也太可怜得很,腿疼得很,头也经常疼得很,这么老得很了,还要自己放羊,一个能帮他的巴郎都没有。三哥也不能帮他,阿达说,有三哥看护草原,草原上贼不敢来。她才不嫁给萨乌兹别克,即使他能帮阿达放羊,也不嫁给他。那还有谁能帮阿达放羊呢?

阿妈也老得很了,腰都快直不起来了。挤奶、烤馕、擀毡子、绣花毡、捻毛线……一天天闲不下来。阿妈希望她将来嫁个好人家,她九岁的时候,就开始为她准备嫁妆了,毡房、花毡、挂毡、镶牛角花纹的箱子、绑扎毡房的花毛线带子……她要出嫁了,谁来陪伴孤单的他们?谁来帮阿妈挤奶、烧馕,晚上帮阿妈揉揉肩膀捶捶腰?谁为阿达烧奶茶、帮他放羊?

都是因为可恨的萨乌兹别克。自从对山拜来为他提了亲,阿达的笑声没有了,阿妈的笑声也没有了,晚上的火塘边忽然变得静悄悄的,荒凉得像没有了人的戈壁滩。过去的那些晚上,她靠在阿妈身上,阿达弹着冬不拉,他的达斯坦唱得好得很。

> 在我白色的梦里
> 有未沾过手的牲畜噢
> 你渴了就来喝点什么
> 请你下榻到我们家
> ……

阿达唱少女纳孜姆遇见勇士康巴尔时,阿妈的脸都红了,看阿达的眼神也变了,毛绳一样缠着阿达,听到纳孜姆受委屈,她的眼里又噙满了泪。

康巴尔和纳孜姆的故事传唱了多少年,阿达怎么就糊涂了?纳孜姆的阿达——诺盖部落的巴侬艾孜木拜阻止康巴尔和纳孜姆的爱情。多好的康巴尔,虽然穷,可他心地善良,慷慨大方,用辛勤捕获的猎物养育了"扎有九十帐毡房的人们"。多聪明的康巴尔,用猎物的肠子造出了冬不拉,让哈萨克族人的歌声长了翅膀。卡尔玛克人来了,艾孜木拜和他的儿子们吓坏了,他们去向康巴尔求助,答应把纳孜姆嫁给他。康巴尔战胜了卡尔玛克人,保住了部落,也保住了草原。

三哥就是我的康巴尔呀。

还是阿妈最懂得女儿的心思。那时候,她背着我,一手拉着三哥,在草原上追着羊群跑,她的歌声阳光一样温暖。她把我举起来旋转,我的小天鹅飞起来喽……她把三哥搂进怀里,亲他的脸,头抵着三哥的额头,我的小马驹哦……她给三哥抓头发里的虱子,他头发里的虱子太多得很了,草原上的羊群一样多得很,她搓着三哥的头,说。三哥背着我在草原上撒欢,她笑得眼睛都没有了。要是嫁给萨乌兹别克,三哥会伤心死的,阿妈也会伤心。多好的阿妈,怎么忍心让她伤心?

都是因为萨乌兹别克,他太可恨得很了。

阿吾勒里氤氲着不安和躁动,也说不出哪里不对,一切都很正常,可三哥就是有这样的感觉。阿吾勒的人家沿沙漠边缘分布,从东南斜向西北,每家之间近的相隔三四公里,远的六七公里。刘世珩说,守住草场,阿吾勒就安稳了。阿吾勒安稳了,草场也守住了。

萨乌兹别克在门前收拾换回来的皮货,看到三哥他们过来,头都没抬一下。他的马圈里有两匹鞴好鞍辔的马。三哥狐疑地盯着萨乌兹别克,朝阿吉别克努努嘴。

阿吉别克跳下马,唉,萨乌兹别克,你还哈萨克族人是不是了,客人来了你头也不抬一下吗?他边说边推开地窝子门,探头看一下,大叔不在吗?哦,阿恰依也不在。

你们客人不是的,萨乌兹别克还是没抬头,我阿达他们亲戚家去了,他说。

阿吉别克暗暗摇了摇头,哦,那我们只好去别的人家喝茶了。

他一个人,咋会鞴两匹马?三哥说。

嗯,就是奇怪得很,阿吉别克说。

离开萨乌兹别克家,拐过一道弯,三哥让阿吉别克继续往前走一段,再悄悄绕回去,盯着萨乌兹别克,我就觉得那两匹马奇怪得很。我们分开走,我去找库兰。

我们都去找库兰吧,阿吉别克咧嘴笑。

我去找库兰,萨乌兹别克才相信他的事情我们不管了,三哥急了,你去干啥?

我还想的,帮你一下呢,他一本正经地扯了扯衣襟,你看,你看我的心,你一句话,心,风刮跑了。

你能帮我啥?三哥撇撇嘴。

帮你库兰抢回来呀,阿吉别克歪着头,忍不住哈哈笑,挥一挥鞭子,疾驰而去,你不让帮算了……大叔的鞭子等你……哈哈哈……

嘘……

库兰裹着干板羊皮袄缩在马上,她的红围巾覆着白霜,露出一抹淡红。三哥的心抖了一下,给马加一鞭子,还没到跟前,就跳下马奔过去。

库兰惊乍乍叫着、喊着,跳下马,趔趄着摔倒在地,爬起来又摔倒……咯咯咯,你来了,你咋来了?她笑得越来越响,慢慢拖出哭腔,我高兴的……她哆嗦着嘴唇,絮叨着。她的面颊皱了,红殷殷的,像涂了浓浓的胭脂,我高兴的,你来了……她抹一把眼泪。

他捂着她的脸,看你冻得,你看你冻得……他扯开大衣,慌乱地拽掉她的毡靴,把她的脚焐在怀里。她挣了一下,不动了,头抵在他胸前。

她的脚放在他肚子上,他下巴抵着她的头,像小时候卡西帕把他们围在被子里。火塘里羊板粪燃得正旺,地窝子青烟缭绕,光从天窗漏进来,她的小脚丫像两只不安分的老鼠,在他肚子上乱窜,咯咯咯……她把他惹急了,他虎着脸吓她,她的脚窜得更欢了,叽叽嘎嘎笑得能把屋顶掀翻。

他闻到了她身上的酸奶味。

她听到了他的心跳。

她从他怀里挣出来,慌乱地套上毡靴。

他拉住她,我怕你跑掉再也找不见了,真的害怕了,他说。

她怔了怔,我帮阿达放羊,在戈壁滩上……她望着暮色里的羊群,声音黯下来。

他的心一抖,把她揽进怀里。她的干板羊皮袄太厚,他只能搂着她的肩,你看你太胖得很,我都抱不住你了,他又逗她。

她推他一把,嘟着嘴,抹一把眼角的泪,你,你太小得很,你咋不说。

他一愣,弯下腰,两臂虚张,绕着她晃一圈,你看,你看我牛一样的胖得很。

她扬起马鞭子虚晃过来,扑哧笑了,咯咯咯,笑声像灰蒙蒙的天上乍然漏下的一抹天光。

老哈山在离家两道沙梁的地方迎库兰。他不放心,每天都在这里等。看到三哥,他没说话,拨转马头,径自走了。羊群到家,他已经在木槽里布好了饲草。冬窝子的草不好,羊群晚上回来要再添一遍草。

卡西帕刚挤完牛奶,走到门口,看到三哥,她愣了一下,回头看看老哈山,快进去吧,太冷得很了,她冲三哥笑一笑,朝屋里努努嘴。

老哈山一进门,库兰就出去了。他脱了毡靴、皮袄皮裤,在火塘边坐下来。抬头看看局促不安的三哥,你马一样,站得直得很,你这个房子不认识吗?他叹口气,眼里闪过一丝迷惘。

三哥嘿嘿两声,靠着老哈山坐下,上头的人说,山那边悄悄派人过来,鼓动阿吾勒的人迁到山那边去……

哪个地方有草,哪个地方就是哈萨克族人的家,老哈山撩了撩眼皮,没好气地说,那天……他欲言又止。

我们在萨乌兹别克家——嗯——看见两匹鞴好的马……

哈萨克族人家里的马多得很,谁家马都有。

不是,他家里只有他一个人……

噗……

那,要是别人让你走,你……

老哈山扭头看着他,我们的祖先脐血洒过的地方,我家这个地方,还哪个地方去?他哼了一声。

三哥一愣,你都把我说糊涂了,他往老哈山跟前靠了靠,那我回来放羊吧。

老哈山没抬头,你放羊的人不是的,你打仗的马,拉车,拉车太窝囊得很,你好好把草场看好行了。

我从小在这里长大,一直当你是阿达……

你啥也不要说出来,老哈山忽然烦躁了,摆手打断他的话,往后挪了挪,仰靠在被子上。

火塘里羊板粪燃起的火焰舔舐着铜壶底,铜壶里的水刺刺啦啦响。老哈山背过身子,蜷缩在地毡上。他老了,像一匹疲惫的骆驼。过去的那些夜晚,就在这火塘边,火光把他的脸映得红彤彤,笑声像打雷,咔啦啦,震得人耳朵疼。他弹着冬不拉,唱达斯坦,唱谎言歌:

马儿生下了一只狼
说话不加半句谎
老鼠踩死了小姑娘
蛤蟆给蝴蝶当新娘
……

可是现在,快乐像草原的风,倏忽间刮得无影无踪了,他们的脚却陷在草窠里,被乱草缠住,不能追风而去。他咂了咂嘴,黯然走出地窝子。天色暗下来。

库兰的头发像卡西帕一样,用帕子裹在脑后。她端着木盆,里面是纳乌鲁孜饭。

卡西帕一手提着茶壶,一手提着餐单。

三哥迎上去,接过卡西帕手里的茶壶,阿恰依……他鲠了一下,一时不知想要说什么。

卡西帕的手伸到半途,又缩回去,吃饭吧,她轻声说。

库兰把木盆往他脸上凑了凑,阿妈给你做的,她说你喜欢得很,她嘻了一声。

委屈骤然而至。还没到纳乌鲁孜节,卡西帕为他做了纳乌鲁孜饭。

刚到老哈山家那年的纳乌鲁孜节,卡西帕把纳乌鲁孜饭盛好放在他面前,他端起来闻了闻,就放下了。饭馊掉了,他说。

饭馊掉了?卡西帕不明白"饭馊掉了"是什么意思,从他皱着的眉头,她猜到了。这么好得很的饭,你不喜欢?她诧异地望着老哈山,一脸的无辜无措。

老哈山摸摸他的头,这个饭,纳乌鲁孜节过的时候才吃,吃了纳乌鲁孜饭,新的一年开始了。他看他依然坐着不动,给他馕吧,给他别的吃吧,他对卡西帕说。

很长时间,他都无法接受这种怪怪的酸味,酸奶疙瘩也一样,硬得像石头,他喜欢乳饼的那种浓郁奶香。直到第二或是第三年,他才品尝到纳乌鲁孜饭的香。肉香、面香、米香、酸酸的奶香,带出一点点甜,还有一丝淡淡的酒香,吃完了,香气依然留在嘴里不散。他喜欢纳乌鲁孜饭了,卡西帕过一段时间就会做。看他吃得狼吞虎咽,就刮着他的鼻子,饭馋掉了,她学着他的腔调。有一次,他病了,烧得迷迷糊糊,朦胧中被一阵香气刺醒。卡西帕端给他一碗纳乌鲁孜饭,吃完了,又给他捂上被子,我的小马驹,她摸摸他的脸,睡吧。等他再次大汗淋漓地醒来,病也好了。现在,和蔼可敬的老哈山不见了,变成了一座山,挡在他面前。卡西帕也帮不了他。

库兰看他不说话,往他跟前凑了凑,你流眼泪了?她没像以往那样一惊一乍,她的头抵在他胸口,蹭了蹭,吃饭吧,她柔声说。

饭吃了一半,阿吉别克来了。

阿吉别克说,他看到萨乌兹别克和一个人骑马出去了,天黑了,他没看清楚。反正,没见过的一个人,他又补了一句。

往哪个方向走了?

东边,应该是玉朗托格。

这几天多派些人巡边,明天把附近的阿吾勒再细细排查一遍,说不清来路的都给我抓回来,狗日的,他咬着牙骂了一句,你派人把萨乌兹别克给我盯紧些。

太阳偏西时,库兰来了。

一进院子，柯孜就扑在三哥身上，头在他胸前蹭一下，跳开撒个欢，又扑在他身上。他指指不远处的阿吉别克，拍拍柯孜的头，推开它。

萨乌兹别克我们家来了，她说。阿吾勒有些人家要搬到山那边去，他想让阿达也搬走。山那边答应给好处多得很，要是阿达搬走，多多的人都搬走了，还别的阿吾勒的人也有，萨乌兹别克说的。

大叔说啥？

他啥也没有说。他没有说搬走，也没有说不搬走。

大叔让你来的？

不是的，我不想看见萨乌兹别克，嗯——我来的时候，阿达看见了，他啥也没有说。她低头抠着手指甲。

他把她拉到面前，帮她理理红围巾。

她推开他，你看阿吉别克，贼的样子笑。

三哥没回头，不管他，他是帮我抢媳妇的兄弟，他嘿嘿笑。

嗤……你脸太厚得很，他不帮你，你太厚得很的脸也帮你媳妇抢回来了，她撇撇嘴，面颊上两个浅浅的酒窝，一抹笑意在酒窝里打个旋，倏忽不见了。

他怔了怔，过几天我去找干爹，让他去你们家提亲，他扳着她的肩膀，说。

……

大叔要是不答应,我就,嗯,我就……他忽然感到心虚无措,茫然回头看看阿吉别克。

阿吉别克在逗柯孜玩,看他回头,扮个鬼脸。

他像被刺扎了一下,忽然生出一股恼怒,冲过去踹了阿吉别克一脚。

柯孜倏地蹿开去。

阿吉别克跌坐在地,挠着头,瞪着三哥。他忽然笑了,你急得,你急得勺掉了你……看三哥又要踹他,爬起来撒腿就跑。

她站着没动,静静看着他。她的眼睛一眨一眨,忧伤和委屈像拂过雪原的风。

他的心倏地针扎一般揪起来。

她替他理了理衣领,手从他的肩头拂过。他怔忡地看着她。卡西帕接过男人的马鞭子,掸掉男人肩头的草屑,毡房里餐单早已铺好,她提着烧好的奶茶跟在男人身后……多少年,她在门口迎候牧归的男人,日复一日。现在她老了,老得腰都直不起来了。夕晖把天地染得一片橙红。库兰的嘴角微微翘起,柔韧又忧伤。一些东西从她脸上消失了,眼神和神态少了往昔那种青草的味道,多了柔美,多了安静。她终究和卡西帕不一样,敢当着阿吾勒几位老人的面,拒绝阿达为她安排的亲事。他握住她的手,不知想要说什么,又觉得不管说啥,这时候都多余,可他心里又涌动着无数想对她说的话。

阿达喜欢你,他害怕阿吾勒的人说闲话得很,她幽幽叹口气,手掸着他肩头,我也害怕了,害怕阿达搬走掉……

他不会搬走的,你来的时候,他看见了他还不是啥都没有说。他怔了怔,你来的时候大叔真的啥也没说?

她摇摇头。

他忽然笑了。

他就不搬走,他也害怕阿吾勒的人说闲话得很。

他害怕啥?有我在,他耸耸肩,拍拍胸脯,我这么厉害得很,他害怕啥?你也不害怕……

她扑哧一笑,推他一把,你就是脸太厚得很……她的眼角闪过一抹泪光。

柯孜不知什么时候回来靠在他腿边。他蹲下身,捋着柯孜的毛,你得把她看紧些,不要让她跟别人跑掉了。

柯孜汪一声,头抵在三哥胸前。

嗤,我跑的话,它跑得比我快得很,肯定,她抹一把眼睛,眯眼望着空茫茫的荒野。

天地一片橙红,细风不动声色地裹着寒意,飞掠的鸟一样,打个旋,又打个旋。

他搂着她的肩,没再说话。

三哥是被柯孜的叫声惊醒的,他还蒙着,哨兵和老哈山一起冲进来。

库兰,库兰他们抢走掉了,老哈山气急败坏地说。

谁?三哥脱口问道。

我放羊回来,对山拜来了,问我搬走吗不搬走?我骂他了……天黑的时候,柯孜回来了,叫唤厉害得很,库兰找不见了。对山拜房子空掉了,毡房没有了,阿吾勒还两个人家毡房也没有了。他们肯定跟山那边的人搬走掉了。老哈山语气疲惫、沮丧,眼圈殷红,眼的周边是刀刻一般的皱褶,看上去老了很多。

三哥让哨兵通知集合。

他们往哪个地方走了?

过大羊群的山口子……老哈山沉吟着,西边的山口子小得很,小的山口子过不去……应该东边玉朗托格走,他们还别的阿吾勒的人家有。柯孜,柯孜知道他们哪个地方走了,肯定。他犹豫一下,拽住三哥,嘴唇哆嗦着,你是好巴郎,他把马鞭子放在三哥手上,马鞭子我一辈子用了,给你,你把她救回来……

三哥一怔,我饶不了他们,他鲠了一下,咬着牙说。他转身派人通知营部,让他们往玉朗托格拦截。上马,他吼道,带人冲出营地。

柯孜一声不响,冲在前面。

上弦月即将圆满,清幽幽的光映着雪面。柯孜像一道幻影。三哥被越来越浓的惶恐攫住。他既嫌马跑得太慢又怕太快,太慢怕追不上,太快又怕错过,或是方向反了。他不时勒转马头,在原地转个圈,再纵马狂奔。

那年春季转场,和往常一样,卡西帕和库兰先走,到预定的宿营地扎好毡房做好饭,等他们。毡房是那种简易的一撮毛,十多根松木杆围成一个尖顶的圈,苫上毡子就好。

早上出发时,天晴得一丝丝风都没有,中午刚过,天变了。先是大风刮得迎面不见人,随后是雨雪。等他们好不容易赶到宿营地,却没看见卡西帕和库兰。

老哈山说,风太大得很,她们风刮走了。那时候,风搅着雪,混沌得分不清天和地。三哥留守羊群,他顺风去找。等他半夜回来,他们早扎好了毡房,做好饭了等他。卡西帕就在离宿营地大约一两公里的一处土坎下,刚好和他去找的方向相反。大风来的时候,害怕迷路,她们停下了。因为这件事她们笑话了老哈山很长时间。

依据对早前掌握信息的判断和直觉,三哥知道这个方向没错,可他还是忍不住心虚。狗日的萨乌兹别克,他骂了一句。风从耳边呼呼掠过,心里一阵阵发紧。他不能想象库兰落在萨乌兹别克手里会咋样,这些念头又偏偏像生了根,枝枝丫丫都冒出来,让他的背脊一阵阵冒凉气。

那天,他送她回家,路过那面石崖时,停下来。落日的最后一抹余晖映着崖壁上的岩画。她的手指摩挲着刻痕,在一处刻着男女的岩画上停下。男人躬着腰,伸出的手臂托着大角羊,胯下的性器夸张地翘着。女人挺着大肚子,两只硕大的乳房耸得像山。她扭头看他,没说话,也没像以往那样没心没肺地笑。她靠近他,像只小鹿,战栗着偎在他怀里。她帽子上的猫头鹰羽毛在橙红的光里像一簇闪动的火焰,酸奶味虫子一样爬进他的鼻腔,钻进身体深处。他低下头,放任着自己的急切和慌乱。她欲拒还迎,踮起脚尖,攀住他的脖子。她的鼻息撩拨着他的含混的欲望,嗓子着了火,干涩涩地喘不出气来。他的嘴在她脸上摩挲,终于碰到另一张濡湿的唇。一种从未有过的体验骤然而至,旋起的飓风,呼啸着掠过旷野。过去的那些暗夜里,毡房另一侧的神秘喘息像一道闪电。他的手惶急又忙乱,在她身上摸索。她一把推开他。他还蒙着,她已经跑开了。

你是我的……她的喊声夹在沉闷的马蹄声里,荡回来,撞在崖壁上。

已经过了胡杨林,依然看不到一点点踪迹。

三哥忍不住了,喊住阿吉别克。他让阿吉别克带几个人,沿左侧山边搜索前进。

老哈山也勒住了马,我想的路错了吗?

三哥没说话,纵马而去。

一缕淡淡的腥臊味随风而来。东边的天际洇出一抹淡红,远山蒙了一层轻纱,若隐若现。转过一道山弯,腥臊味越来越浓,已经隐约听到畜群的嘈杂声了。

有人欢呼了一声。

三哥给马加一鞭子。

枪声骤然而起,三哥前面的一个士兵从马上栽下来。黑马往旁边一闪,咴咴嘶鸣着直立起来。后面的马队乱了。又是一排枪,子弹拽着尖厉的哨音,又有人中枪了。

埋伏的枪手在左前方的小高坡上,坡前是一道春天的雪水冲出来的深沟,左右是开阔地。他们成了活靶子。他们边还击,边往后退。

下马,就地隐蔽,三哥喊道,狗日的,他骂了一句。

黑马卧倒在雪地里,机敏地低伏着头。三哥瞪着血红的眼睛,困兽一般,躲在马后。阳光从山后泼洒过来,晃得人睁不看眼。埋伏的人目的明确,就是阻止他们追上畜群。

他抓起一把雪,使劲在脸上搓。老哈山趴在不远处,那个受伤的士兵躺在雪地里,一点声息都没有。三哥想爬过去看看,才一动,对面的枪就响了。

双方对峙着。

终于,小高坡上响起了密集的枪声,伴着喊杀声。

三哥一跃而起,冲上小高坡。眼前豁然开朗。五个埋伏的人落荒而逃。阿吉别克带人紧随其后,冲杀过去。

空旷的雪原上,畜群洪流一般,朝垭口涌去。奔涌的牛马,轰隆隆的蹄声,颤抖的大地……畜群后人头攒动,枪声、呼哨声,牛哞狗吠,羊叫马嘶……

远处,又一股雪尘迎着畜群翻卷过来,堵住了奔涌的畜群。受阻的畜群四散奔逃。

三哥冲下高坡。

一队人马从畜群中斜刺出来,冲向对面的山。一匹马后驮着一卷毡子,一截红围巾露在毡外,旗帜一般在风中飘拂。

萨乌兹别克,三哥嘶吼着,开了一枪。

柯孜狂吠着撵上去。

山势嵯峨,覆着厚厚积雪。萨乌兹别克挥着马鞭子,在半山腰的积雪和山岩间腾挪。

最先的几个人已经越过山脊,萨乌兹别克也接近了。

三哥再次举起枪。一声枪响,一匹接近山顶的马猛地向前一跃,马上的人舞着双臂,跳舞一般坠落了。翻滚而下的人和马石头一样撞上后面的人马,和着积雪一起滑落下来。

太阳倏地跳了一下。三哥看到一抹嫣红,幻影一般,淹没了。

九 月

九月和老尕私奔了。

九月想跟老尕私奔的念头从她知道自己怀孕时就有了,最初只是一闪念。她说不清自己是不是真的喜欢老尕。我想把日子过得像个日子,她是这么对老尕说的。

这是五月的最后几天,地里的豌豆刚刚"拉手"结出花苞。老尕骑马驮着九月,出了木垒河西城门。为了不让人猜到去向,他们先往西,过了木垒河又拐向北,顺河岸到旧户,再拐向东,一路狂奔而去。

九月是她公爹赵皮匠从迪化带回来给儿子拴牢冲喜的。她公爹依照龙王庙陆道士预先掐算好的生辰八字在迪化的一个大户人家找到她的那年,她还不满十岁,刺毛乱爹,瘦得跟鬼一样,在那个大户人家的后厨做些扫地拣菜洗碗的杂事。

她公爹从没对人说起过她的身世。

九月也说不清自己的身世。她只隐约记得她妈长得像画上人，抱她坐在骡车里，是那种带篷的骡车，镶着雕花窗格子。骡车在光秃秃的荒天野地里没日没夜地走，两个大铜铃丁零零丁零零，看不见庄稼，也看不见树和人家，满野滩都是大石头。后来，骡车翻了，一群凶神一样的人围着骡车，乱哄哄的，再后来就模糊了。但九月的生辰八字是确定的。她有一把小银锁，刻着生辰八字。小银锁套在早已看不清颜色的锦囊里，用丝绦挂在她脖子上。

老尕挥着马鞭子，咕咕叨叨嘴不识闲。他的脊背宽实敦厚，硬邦邦的像块撑破草皮的石头。雪青走马一路狂奔，带起一溜尘土。

九月到赵皮匠家的第三天就认识了老尕，是老尕替拴牢跟她拜堂成的亲。

赵家隔几代就会出个得怪病的人。出生时一切正常，长到七八岁病症就出来了，先是没力气，说话张个嘴都困难，慢慢的，就瘫在炕上起不来了。听说，得了这种病，少有活过二十岁的。

拴牢娶亲拜堂的一应礼仪都由陆道士操持。拴牢属马，九月属羊，陆道士说是好姻缘。赵皮匠想让老尕替拴牢走完娶亲拜堂的所有过场。陆道士知道老尕，听说是让老尕代替拴牢，着意问了老尕的生辰八字，闭目掐算了半晌，脸色凝重地摇摇头，不妥。赵掌柜追问原因，陆道士只说不妥，其他再不多说半句。赵掌柜只好找别人，可找遍了镇子，也没再找到合适的人。谁都嫌晦气，没人愿意替一个半死不活的瘫子娶亲拜堂。赵掌柜唉声叹气，可怜巴巴地看着陆道士。陆道士无奈，又掐算了好一阵子，画了两道符，一道符在拴牢的床头喜服上醮燎，一道符用红布包了让娶亲的人带给九月揣在怀里，又给娶亲的人嘱咐了诸多禁忌，这才忧心忡忡地替拴牢主持了娶亲拜堂的一应仪式。

老尕是四道沟王农官的小儿子。一开始，他是兴高采烈地答应赵皮匠替拴牢走这个过场，后来不知听别人说了啥，娶亲的队伍已经在院子里等他出发时，忽然变卦了。无论他爹还是赵掌柜咋说，他都一声不吭。赵皮匠急得磨转转，答应事后给他做一身新衣裳，甚至当时就塞给他一块银圆，他依然拗着头不吭声。他爹王农官的面子上挂不住了，一巴掌扇过去，他脸上立时暄起一片巴掌印，狗日的反了你了，今儿个就是死你都得把过场给我走完……老尕捂着脸，被人拉上马，临出门时，回头喊了一句，看我不把她领上跑掉……那年，他十一岁，属蛇，比九月大两岁。他穿上拴牢的喜服，骑着他爹王农官的雪青走马，头昂得像刚会打鸣的小公鸡，伴着花轿，在喜庆的唢呐声里绕了大半个木垒河城,然后跟九月拜了天地,牵着九月走进洞房,交给拴牢。赵皮匠一颗悬着的心才落回肚子里,可老尕临出门喊的那句话,一直鲠在他心里。

赵王两家是世交。当初,赵家流落到四道沟的时候,四道沟还没几户人家。两家先人喧起来是秦州乡党,王家对赵家就多了层亲近,多了些接济关照。后来赵家出了变故,庄子起火烧了,举家搬到了木垒河城。听说,赵家庄子起火,就和他家的童养媳有关。赵皮匠的爷爷那一辈上,出了个和拴牢一样的瘫子,眼看着一天天不行了,就找了个童养媳来冲喜。这一冲,瘫子还真又熬了几年,童养媳也熬大了。后来,童养媳跟家里的长工私奔,让人抓回来,疯疯傻傻又哭又闹,折腾到秋天,地里的豌豆黄了,正准备开镰收豆子,童养媳死了。几天后,赵家庄子起了火,烧得一干二净,瘫子也烧死了。有人说是童养媳的冤魂放得火,也有人说火是瘫子放的……坊间传得沸沸扬扬,神神怪怪,让人听了禁不住心里发毛。

赵家一直对这件事讳莫如深,从不对外人提起。

拜堂前一晚,九月住到镇子西边和合生中医堂的肖先生家。这是赵皮匠的主意,他坚持赵家的媳妇一定是花轿抬进门的。陆道士对此不置可否,既没点头支持,也没摇头反对。赵皮匠说:既然是给我娃娶亲冲喜,那我就让全镇上的人都喜庆一回。

赵皮匠请东升阁的师傅掌勺,从请东那天开始,到谢东结束,连摆了三天六碗六碟的流水席,黄焖羊肉、红烧丸子、红烧夹沙、烧条子、八宝饭、糖洋芋六大碗,拌粉条、拌凉粉、拌肚丝……还为往日生意上的几个哈萨克族、回族朋友准备了手抓饭和手抓肉。请奇台常家班连吼了三天乱弹。吼的是《穆桂英招亲》和《鸿鸾喜》。其间,镇里几个老唱家子被拽上台,在全套乐器的伴奏下,好好过了把戏瘾。老班主的孙女小彩玉擅长刀马旦,活脱脱一个穆桂英。背插靠旗,头顶两根雉鸡长翎,迈着急碎步,噌噌噌就到了台当间,一根花枪耍得雪花一片,念唱作打更是挑不出个刺,让木垒河人舒舒坦坦地受活了三天。三天里,流水席可劲吃,吃完了听戏,听戏听累了听饿了,一磨身坐下再吃,吃完了接着再听。

九月盘腿坐在炕上,瘦伶伶的身子撑着阔大的大红锦缎褂子,焦黄稀疏的头发在脑后绾个鸡蛋大的鬏,眉毛疏淡得只剩个印子,一双大眼睛在瘦脸上显得更大,看不到一丝羞怯,直愣愣地从一张张脸上扫过去,再扫回来。拴牢的脸色寡白得像窗户纸,黑眼珠子间或动一动。他靠在被子上,被子上又放上枕头,把他的头撑起来。看九月回头看他,斜抽着嘴角怪兮兮地笑笑,白森森的牙一闪一闪。直到三天后,客人散尽,九月才明白,往后的日子,她就要一直陪着身边的瘫子男人过了。

九月把脸靠在老尕背上,热乎乎的汗腥味涌进她的鼻腔。她能感到他混杂着兴奋的紧张,时不时回头张望。他们都不说话。从跨上马的那一刻起,直到现在,谁都没说过一句话。一大早,她从家里溜出来,他早在老营盘院子里等她。她一句话没说,爬上马背,甚至没问一句,他们要去啥地方。老尕张了张嘴,看她冷着脸,又把嘴闭上。

她心里堵得慌,塞满了说不清的委屈。一块骨头鲠在嗓子里,噎得她透不过气来。

昨天晌午,她替拴牢擦洗身子。屋门敞着,屋里凉阴阴的。公爹坐在八仙桌旁闷头抽烟。八仙桌迎门,紧靠条案。条案是榆木的,一尺多宽,五尺来长。条案正中的神龛供着观世音菩萨,背后墙上是副山水中堂,她的梳妆盒摆在靠近炕头一边。往常她给拴牢擦洗身子时,公爹也会坐在旁边看,偶尔帮她给拴牢翻个身。他轻轻抱起拴牢,在怀里翻转过来,再轻轻放在炕上,我的儿……他的声音很轻,怕吓着儿子似的。爹,拴牢脸上也漾起一抹笑。这时候,公爹嘴角微微翘起,脸上的皱褶水波纹一般涌向眼角的鱼尾纹,挤得眼睛更小了,欸……他应一声,从九月手里拿过手巾,再在大铜盆里淘洗一遍,前些日子卖掉的皮子,昨儿个把账收回来了,他絮叨着,手巾从拴牢的背上擦过去,过两天还得出趟门,去趟古城子,嗯——还得去趟北闸,今年的雨水多得很,庄稼成下了,看样子又是个好年景,得去北闸看看收成……他咕咕叨叨拉呱着,并不需要儿子回应。逢到天气好,他就背拴牢在镇子里转一圈。可是,拴牢越来越出不了门了。

自从九月踏进这个家门,公爹就对她很好,对她比对丫头还要好。公爹有六个丫头,最后才生了拴牢。他说:你把拴牢侍候好,我亏不下你。

今天公爹不一样,静悄悄伏在八仙桌旁,脸皱成了核桃,眉头紧锁,虚眯着眼,像守在老鼠洞口的猫。淡蓝色的莫合烟雾从他嘴里鼻子里喷出来,在头顶上萦绕,飘飘袅袅地消散在屋梁间。

九月的脊背一阵阵发紧。她等着公爹开口。

头两天下午,老尕在老营盘等她。

老厌又找我了,老尕惶急地说。她没说话,直盯着他。他的眼不停地眨,脸涨得像紫茄子,望着南边黛青色的双疙瘩山。双疙瘩山像两只翘挺的奶子,山下是一片平坦如腹的梁坡,下行不远,梁坡一分为二,镇子犹如处在女人的两腿间。他回头瞥她一眼,目光滑落在她的胸口上,老厌让我,让我跑得远远的再不要回来,老尕说得气急败坏,他说他给我钱。

那我咋办?

老厌让我撇下你。

屋子一片寂静,静得瘆人。九月终于忍不住了,爹,她没回头,拽起拴牢的胳膊,手巾裹着干柴似的手臂,重重捋下去,惨白的皮肉上霎时泛起一层血色,爹,你是不是有话要给我说呢?

公爹没言传,发狠似的咂着莫合烟,半晌,一句话没说,起身走了。

九月愣怔地瞪着公爹闪出门的背影,猛地把手巾摔进大铜盆里,溅起一片水花。她扭身扑在拴牢身上。

拴牢的身子蠕动着,你,跑,吧。他一个字一个字往外吐,声音轻飘飘的。

九月一惊,倏地爬起来,怔怔地瞪着拴牢,那你,那你咋办?

拴牢抽了抽嘴角,不要,让,抓回,来。

田畴间散落着榆树杂树和一丛丛荆棘。冬麦有小腿肚那么高了,豌豆才泛出星星点点的白花。过了旧户,空茫茫再不见一棵树一个人影,远处延绵的山梁像一个个小土丘,瓦蓝瓦蓝的天空,一只鹰孤独地嘘溜溜鸣叫盘旋着。阳光一无遮拦,有股淡淡的土腥味。流云在头顶飞掠,白得晃眼。

老尕扭过身,右手从九月的肋下抄过,一使劲,把她从身后抱到身前,俯身在她脸上亲一口,快憋死我了,就怕老眾追上来,那就麻烦了。他长舒口气,这阵子好了,老眾追不上我们了。

九月心里恍了一下,老尕喊赵皮匠老眾让她不舒坦,这些日子他一直喊赵皮匠老眾。她阴沉着脸翻他一眼,我们去哪搭?

北塔山,老尕吧唧吧唧嘴,嘿嘿讪笑着给马加一鞭子。马猛地往前一蹿,他哦吼吼发声喊。

九月的背紧贴在老尕胸前,可还是一阵阵脊背发凉。拴牢的眼神,眼角的泪,刺一样扎着她。她提着小包袱出门时,禁不住回头望了一眼炕上的拴牢。拴牢侧歪着头,眼睛黑漆漆的,比以往更黑更亮。

走,吧,他说。

风扑面而来,刮得脸生疼,眼睛也睁不开。眼泪止也止不住,九月索性放声大哭。

老尕手忙脚乱勒住马,咋了你?他扳过九月的肩膀。九月扭动着,想挣脱他。他跳下马,拽着九月,把她从马上抱下来。

九月推开他,圪蹴在地上哭。她心里乱成了一团麻,有种无所依凭的惶恐。

那年,公爹牵着她的手走出那个大户人家时,她连头都没回一下。说不清为啥,牵着她手的公爹让她有种莫名的亲近和踏实。

娃,我领你回去给拴牢当媳妇,你高不高兴呀?公爹说。

拴牢是谁?

是我娃么。

公爹手心暖融融的,有股淡淡的臭皮子味。她仰头看一眼公爹,也——也——行呢么……她说。声音小得她自己都听不清。

老尕的一双脚在她眼前磨转,牛鼻子鞋头已经磨得发了毛。你咋了你?啊,你咋了吗?你说句话,我又没咋着了你,他一迭声地问,声音焦躁惶惑。

我娃他——他,公爹长叹口气,你给我娃当媳妇,我亏不下你。

嗯……

那你喊我爹。

嗯。

你喊么。

爹……

唉——

你究竟咋了吗？你……老尕俯下身，脸凑到她眼前。

她倏地站起来，一脚踢在他右侧小腿上，抹一把脸，噌噌噌往前走。

没有路，零星的马蹄印，灰蒙蒙的骆驼草、铃铛刺，稀落落从砂砾间挤出来。远处，雾蒙蒙蒸腾起一片浅蓝，水一般漫溉进荒漠深处。空旷、苍茫、静悄悄的，听不见一丝声响。

说不清公爹啥时候变得跟早前不一样了。

那天下午，九月急慌慌从外面回来，迎面撞见公爹。

公爹站在廊檐下，好像就为了等她回来，看她进了门，举起一张纸晃一下，我把王农官他们家南墙根的那块地买下了。

你，你买他们家地干啥？你又不种地。

公爹的眼睛阴了一下，忽然脸一沉，我啥也不干，我埋人，寒气森森的眼神针芒一般从她脸上唰地划过去，恶狠狠地咬牙骂了一句，狗日的，佝偻着腰走了。这些日子他的腰忽然佝偻得比以前更厉害了。

公爹这是咋了？他发火肯定不是因为我回来晚了，九月一脸惶惑，肯定是王农官咋得罪他了，要不就是老尕。老尕？她禁不住打个寒噤。

九月知道老尕跟在身后,她没回头,机械地往前迈着腿脚,心里一片茫然。一丝丝风都没有,日头悬在头顶上,晒得人头晕眼花。你就是个勺屄,看你一天嘴抹得蜜罐罐,你又不是闷头驴,跟在我后头,你就不能给我口水喝,就不能把我抱上马?她忍住不回头,看你勺屄能跟我到啥时候。

这都过了两个多月了,肯定是怀上娃了。这两个月她过得如坐针毡,公爹的眼神像抵在她背上的刀。他暴躁了,说话恨声恨气,动不动就吹胡子瞪眼,挨到脚下的东西一脚踢飞,无一幸免,那样子恨不得把房子拆了才能解气。该不是公爹知道我怀上娃了?她隐约觉得公爹希望她怀上娃,那他咋还发这么大的脾气?她问过拴牢,身上没来咋办?过后没几天,公爹看她的眼神不一样了,不是正眼看她,是怪不兮兮的,像猫,虚眯着眼,从眼角缝里透出一线光,阴恻恻地瞄着她。她知道拴牢不会把她怀上娃的事告诉他爹,他的嘴牢得很,还出主意让她跑。可她咋忍得下心跑呢?又能往哪儿跑?过去的那些黑黢乌拉的夜里,四下里静悄悄的,她竖着耳朵,风穿过树叶,穿过屋脊,打着旋急惶惶逃走了,老鼠窸窸窣窣的啃噬声,永不停歇,她偶尔和他说句话,他嗯一声,她才感觉到身边还躺着一个活人。

拴牢说,我没多少日子了,你跑吧,不跑你就死在这搭了。

太阳落山,他们终于走到一户人家。这里是春牧场,是冬牧场往夏牧场过渡的浅山地带。

漫漶无际的沙梁草地,毡房在一面缓坡上,像一朵蘑菇隐在草褰里。一个小丫头在门口玩,五六岁的样子。女人在牛栏边挤奶。听见狗叫,她停下来,手搭凉棚,望着走近的老尕和九月。

今儿个黑夜就住这搭,老尕说。

你都不认识人家,九月咕哝了一句。

太阳下山时放走客人①,别人会笑话他们的,老尕说。他把九月从马上抱下来,牵马走过去。

你咋知道别人会笑话?

老尕没理识她,挥手向挤奶的女人打招呼,唉——阿达西②,加克斯③吗你?

女人提着挤奶桶笑盈盈迎上来,颔首致意。她三十岁上下,梳着两根大辫子,橘红色的光映在她脸上,红扑扑的。

老尕手抚在胸口,躬了躬腰,我们要去北塔山,找斯哈克去,你知不知道他?他是我朋友……老尕说。

---

① 太阳下山时放走客人:哈萨克族谚语,太阳下山时放走客人,是跳进水里也洗不清的耻辱。
② 阿达西:朋友。
③ 加克斯:好。

斯哈克？女人眨着眼，摇摇头。

老尕两手比画着，天黑了，我们想在你家里住一夜。

女人依然摇着头，手在衣襟上摩挲着，一脸无奈。

老尕回头指指九月，又指指自己胸口，她，羊缸子①，我的。

九月抿嘴对女人笑一笑，没说话。她一直没说话，静静看着老尕不急不躁地跟女人比画。这个倔驴今天咋不倔了？往常三句话不对，就尥毛，今天像换了个人。

羊缸子？女人扶着九月手臂，指指老尕，又看看九月，羊缸子？忽然醒悟似的，点点头。她指指毡房，紧走几步撩起毡房门帘，把老尕和九月让进去。

她安顿他们坐在地毡上，出去了。不多会，提着奶茶和餐单进来。铺好餐单，摆上酥油和馕，沏好奶茶，比画着让他们吃喝。小丫头偎着女人坐下，扑闪着一双大眼睛，一脸好奇地看着九月。

老尕掰了块馕，蘸上酥油，塞进嘴里，声音很响地吃起来。九月剜他一眼，你吃慢些个。老尕看看她，看看女人，龇着牙讪笑。

女人也抿嘴笑，抚着小丫头的头，说了几句，示意老尕他们吃，起身走出毡房。小丫头坐在地毡边，不声不响，给

①羊缸子：妻子。

他们沏茶,陪着他们。

九月跟出去想帮那女人干点啥,又被她让回来。

天黑尽了,她男人才回来。男人叫比特拜,普通话也好不到哪里去,连比带画勉强能听懂。

老尕说要去北塔山找斯哈克。

斯哈克?比特拜沉吟着,马灯光映着他半张脸,斯哈克跟我们一个阿吾勒不是的,他们的草场在阔克巴斯陶那个地方,别的不知道了。他端起茶碗喝一口,我夏牧场要搬走,这两天,斯哈克他们也该搬到夏牧场了。比特拜说他还代牧了一群骆驼,晚几天搬是因为有几个骆驼在下驼羔。他看看九月,扭头对偎在身边的小丫头说了句什么。小丫头腼腆地笑着挤进他怀里。他又冲九月笑笑,我说的她长大了跟你一样,花一样漂亮得很,她羞得很了。他拍拍小丫头的头,呵呵呵笑起来。

九月抿嘴笑笑,看着老尕。

老尕冲小丫头招招手,几个巴拉①?他问比特拜。

三个,比特拜伸出三根手指比画一下,三个,老大大房子拿走了②,还一个老天爷收走了,他抹一把脸,咧嘴笑一下,办法没有的,老天爷喜欢他得很了,收走掉了。

---

①巴拉:泛指孩子。
②大房子拿走了:哈萨克族的还子习俗。大房子是指父母家。

晚饭是风干肉纳仁。

老尕去拿了两瓦罐糜子酒,拿了一些葡萄干、杏干给小丫头。比特拜一声欢呼,哇呜,酒,酒好东西,来来来,他搓着手,两眼亮闪闪的。酒至半酣,他拿出冬不拉,弹唱一阵喝一阵。老尕听不懂他唱啥,跟着乱哼。两人折腾到半夜才睡。

九月早撑不住了,迷迷糊糊窝在老尕身边打盹儿。

比特拜媳妇一直坐在地毡边,为男人沏茶。比特拜唱她也唱,唱到高兴处,还起身跳一段舞。直到男人睡了,她收了餐单,洗刷了碗盘才睡。

朦胧中,九月被吱吱咯咯的声音惊醒了,心骤然蹦到了嗓子眼儿。四下里黑魆魆的,毡房的天窗里漏进一缕幽暗的天光,星星一闪一闪,风沙沙沙从毡房顶上掠过。老尕鼾声如雷。她不敢动,屏息静气,憋得耳朵嗡嗡响。

她和老尕第一次是在洋芋地里。他踩倒一片洋芋秧子,褂子铺在上面。完事后,他懒洋洋地歪躺着,一脸坏笑,挖个洋芋窖也是力气活,他说。一开始,她没明白他说的话是啥意思,看他贼兮兮地盯着自己,知道他憋着坏。她低头看看下面,火辣辣地疼,像撒了辣面子,心里倏地打个闪,贼尕他把这事说成挖洋芋窖,这个没脸没皮的货……该一巴掌扇歪他的嘴,看他还能憋个啥坏不能。她忘了那天是咋跟他进了洋芋地的,像鬼附了体,后来是撕裂般的疼,她喊:是你娶了我,跟我拜堂成亲。

她真正尝到做女人的滋味是在进了几次洋芋地之后,在离那块洋芋地不远的渠沟里。那时,洋芋已经收了。天蓝得能把人化了,一波一波的水,从脚趾尖、从手指尖……漫上来,漫过胸口,漫过头顶,浑身都在咕嘟嘟冒水泡,头顶裂开了,风飕飕灌进去,让人想哭,又想笑。

人都说公爹鬼精鬼精的,比鬼都精。她一直奇怪,她经常往外跑,有时一出门就是半天,公爹居然没怀疑过她。有几次,她从外面回来,迎面碰上公爹。公爹斜抽着嘴角,似笑非笑盯着她。她觉得自己就要塌了,腿软得快站不住了,公爹却一句话不说,转身走开了。

这更让她不安。

天蒙蒙亮,人都起来了。比特拜出去看了一趟羊群,回来斜歪在地毡上,和老尕闲扯。他媳妇挤奶烧茶忙得脚不沾地。

九月想帮他媳妇干点啥,看看插不上手,只好站在一边看。他媳妇边干活,边轻声哼唱,偶尔扭头看她一眼。她看不清她的脸,只看到不很分明的轮廓,但她能感受到她的轻快欢乐。

东边的山脊上露出一抹天光,慢慢地越来越亮,清幽幽的旷野生动起来。晨风裹着青草和牛羊的腥膻气息,凉飕飕的。九月徐徐吐出口气,昨晚的隐秘声响恍如梦幻,隐在她心里的尴尬已寻不见一丝踪迹,她笑了,笑自己就是个不谙世事的勺丫头。

第三天,他们在转场的路上,撵上了斯哈克。

斯哈克见到老尕,高兴得癫狂了,抱起他抡一圈,说:把你哪个地方的风刮过来了?

老尕捅了斯哈克一拳,下山风,他哈哈笑。

斯哈克冲九月点点头,扯着老尕的胳膊到一边,你和她跑出来?他挤挤眼睛,一脸坏笑。

老尕咧着嘴,嘿嘿嘿……

斯哈克拍着老尕肩膀,马一样昂起头,笑得拐腔拐调。我也把一个丫头看上了,他冲九月扬了扬下巴,和她一样,花儿一样漂亮得很。我想转场完了,丫头抓回来,阿妈不同意,他轻摇着头,一脸无奈的样子。

绵延的沙梁丘陵,一望无际的荒原蔓延到天的尽头。羊群水一样漫过去,扬起漫天尘雾,十数头牛慢悠悠地跟在羊群间,两匹马绊着腿,在羊群外连走带跳……羊叫狗吠,斯哈克追赶离群牛羊的呼喝声……他一个人在尘雾中穿行,忽左忽右。一团颤悠悠的火球,向远方大地里沉落下去,炽红的烈焰把大地和天空"熔"为一体,渐渐消散的尘雾,轻纱一般。

老尕跟在羊群后面,收拢跟不上群的羊。

九月伏在他背上,这么大一群羊,他咋顾得过来?

那咋办?谁叫他是男人!老尕呼喝着把几只离群的羊赶回来,这世上,少了谁也少不下男人,你说是不是?他扭头对她嘿嘿两声,倏地怪腔怪调地吼一句,哥呀么割麦妹送饭……

九月哼一声,没说话。

浸在老尕褂子上的汗渍,花里胡哨跟尿斑一样。胳膊上泛着油汗,胀鼓鼓的肉腱子,老鼠似的窜来窜去。九月忍不住想摸一下,手伸出去又缩回来。拴牢细如麻秆的胳膊,瘦骨嶙峋的身子,就是个会喘气的骨头架子。他现在咋样了?他是个好人,只是命不好,摊上这么个病。她的心揪着,拴牢眼角的泪刺一样扎着她。拴牢说世道轮回,他的命和在大火中烧死的那个瘫子的命是一样的。九月听他说起过那年四道沟老宅的那场大火。

她头一次跟老尕睡,就给拴牢说了。那天晚上,她和他并排躺着,望着黑黢黢的屋顶,她的手探进他的被子,握住他的手,梦呓一般,她说她跟老尕睡了。他的手微微颤着,手心汗津津的。她倏然惊醒,扭过头看他。啥也看不清,一团白乎乎的影子。说不清从啥时候开始,她心里总是淤着一团邪火,身子也像在火里烤,鼓胀得要裂开,像有一只看不见的手从身子里伸出来,揪着她头发,拖曳着她在乱石嵯峨的山野里狂奔。她靠在他身上哭了。那么多年,她头一次靠在他身上哭。

老尕嘴不识闲,一边高门大嗓吆喝牲口,一边唱。

哥呀么割麦妹送饭
尕妹穿了个花衫衫
一把扯开尕妹的怀
……

臊气,九月揪住老尕的胳膊拧一把。

我爹说,等过两年你大些了,就让我跟你圆房。洞房里人都散了,只剩下她和拴牢。条案上的大红喜烛燃起的青烟,像屋顶上吊下的一缕缕沾满灰尘的蛛线。拴牢的话说得有气无力。

啥叫圆房?

就是,就是……到时候你就知道了么,嘿嘿……

你说么,你说啥叫圆房?

就是给你肚子里怀上娃么……我爹说,不孝有三,无后为大,我们家不能绝了后……

拴牢早就知道男女这种事。她说她跟老尕睡了的那天晚上,他手抖得一句话没说。我这是在他伤口上撒盐呢。她让心里倏忽闪过的念头吓了一跳。她从没在他面前有过顾忌,想说啥,张嘴就来。好像从那之后,每次她从外面回来,他都慌乱无措,眼神灰败得像死灰。他再也没盯着看过她。之前他盯着她看,眼睛直愣愣的,盯着她胀鼓鼓的胸,像发面一样暄腾起来的身子,咂咂嘴,眼里闪烁的一星光亮,渐渐黯淡了,他慢慢扭过头去,身子扑簌簌抖个不停。她一直以为他抖是因为他扭头使过了劲。

九月被一阵失血般的惊悸猝然击中,她扯着头发骂了一句,勺尿,你就是个勺尿……

老尕发一声喊,直着嗓子吼,勺尿呀么割麦妹送饭……

宿营地在一块洼地里,斯哈克的妈妈带着萨伊兰和孩子先行赶到,已经扎起一撮毛毡房①做好了饭等候他们。萨伊兰是斯哈克的嫂子。两年前,斯哈克的父亲和哥哥放牧时遇到外蒙兵抢牲畜,都死了。哥哥留下一儿一女,吐耶拜和恰拉,一个三岁,一个四岁,和他们住一起。

---

①一撮毛毡房:一种简易毡房。顶是类似轮毂的圆圈,下面捅着十数根木棍,苫上毡子。

晚饭很简单,馕、酥油、奶茶、酸奶疙瘩和手抓肉。地毡铺在毡房前的草地上,一家人围坐在一起。萨伊兰沏好茶,一一递给每个人。老阿妈搂着吐耶拜,恰拉坐在她旁边。祖孙三人嬉闹着,咯咯咯,笑得旁若无人。

夜里,女人们带着孩子睡在一撮毛毡房里。斯哈克着意嘱咐萨伊兰照顾好九月,他要和老尕看守羊群,防备野狼。

你来太好了,斯哈克说,羊群,家里还这么多女人和巴郎,管不过来了,我一个人。他裹了裹皮袄,往后靠在驮子上,你留下来帮我吧。

老尕在镇上的德盛皮毛行当跑街伙计时,每年剪羊毛的季节,他都要找斯哈克帮他联络阿吾勒的牧民把羊毛卖给他。他已经两年多没见过斯哈克了。斯哈克家发生的变故,他一概不知。他还纳闷怎么一直没有他的消息呢。我就是找你来的,你不说,我也得留下,我没地方去了,他说。

九月,谁家的丫头你偷出来了?斯哈克嘿嘿嘿笑。

赵皮匠家的……媳妇……

你帮忙赵皮匠娶回来的那个丫头?

嗯。

你偷的好得很,斯哈克说,九月太可怜得很。片刻,他又叹息道:她男人也太可怜得很。

……

东方刚刚发白,所有人都起来了。

萨伊兰烧奶茶,准备早饭。老阿妈管着恰拉和吐耶拜。斯哈克和老尕把拆散的东西收起来重新打成驮子,放上牛背骆驼背绑扎好,跟不上羊群的小羊羔用毡子裹起来,放在驮子间。小羊羔的头从驮子间探出来,左右张望着,咩……

九月想帮萨伊兰准备早饭,又插不上手,就跟在萨伊兰身后,东一下西一下地瞎忙。

吃过饭,都收拾好了,女人们上马,赶着驮东西的牛和骆驼先出发,去往下一个宿营地。

老尕让九月跟她们一起走,他和斯哈克跟着羊群。

九月没独自骑过马,斯哈克让她骑骆驼。驼背上有驮子,她可以坐在驮子上,比骑马稳当。恰拉和吐耶拜戴着花毡帽,也在驮子上,像两个探头张望的小羊羔。

离夏牧场还有不到一天的路程,过了野狼沟,就到北塔山夏牧场了。

过野狼沟要翻一座山。牧道在山腰上,一侧是峭壁,一侧是数十米深的山崖,山崖下是水流湍急的小河,是转场途中最难走的一段路。

九月的骆驼跟在萨伊兰的马后头,进入牧道没走多远,她就吐了。山势嵯峨,路又窄,骆驼一走一滑,晃晃悠悠,紧贴着山崖边走。她紧抓住绳子,伏身在驼背上,心都快蹦出来了。她强忍着卡在嗓子里的尖叫,终于没忍住。

萨伊兰只好下马陪着她走。巴郎?她指指九月的肚子。

九月瞪着她,一脸蒙相。

萨伊兰两臂虚拢,哦哦哦,做个哄孩子的样子,巴郎?

九月的脸倏地涨红了,慌乱地摇摇头,又点点头。

加克斯,萨伊兰一脸笑,竖着大拇指,加克斯。

九月低下头,巴郎,她咕哝着,巴郎……她瞄一眼自己的肚子,跟以前一样,没啥变化,她奇怪萨伊兰是咋看出来她肚子有娃的。

九月抹了一把脸,深舒口气。山风习习,山崖下哗哗的流水声。她扭头瞥一眼萨伊兰。她也正盯着她看。

萨伊兰穿一条颜色猩红的土布裙子,黑绒坎肩。麦色的脸,大眼睛,鼻梁微塌,两颊上细如绒毛的血丝泅出的嫣红像两团没抹匀称的胭脂。头发用绣鹿角纹的蓝布帕子裹着,两根又粗又长的辫子垂吊在背上,辫梢的银饰唰啦唰啦响。看不出她已经是两个娃娃的妈。

九月没有初为人母的喜悦。自从跟老尕在一起,她就纠结,既渴望怀孕,又怕怀孕。

拴牢一日甚是一日地枯萎,日子在沉闷中循环往复,长得望不到头,她渴望有个娃,把死水一般的日子搅碎打乱。

她又怕怀孕。自从在戏台前碰到老尕的那天起,她就觉得有一双眼睛盯在背上。她说不出哪里不对劲,可她就有这样的感觉。

麦收时,公爹雇人去北闸收麦子。有天半夜,她听到院门响,去开门。院门才开,公爹醉醺醺扑在她身上,差点扑倒她。她强撑着扶起公爹往屋里走。公爹的胳膊搭在她肩上,硬爹爹的胡子有意无意蹭着她的脸,热骚骚的汗味酒气直往她鼻子里钻。她往旁边一闪。公爹愣怔片刻,一声不响回屋去了。之后,公爹再没正眼看过她,直到麦收后的一天后晌,他从外头回来,迎面撞见她,怔怔地盯着她看了好一阵,从兜里摸出几个铜圆,塞在她手里,让她去集上转转,看看戏,吃个凉皮……多浪一阵子,不要急死忙赶地就回来了,他说。

就在那天,她碰到老尕了。

正是一年最热闹的时节。庄稼收完了,收洋芋还要过些日子。庄户人、转场的牧民、远近商家都来赶集。庄户人趁着秋收之后的空闲,赶个集,听个戏,解个乏累。牧民要用牛羊、马鬃、皮张、贝母、雪莲之类换回一整个冬天的生活用品。奇台常家班在城东圈起个场子,搭起戏台,唱《穆桂英招亲》《穆桂英挂帅》《四郎探母》。戏台外,卖凉皮凉粉、油糕麻花、粉汤包子、羊头羊蹄羊杂碎的摊子一溜摆开。

老尕昂着头四处张望,他身后站着丁香。

丁香是铁匠萨迪尔和荞花的丫头。萨迪尔是个孤儿,跟着一伙割麦子的人,一年到头追着黄熟的麦子,从南到北。他去铁匠铺修镰刀,荞花他爹看他实诚,留他做了上门女婿。那时候,荞花新寡不久,她跑南路生意的男人在大浪沙让土匪劫杀了。

九月走过去。她看见老尕眼睛一亮,朝她迎过来。自从那年他代替拴牢娶了她,拜过堂,她再没正经见过他,只是一言半句地听一嘴,说他骚烘烘地跟丁香搅在一起。他斜挑着眉毛,两眼灼灼地盯着她,一副二不兮兮的贼尻相。她梗了梗脖颈儿,你娶了我,跟我拜了堂,就不管我了?她的话脱口而出,像有人在她背上猛一推。她一把捂住嘴,愕然瞪着他。他愣了一下,拽起她胳膊就走。丁香追上来,他一把推开她。任她又喊又叫,他都没应声,头都没回一下。

后来,她问老尕,他睡过丁香没有?我又不是叫驴,他惊乍乍跳起来。少顷,他又凑近她,左闻闻右闻闻,你身上咋一股子酸味?开醋坊了?她一愣怔,一脚踢过去。他跳起来躲开,青草到了驴嘴边,不啃一口,那还能是叫驴?

那天,她像让鬼牵着似的,跟老尕进了洋芋地。

九月坚持了两天,终于忍不住了。

不想和他们住一起,她对老尕说。

老尕龇牙笑,两眼灼灼地盯着她,我也不想和他们住……

她剜他一眼,骚情货,知道你就是个叫驴……她愠怒地说。

她轻抚着肚子,茫然四顾。她已经两天没合眼了,只要一闭眼,咯吱咯吱的声音就在耳边响,眼一睁,声音又听不见了。她只好大睁着眼睛,熬到天亮。老尕睡得跟死猪一样,地毡那头,斯哈克的呼噜高一阵低一阵,间或,老阿妈呻吟着翻个身,萨伊兰侧起身子给两个娃娃盖被子……她知道是自己的心在作怪,有啥办法呢?她也不想这样。过去的那些夜里,她安静惯了。夜静得瘆人,拴牢躺在旁边,一点声息都没有,她怕他睡死过去,伸手去探他的鼻息,他嗯一声或是叹口气。她想跟他说说话,你咋还没睡?他费力地一个字一个字往外吐,就,睡……她幽幽叹口气,想说话的欲望倏忽不见了,恍惚刚才是陷在梦魇里。她翻转身,窗户白蒙蒙的,心一下一下撞着胸口,咚——咚——咚——让她疑心这世上只有她一个人还活着。

她知道老尕正两眼灼灼地盯着她。她没回头,心里充满了委屈。

漫山遍野的绿,紫的马莲花,红的野山菊、野罂粟,阳雀叽叽喳喳叫着,从草尖上掠过去。牛散在山洼里,马在对面的山坡上。墨绿的森林背后,山顶上明晃晃的雪,折射出炫目的浅蓝光晕。

毡房前,老阿妈在搅皮桶里的奶浆,吐耶拜和恰拉围在她身边。倏地,吐耶拜咯咯咯笑着,迈着两条小腿,颠颠地往萨伊兰跟前跑,恰拉在后面追。老阿妈喊了句什么,萨伊兰抬起头,笑着回应一声。她正在缝补毡房上的毡子。

婆媳俩都是热心肠,凡是转场路过的人,她们都会招呼人家喝一碗酸奶或是奶茶。

老尕扳过九月肩膀,看着她,你把心款款放在肚子里,有我呢,他说。

晚上,斯哈克放羊回来,老尕跟他说想另外住。

斯哈克暧昧地捅他一拳,睡觉的时候我们的头都蒙住了,耳朵不行得很。他笑得叽叽嘎嘎,山那么大得很,草原那么大得很,谁还顾上你的事情管呢?他撇撇嘴,看老尕一脸愁苦的样子,又拍拍他肩膀,算了,你们汉族人事情就是多得很。

他和老尕连夜把一撮毛毡房搭起来。

太烂得很毡房,先住吧,斯哈克说。

你把这个毡房给我了,你去后山放羊的时候用啥?

后山去的时候再想办法嘛,现在想啥呢,斯哈克拍着老尕的肩,睡的时候嘛,轻轻一点点,轻轻的,慢慢的,劲大的话,塌掉我不管……

老尕一脚踢过去,斯哈克跳着躲开,哈哈哈,哦吼,笑声蹿出去,好一阵才有回音传回来。

夜里,九月靠在老尕怀里,这不是个长久办法,她说。她心里倏地打个闪,觉得自己变了,变得怕黑了,开始为过日子的事犯愁了,忧虑了……

她往后拱了拱,拽过老尕的胳膊搂着自己。

转场一结束,剪羊毛的季节就到了。

阿吾勒来帮忙的人不少。每年剪羊毛的时候,阿吾勒的人都会互相帮忙。

老阿妈在毡房前煮肉。几个巴郎在远处的山坡上追逐嬉闹。剪羊毛的人东一个,西一个,散在草地里。一个男人剪完一只,熊一样连跳带蹦,去羊群里抓羊,粗嘎的嗓子吼着歌。不远处,一个红裙子女人扭头呵呵笑着说了句啥。有人哦——哦——跟着起哄。红裙子也不推迟,站起来边唱边跳。那男人也停下来,应和着红裙子唱,动作夸张得像狂奔的马。唱完一段,女人咯咯咯笑,接着剪羊毛。

九月没剪过羊毛。萨伊兰示范给她看,又把着手教她半天。她好不容易剪完一只羊,手也磨出了两个大水泡。

老尕用马鬃替她穿破水泡,嘴里嘘嘘吹着气,笨手笨脚地把水泡挤瘪,你还是算了吧,剪得跟狗啃的一样,他说。

九月的手指凉酥酥的。她看着老尕,脸上倏地涌上一抹潮红,心里怪怪的,像春天里枝头上绽出了新芽,阳光照在新芽上的那种暖融融的感觉。

斯哈克把剪完毛的羊放开,左右端详着,说:嗯——狗啃不是的,狗啃还好看得很。

九月翻他一眼,抓起一把羊毛扔过去。

我夸你,你还生气得很吗?

老尕哈哈哈笑得歪倒在地,嗯嗯,夸得好,夸得好。

九月也笑,两个坏尿,她瞥一眼老尕。老尕还在笑,叽叽嘎嘎,没心没肺的勺尿相,刚才暖融融的感觉,倏忽不见了。她哼一声,抓起剪刀就走。走出一截,抚了抚胸口,长出口气,又回头瞥一眼老尕,恨恨地咕哝一句,勺尿。

剪完羊毛,阿吾勒的几个老人来跟老尕商量,要把羊毛都交给他,让他帮他们换成东西拿回来。

放羊的事情嘛,我们行得很,买卖的事情嘛,你行得很,斯哈克说,去年,山外头一个人来我们哄了。

老尕说:今年的行情我都不知道,咋定价呢?

你先羊毛拿上,不害怕你哄,斯哈克指了指天,头的上头老天爷有呢。

老尕咂咂嘴,老天爷顶个尿用呢,我试试看吧,他说。

老尕让人把羊毛打包,驮运的牛不够,他去找比特拜借了几匹骆驼。比特拜也把羊毛驼毛交给了他。一切收拾停当,他带着阿吾勒里两个年轻人出发去了奇台。几天后,他带着茶叶、盐、面粉等一应货品回来了。

他还带回来几罐三粮烧酒,给九月带了两块布料,一堆吃的,马家芝麻糖、陈记点心、红糖……还带了两个人回来,一个木匠,一个泥水匠。

九月拿了些芝麻糖和点心给萨伊兰送过去。

夜里,老尕和斯哈克喝酒,他让斯哈克跟他进一趟后山伐些木头回来。他要盖房子。

哈萨克族人的家在马背上,冬天转场了你还这个地方住吗?斯哈克对老尕盖房子的想法一脸不屑。

不管到啥地方,总得有房子住,九月说。

斯哈克撇着嘴,阿达、爷爷、爷爷的爷爷,我们的祖先,都毡房住了,我们活得好得很。

没房子,我娃娃生下咋办?

嗐……你们汉族人嘛,女人都麻达多得很,巴郎生下了,风也吹不下了,太阳晒也不行了,他比画个兰花指,捏着嗓子,唉呀——唉呀——路也走不下了,你看我们哈萨克族女人,巴郎一生出来,马骑上风一样刮跑掉了……

那是你们不心疼女人,九月梗着脖子。

咋不心疼,她花一样的,我给她歌都唱了。

  黑眼睛的丫头子
  你往哪里跑
  太阳落山你戴着花儿
  要了我的命

老尕把一些钱递给斯哈克。这是卖羊毛的钱,换东西剩下的,我没把你的羊毛都换成东西。

山里,我要钱干啥呢?

存钱娶媳妇呀,九月说。

我羊有呢,牛有呢,要钱的话多麻烦得很。

奇台城里来了不少当兵的,听说北塔山要打仗了,老尕说。

北塔山打仗的话,我们的草场麻达了,斯哈克骂了一句,钱拿上还啥用有呢?

草场麻达了,你手里留些个钱,有备无患,老尕说。

斯哈克不懂有备无患,老尕又给他解释半天。

房子盖了两间,一间住人,一间待客兼做伙房。住人的房子打了木板床,伙房做了张饭桌。床和饭桌都做得不咋考究，也没上漆。房子建在离毡房不远的山坡上，半截嵌在山坡里，半截用石块砌起来，外墙抹上牛粪和的泥。没过多久，外墙和屋顶就长满了草，像个草垛，看不出房子的模样。

九月已经显怀了，肚子一天天鼓起来。每天天一亮，就起来跟着萨伊兰。萨伊兰挤奶、烧馕、绣花毡……她不会，就在旁边看，有时也上手。一开始，笨手笨脚惹得萨伊兰笑，没过多少日子就做得像模像样了。她跟斯哈克学了几句哈萨克族常用语，和萨伊兰比画着连蒙带猜，双方的意思也能猜个大概。有时误会闹出笑话，两人的笑声在山谷回荡，惊得阳雀、五更鹀从草从间树梢上扑棱棱蹿起来。她还把发髻散开，编成两根辫子，头也用蓝布帕子裹起来。蓝布帕子上的鹿角纹是她自己绣的，虽没有萨伊兰绣得好看，也还过得去。她让老尕给她从奇台带回来些布，比画着给还在肚子里的娃做衣裳。

斯哈克说她是个哈萨克族羊缸子了。

老尕和斯哈克轮替放羊，得空就去各个阿吾勒转悠，用茶叶和盐换牧民手里的贝母、雪莲、狼皮狐狸皮……过些日子，去一趟奇台。自从上一次帮牧民倒腾羊毛，老尕觉得这是个好营生。

斯哈克对老尕干这个很不屑。买卖的事情哄人得很，放羊多好得很，他说。

欸？那你为啥让老夯帮你倒腾羊毛？九月堵他的嘴。

斯哈克噎得翻白眼，不服气地哼哼哼，反正买卖的人不好得很。

你哼哼啥？你要是有了钱，你早把看上的丫头娶进门了，九月说。

你把嘴闭上，老夯呵斥她。

斯哈克一愣，倏地神情黯然，不再说话。

九月也愣住了，讪笑着不知道咋圆场，暗恨自己嘴快。她听老夯说过，斯哈克看上个丫头，可他妈不同意，他妈让他按哈萨克族习俗娶萨伊兰。九月左摸摸，右摸摸，拿出老夯给她从奇台带回来的一块布料，送给斯哈克。

斯哈克一撇嘴，唉，嘴坏得很你的，你想用一块布把我的嘴堵住吗？他挡回九月的手，我是男人，嘴里金子有呢。

九月嬉笑着把布料塞在斯哈克怀里，哼，你能把丫头子哄好，她才跟你跑。

跑，我哪个地方跑呢？我跑掉的话阿妈咋办呢？要是她还一个儿子有，我早跑掉了，斯哈克叹口气，望着屋外。

九月心里恍了一下。公爹说，她要能给赵家生个儿子，就是赵家的恩人，赵家一定把她当菩萨供起来。老阿妈为啥硬要让斯哈克娶他嫂子，是因为恰拉和吐耶拜吗？她瞥一眼贼兮兮的老夯，忽然脊背发凉，隐隐觉得那天在戏台前遇到他就是个预先谋算好的圈套。

夜里,她问老尕。

老尕嗤一声,你,你咋不上戏台上去唱戏?

那你那天为啥看见我拉上我就跑?

你一来就说我娶了你跟你拜了堂,不管你了啥的,再说,我都快让丁香缠死了……

你肯定把人家睡了,要不人家咋缠着你不放?

你睡觉吧你,跟你缠不清,老尕喘口粗气,转过身去,又倏地回头,你不是说我是叫驴吗?

公爹阴恻恻的脸,在她眼前晃。他圪蹴在条案边的椅子上,透过淡蓝色的莫合烟雾,看着炕上的拴牢。他的身子佝偻着,似有千斤重担压在他背上,颤巍巍的就要塌了。

公爹说:没个男人顶门,丫头再好,等我死了,趴在坟头上号的也是外姓人,到时候都没脸进祖坟见先人。她隐约明白了公爹的悲凉,他不仅仅渴望儿孙满堂的日子。他有好几个外孙,可他不待见他们,他得有人替他接续香火,拴牢才是他的盼头和念想。人在这世上活了一趟,总要留下个念想。

公爹说过这话没多久,麦收开始了。他雇了割麦人去北闸收麦子。

九月不禁打个寒战,两臂紧紧搂着自己。

老阿妈在门口的木架子上晾晒酸奶疙瘩,不时回头对恰拉和吐耶拜说句话。恰拉和吐耶拜头对头蹲在草地里专心摆弄着什么。老阿妈看他们不理识她,也凑过去,像只张着翅膀的老母鸡。

阳光清亮,落在草尖上,虚幻出一层浅绿光晕。花奶牛在不远处的草地里,为防小牛吃,奶子用皮囊兜着。小牛围着花奶牛转,凑到花奶牛胯下,踅摸半晌,啥也没吃到,怏怏走开。花奶牛回头看看小牛,哞——

老尕到奇台去了,九月慵懒地站在屋门口。乏累从骨头缝里溢出来,提不起一点精神,话都不想多说一句。嘴里一阵一阵泛酸水,肚子空落落的,没一点食欲。这些日子,天天不是肉,就是馕、奶茶、酥油、酸奶疙瘩和奶皮子,没一点菜,连点青菜味都闻不到,肚子里油汪汪的,糊满了油腻。老尕能从奇台带回来的无非是些洋芋、胡萝卜、白萝卜,绿叶子菜想都不要想,在路上要走好几天,带回来也成了糨糊。

她越来越受不了这样的饭食。

萨伊兰在毡房门口舂麦子,看九月站在门口张望,唉——她招手喊了她一声。

九月才到跟前,她就塞给她一个木碗。

地瓢①,哪来的？九月惊乍乍接过木碗。

萨伊兰朝她身后努努嘴,山里,一点点,少得很了。

九月迫不及待一连往嘴里塞进几粒,不好意思地咧嘴笑,拈起一粒给萨伊兰。

萨伊兰挡住九月的手,指指九月肚子,这个,他喜欢得很。

恰拉跑过来,两眼直勾勾盯着九月手里的木碗。

萨伊兰推开恰拉,使眼色让九月快吃。

九月回头看看身后的老阿妈,万般不舍地把木碗递给她。

老阿妈没推辞,接过木碗,把地瓢分给恰拉和吐耶拜。她裹着素白头巾,只露出一张脸,看着恰拉和吐耶拜把木碗里的地瓢一扫而空,笑从眼角荡漾开,花蜜一般在脸上的每一条皱褶里流溢。

公爹慈悯、哀凉、绝望的眼神,纠合缠绕,透过淡蓝色的莫合烟雾,轻轻慢慢落在拴牢身上,怕稍一用力会刺伤了儿子,我的儿……他的声音那样轻。公爹说,人活一辈子,图啥？不就图个儿孙满堂,死后有人在坟头上垫张纸吗？

九月的心倏地一揪,像被针扎了一下。她抚着肚子,隐

---

①地瓢:西北方言,草莓。

隐有根线牵着她的心,一扯一扯,一种异样的感觉从心底渗出来,汩汩汩,细流一般涌遍全身。她诧异地扭头盯着萨伊兰母羊一样的眼睛。

萨伊兰矮下身,替恰拉抹去残留在嘴角的地瓢渍痕。

老尕说奇台城里满街都是当兵的,听说省里派的队伍还在往这边赶,看来北塔山真的要打仗了。

斯哈克说,前两天十户长已经到阿吾勒来过了,让每顶毡房出一个人,部落要组建骑兵,帮省军守住北塔山。

北塔山没有了,草场也没有了,斯哈克仰脖子灌进一口酒。

你咋办?老尕说。

咋办啥?斯哈克奇怪地看一眼老尕。

你们家就你一个男人,你走了,家咋办?

我没有了,我们的羊还在草场上,草场没有了,羊哪个地方去呢?他瞄一眼九月,凑近老尕,男人嘛,一辈子两个东西看住,一个嘛草场,一个嘛女人……他哈哈笑,端起酒碗,一口喝干。

夜里,九月说:我爹没把我看住。

老尕嗤一声,是我娶了你,跟你拜的堂。他拽过九月,把她裹在身下,你是我的草场,我得把你看住。

九月脑子里倏地闪过拴牢。她幽幽叹口气,别转过身,都是冤家,她咕哝了一句。

轮到老尕放羊,天刚发白,他就出门了。

九月睡起来,提着布兜去了山上。前两天,萨伊兰摘回来的地瓢,让她想想就两腮发酸。昨天才下过雨,山野清新温润。她在荆棘丛下蹅摸,好不容易找到一颗半生不熟的地瓢。她揪下来,噗噗吹两下,迫不及待塞进嘴里。又酸又涩,酸得张嘴咂舌,半张脸都斜抽起来。在山上转悠了大半天,也没找到几颗地瓢,倒捡了一布兜蘑菇,拔了些野芹菜、黄花菜、椒蒿和野葱野蒜。

从山上回来,她焯好野芹菜、黄花菜,野葱野蒜切碎,泼上滚油凉拌好。先就着凉拌野菜吃了几口馕,日头快下山时,她燎锅做了一锅羊肉蘑菇汤饭,椒蒿调味。她盛了一木盆汤饭,分出些凉拌菜给萨伊兰送过去。老尕刚好圈好了羊,在往家里走。

斯哈克凑近汤饭,闻了闻,嗯,香,他说,又用手拨拉一下凉拌菜,这个草嘛,咋吃呢?草是羊吃的嘛,人也跟羊一样吗?他撇着嘴,一脸坏笑,你羊吗你?

九月放下木盆,昂起头,我就是羊,咋啦?我就是羊。

斯哈克往后退,一边摇着头,老尕太可怜得很了,啧啧啧,你嘛荨麻一样,哪个地方碰了,哪个地方疼得很,他嘿嘿笑。

九月扑哧笑出来,闪过斯哈克,小跑着回到家,老尕已经盛好饭先吃了。她就着凉拌野菜结结实实吃了两碗汤饭,撑得肚子胀鼓鼓的还想吃。她长舒口气,多少天来郁在心口的油腻没了,神清气爽地忍不住想吼两声。

我就是个吃草的命,她抚着肚子说。

老尕也吃出了一头油汗。他抹一把嘴,你想吃这个,你早说呀,想吃草还不容易得很,明天我给你拔一堆刺狗牙、荨麻、野韭菜、野芹菜回来,保证吃得你看见荤腥就往上扑,拽都拽不住。

我又不是狗,她翻个白眼。

昏黄的煤油灯光映着老尕的半张脸,把他的影子印在墙上。他的头昂着,一副倔尿样。九月有些恍惚,怔忡地盯着他。我想把日子过得像个日子。那个下午,在老营盘里,她对他这样说。她不知道像日子的日子是啥样,是不是现在的日子就是她说的像日子的日子。

你看你眼睛,都快成吃人的狼了,老尕谑笑她。

你是我男人么,不吃你,我还吃谁,她靠过去,搂着老尕,说。

老尕从奇台带回来些洋芋、胡萝卜、葱蒜和皮芽子,他还带回来一包菜种子。

九月在屋东头稍平整的坡上,开出一小块地。黑褐色的山土,黑黝黝的能捏出油来。她拣掉石子草根,把土细细拍细捏碎,种上菠菜、小白菜,还有一畦半春子萝卜。

她心满意足地坐在地边一块凸起的石头上,想着水汪汪的半春子萝卜嚼起来嘎嘣溜脆,禁不住咽口唾沫。得让老尕弄些树枝把地围起来,不要让羊糟践了。

没看见萨伊兰。老阿妈坐在毡房门口,恰拉和吐耶拜一边一个趴在她腿上。不知老阿妈喂他们吃啥,一人一口,叽叽喳喳,像没出窝的麻雀,仰头等着老阿妈把吃的塞进他们嘴里。

九月微仰着脸,两手撑在石头上。暖融融的太阳,风不经意地探头探脑,淡淡的松香、青草的腥香裹着泥土味……山野静悄悄的。她的肚子微微凸起,心从腔子里悠悠荡荡逸出来,轻飘飘的,阳雀一样打个旋,再打个旋……

> 哥呀么割麦妹送饭
> 尕妹穿了个花衫衫
> 一把扯开尕妹的怀
> 搂着妹妹……

搂着妹妹……搂着妹妹……她张着嘴,脸胀麻麻地发烫。这么臊气的话她无法像老尕那样爽气地唱出来,她想听老尕唱。贼厌,她咕哝着,扑哧笑了,咯咯咯……老阿妈朝这边张望,挥挥手,说了句啥,她没听懂。

日头偏西,萨伊兰急匆匆从山弯里转出来,脸红扑扑的,看到九月开出的地,惊乍乍把她从屋里拽出来,你草挖掉干啥呢?

九月还蒙在刚才的睡梦里,咋,咋了?她看看黑黝黝的地,扭头盯着萨伊兰,我种了些菜,嘎嘣溜脆的半春子萝卜……

你草挖掉羊啥吃呢?萨伊兰满脸不悦,草不能挖掉嘛,你草挖掉干啥呢?

九月挥手画一个大圈,这么大的山,我挖了这么一小块地,你,你不想吃菜吗你?

山里的草一点点挖都不行,草的神灵不高兴得很了,草没有了,羊啥吃呢?

羊羊羊,你就知道羊,那,那羊养出来不也是人吃的嘛,九月嗤一声,尻子大的一块地,我不信就把羊饿死了。

萨伊兰推九月一把,勺子你是,咕咕叨叨走了。

晚上斯哈克放羊回来,绕着菜地转了两圈,进到屋里。

九月正在燎锅炒菜,炒羊肉胡萝卜丝,做拉条子。

哦呜,香,太香得很,今天你们家饭我吃了,斯哈克在饭桌旁坐下来,老尕呢?

九月瞥他一眼,你该不是也来说我挖草的事情来了?

草你都挖掉了,还说啥意思有呢,斯哈克摆一下手,后头再不挖行了。

我就挖了尻子大那么一块地……

草原一点点挖掉我们心疼得很,草和哈萨克族人的命一样,草没有了,羊吃的没有了。斯哈克往前探了探身子,你们汉族人嘛走到哪个地方都地挖掉种粮食、种菜,哈萨克族人不一样得很,地里面的草让它好好长嘛,树让它好好长嘛……

不种粮食你吃啥?

肉吃嘛,羊的肉、牛的肉多得很,吃肉我们,草吃啥呢,草是羊、牛、马吃的东西嘛,他掰着手指头,说。

有本事馕你也不要吃。

馕吃,馕要吃,馕不吃不行。

馕不是面粉烧出来的吗?九月挥了挥锅铲,不种麦子哪来的面?

啧啧啧,你嘴太劳道①得很,我一句话说了,你一百句话

---

① 劳道:西北方言,厉害,有能力。

说了,斯哈克撇着嘴,老尕——老尕太可怜得很,太——可怜得很了……

九月把菜从锅里抄出来,萨伊兰说我挖地就把草的神灵得罪了,哪有那么多神灵,我还就不信挖了尻子大那么一块地就把神灵得罪了。

不能胡说你,神灵有,啥神灵都有,你们种地的地方那个房子里面的神灵,你们纸烧了,好吃的里面放了,我们一样,羊的神灵,草的神灵,山的神灵……

你是说土地庙吧?

嗯嗯嗯,你们的神灵住房子,我们的神灵都住心里。

嗤,也没见哪个显过灵……

九月站在屋门口。昨晚她没睡好。她做了个梦,醒来再没合眼。老尕出门走了,她才又迷迷糊糊睡到现在。老阿妈在毡房门口的草地上弹羊毛,恰拉和吐耶拜在不远处的山坡上。她虚眯着眼,手搭凉棚望望头顶的太阳,转身回屋,拿上布兜向屋后的山上爬去。前两天下了小雨,她想去看看能不能采些蘑菇回来。

日头暖融融的,阳雀叽叽喳喳鸣叫着从草尖上掠过。她走走停停,转过一道山弯,看到沟底有一匹花斑马。马腿绊着,一蹦一跳地吃草。她坐在一块山岩上歇缓,看到了萨伊兰。

萨伊兰从不远处的山坳转出来，看见九月正坐在山岩上，愕然盯着她。她慌乱地理理头发，又拍又拽整理好衣裳，慢慢走过来，挨着九月坐下。

一个男人急匆匆下到沟底，解开马绊，跨马而去。

九月没说话，心一下一下撞着嗓子眼儿，让她出气都不匀和。她撞破了别人的秘密，犹如她自己的秘密被别人撞破了一样，心里乱哄哄的塞进了一团理不清的羊毛。

萨伊兰低头摆弄着衣襟，你，你来了……她觑一眼九月，尴尬地笑着，阿妈不能知道，阿妈知道了不行……她嗫嚅着，眼睛躲闪着，脸涨得通红，像涂了胭脂。

九月一手抚着胸口，直愣愣盯着她，那你，那你咋不嫁给他？你嫁给他呀。

萨伊兰叹口气，他我喜欢得很，恰拉、吐耶拜我也喜欢得很……

那你带上恰拉和吐耶拜不就行了吗？

萨伊兰看看她，扭头望着山野，我们女人嫁的话，巴郎不能带走，这是哈萨克族老规矩，我改嫁了，巴郎的家族不能改，她抠着手指，倏地回头怔怔瞪着九月，泪眼盈盈，他们那么小得很，他们我身上的肉一样……

那你这样啥时候才是个头？九月说。

萨伊兰神情黯然,巴郎你没生出来,你老尕跑出来,我跑掉的话不行。

公爹说,有了娃,日子才算日子。说这话时,公爹正吃饭,像在自言自语,头都没抬一下。她瞅一眼婆婆。婆婆像个影子,悄没声息地低着头。她想不起来婆婆说话没有。公爹不待见婆婆,自从她进赵家门,不记得婆婆对她说过啥。正午的日头晒得屋子热烘烘的,汗从胸前背后渗出来,黏嗒嗒的,像虫子在身上爬,燥热火一样从心底蹿出来。

九月挽住萨伊兰的胳膊,不知该说啥。

你笑话我得很,萨伊兰抿嘴笑笑,泪眼婆娑,她抹一把脸,你不能笑话我。

九月愣了一下,指着划过山脊的阳雀,你看,它看见了,她跳起来,躲开萨伊兰,咯咯咯,她摊开两手,没办法了,它看见了,飞掉了。

九月眯眼望着阳雀划过山脊。天蓝得让人心疼,日头明晃晃地晃着她的眼。她和老尕光着身子躺在洋芋地里,阳光暖融融地照在身上,说不出名字的鸟雀叽叽啾啾在天上打一个旋,又打一个旋……那个秋天,她和老尕几乎睡遍了镇子周边所有能隐住他们身影的沟沟坎坎和荒滩野地,天高地阔,她可以可着嗓子喊,把心里所有的爽快和憋闷都喊出来,然后,再回到死水一般的日子里。萨伊兰也一样,这是女人的命。

九月不想认命。

他是谁？

他给巴依①放羊……萨伊兰仰头望着山脊，红扑扑的脸，溢满神往。

九月偏歪着头，看着萨伊兰。

他，我没有嫁人的时候认识他，穷得很他，阿达说他羊没有的，萨伊兰抿一下嘴，眼里闪过一丝幽怨，我害怕阿达得很，他太劳道得很，办法没有的我。

九月看得出萨伊兰对那个男人的心，她在男人和两个娃娃之间纠结，哪边都舍不下。那些她和老尕在荒滩野地疯狂的日子，她也一样。每次从外头回来，她都半天回不过神来，跟喝了酒一样，心跳得像拼命挣扎的兔子，摁都摁不住。忍不住想笑，又不能不冷着脸，可是，可是藏不住的笑还是从嘴角、从眼角眉梢溢出来。她又怕，怕老尕离开她转身就去找丁香，怕老尕有一天会不辞而别再也见不到踪迹，她渴望老尕时刻守在她身边，看见躺在炕上的拴牢又让她揪心愧疚……萨伊兰有没有担心那个男人去找别的女人，担心有一天撇下她，像梦一样，睁开眼就啥也没有了。

---

①巴依：牧主，有钱人。

九月指指太阳,两手叠合靠在腮边,闭上眼睛,天黑了,你想他?

萨伊兰脸上倏地飞起两团红晕。她拍她一把,斯哈克说你嘴劳道得很,荨麻一样。

你看你脸红的,你心虚啥?咯咯咯……

北塔山打起来了。

阿吾勒里涌动着不同寻常的兴奋和不安,诡异和神秘。十户长一连到阿吾勒来了两趟,让每顶毡房都准备好马,等候差遣。一些老人忧心忡忡,一些毡房悄悄搬走了,不知去了哪里。有人说搬到山那边去了。去年冬天,山那边就有人过来鼓动牧民,他们说凡是搬到山那边的,每顶毡房都分一片好草场。一些等待差遣的年轻人骑马挎刀在山野草原上亢奋地演练冲杀。十户长第二次来的时候,马后面牵着一个伤痕累累的人,那人赤脚跟着马跑,已经磨破了脚掌。十户长说这就是逃跑的下场。

老阿妈的笑声少了,拉着九月的手哭了两次。她说的话九月听不懂,只听她不停地叫老天爷。

斯哈克一有空就找老尕喝酒,我走了,家给你,你帮我,他说得忧心忡忡。

我们搬走吧,我们搬到南边的山里去,老尕说。

不搬走,搬走了,草场谁管呢,斯哈克灌进一口酒,这么好的草场,丢掉的话丢人得很,祖先天上看的呢。他仰着脖子又灌下一口酒,兄弟我们是的,家给你,放心得很我。

那我跟你一起去北塔山,狗日的外蒙,老尕也灌进一大口酒,牛不抵牛是尿牛。

你走掉,九月咋办？斯哈克挠挠头,嗯——不行不行,你我不一样,草原哈萨克族人的命一样,草原没有了,哈萨克族人没有了。

嗤——我也不是尿人,我也在草原上活人呢。

我,走,了,拴牢说,我爹,说,他饶,不,下,王,农官。

拴牢的声音轻飘飘地吹进九月的耳朵。他的脸白得瘆人,龇着一口白牙笑,压在她身上,压得她喘不上气来。她手脚被乱糟糟的羊毛缠住了,缠得越来越紧,她动不了,连根手指头都动不了,你起开,她拼力喊。白乎乎的人影子在她眼前飘飘荡荡,拴牢倏忽不见了,拴牢,拴牢,你在哪搭？声音尖细,针一样扎得耳朵疼。没人应她。终于挣脱束缚,四面雾气腾腾,她急慌慌地四处找寻拴牢,脚下一滑,落空了,风从耳边呼呼掠过,嘴不知啥时候碰破了,血斯糊拉的。她抹一把嘴,一颗牙落在手心里。

你起来,起来,你魇住了,是老尕的声音,怪尿了,咋又是老尕？屋子黑魆魆的,她怔忡地瞪着窗缝里漏进的一丝天光,拴牢死了,她说。

老尕喘口粗气,你魔住了,睡屎吧你,不要神神道道的了。

拴牢死了,你看我的牙,她把手伸到老尕面前,欸？牙呢？她抹一把嘴,我看得真真的,我的嘴碰烂了,掉了一颗牙,怪屎了。

你魔住了,老尕泼烦地推开她的手,快睡屎吧你。他倒头躺下。

九月心慌慌的,跳得没着没落。她侧歪着身子躺下。老尕已经打起了呼噜。你个屎人从来就是个没心肝的驴,娶了我,拜了堂,就不管我了。你是我媳妇,拴牢的手摸探过来,软绵绵没一点力气,像根软面条,你是我媳妇,不是老尕媳妇,他说,咳咳,你看,你看,条案上的大红喜烛,你现在睡我炕上就是我媳妇……我不是你媳妇,我又没跟你拜堂。天要亮了,咋又做梦了。没做梦,醒着呢,老尕扯呼噜都听得见,就是眼皮子沉得睁不开了。没拜堂你也是我媳妇。那你起来跟我拜堂,我就给你当媳妇。屋里咋像个冰窖呢,冻死人了。老尕到哪搭去了？起来烧些拌汤喝就不冷了,身子沉得咋这么乏累,眼皮子都沉得睁不开了,算屎了,再躺一阵子。老尕放羊该回来了吧,今儿个该他放羊。拴牢死了？没死,你做梦呢？老辈人说做梦掉牙,会死人的。那是谁死了？公爹说,拴牢要是死了,饶不下王农官个老屄。拴牢死了关人家王农官啥事？你能把人家咋着？我是不是病了？老夯你个屄人也不管我,还没我爹对我好呢,我爹还给我端过水喂过饭呢。他说我把拴牢侍候好,他亏不下我。唉——我这回是把我爹亏了,亏了人了。那我又能咋办呢？总不能一辈子死在那个死气沉沉的院子里,我活得也是一辈子人,活人咋这么难兴呢。天亮了,起吧,身子咋火烫火烫的？我是真的病了。渴死了,起来喝些水就好受些了。谁喊我呢,算你老夯个屄人有良心,那你给我倒些水喝吧,不要拉我,你让我再躺一阵,躺一阵就好了。我爹的胡楂子蹭在我脸上,骚烘烘的,胡楂子像施了咒,我的身子就这样火烧火燎,嗯——不一样,那天是身子轻飘飘地想飞起来,忍不住想往拴牢身上靠,现在是躁烦,快难受死我了,那天也是难受,都是难受,有啥不一样？嗤——你咋是个没皮脸的货,骚烘烘的,胡想啥呢？萨伊兰我乏累得快要散架了,你是不是半夜想起你那个相好身子也是火烧火燎地难受？你肯定和我一样,你和我都是女人么。头疼是让鬼捏了,老辈人都说。疼死我了老夯,你给我把头劈开,拴牢他死了,他还说跟我圆房呢,他早就知道男人女人的事,让你不要拉我,老夯你个屄人,你说拴牢才多大,他就知道那种事,我给他说我跟你睡了,他手抖得汗津津的,一句话没说,活该我头疼,这是天爷罚我呢,你个没皮脸的货,你拿刀戳拴牢的心呢,他到现在也没能跟你圆房,你是真真亏了人了,老尕,老尕,我头疼要裂了,我爹他也不能都怪我,不怪我又怪谁,我守了妇道不就啥事也没有了,反正我是亏了人了。老尕咋满屋子都是烟?喀喀喀,呛——喀喀——呛死了,老阿妈你咋来了?拴牢说给我肚子里怀个娃呢,到现在他连我身子都没沾过,要怪就怪老尕个贼尿。你给我燎病你咋跟陆道士一样,神神道道的,我给你说不顶用,啥用也不顶,那年陆道士弄那么大阵势,又是符又是咒也没把拴牢捯饬好,你烧这些个松树枝弄得烟气腾腾的能有啥用?没啥用,我给你说,啥用都不顶,你当心火星子掉到炕上,你霸着萨伊兰两个娃咋就能忍得下心?娃能离得开妈么?你知道我妈没了我受了多少苦?人活一世就活个念想?你咋跟我爹一样,喀喀——呛死人了老尕,你就不能把门开开放放烟……怀个娃,怀个娃,怀个娃真就那么要紧?你霸着两个娃将来萨伊兰恨你,两个娃也恨你,恨死你了,你说有个娃日子就像个日子了,你从北闸回来的那天半夜你想啥呢……我在戏台前遇见老尕是不是你早谋算好的,你不就想让我给赵家留个后吗?你该不是想让我有个娃了安心留在赵家?我说我咋老觉得脊背上盯着眼睛呢,咋老是脊背阴森森发冷呢,你早知道我和老夯的事情,难怪老夯骂你老屎呢。老夯我快难受死了,你再给我盖个被子,我快冻死了。你戗住王农官买下他们家南墙根的那块地,是不是算计好要收拾人家?尻子大那么一块地,你能把人家干个啥?该不会你把拴牢埋在那块地里了?你可真够阴够狠的。不是,不是,爹没亏过你,他把你领回家,你个没良心的不能这么想,他要这么会算计,你跟老夯咋能跑得掉?

……

老夯,老夯你给我些水,渴死了,身子咋这么沉呢?

你醒啦,唉呀,你可醒了,我都怕你睡死过去了,那我可咋办?我还没当过爹呢。

这不天还亮着吗?我睡了多长时间,你放羊回来啦?

你都睡了两天了,又喊又叫的,你在梦里跟谁吵架呢?

你,你哄我呢,你先凑合吃一顿,我快乏累死了,不想弄饭了。

你先管你自己吧,你吃些饭再睡,你都两天没吃了,我给你搅些拌汤喝,你喝些拌汤再睡。

……

吊在门头上的艾蒿已经枯了,风吹过,叶子扑簌簌落下来。艾蒿是老阿妈挂上去辟邪的。这些日子,每天太阳落山,老阿妈都过来点燃一束柏树枝,像个神婆子,咕咕叨叨的,把屋子旮旯儿拐角的地方熏一遍。

老阿妈忙进忙出,恰拉和吐耶拜像个小尾巴。

九月倚着门框,幽幽叹口气,你说拴牢死了,我爹会咋着?

谁说拴牢死了,咸吃萝卜淡操心,老尕撇撇嘴,没好气地说。你把身子养好,不要伤了肚子里的娃,剩下的事情有我呢。

拴牢死了,真的,我知道他死了。

为啥你知道他死了?老尕眨巴着眼睛。这些日子他守着九月,眼睛熬得红兮兮的。

我躺了这些日子像死过一次一样,你说人活着图个啥呢?

图啥?你,你说图啥?

我爹他活得怪可怜的,要不是他把我领回来,这阵子我还不知道在哪搭呢。

他老厌把你领回来是为了给拴牢冲喜,你当他是好心?

要是我爹不想让我跟你跑的话……

咋?你怕我们跑不掉,你小看我呢。

我没小看你。

那你的意思是他故意放我们跑的?

你想呢?

萨伊兰跟那个男人在山里幽会,被几个年轻人抓住了。

几匹马狂奔而至,斯哈克正坐在毡房旁边的一块山岩上发呆。下午他就要出发去北塔山了。昨晚他跟老尕喝酒,死嘛,不害怕,阿妈老得很了,我害怕得很……

九月听到轰隆隆的马蹄声,跑出屋子,愣怔地望着冲到溪边空地上的几个人,把反绑着手的萨伊兰扔在草地里。她慌忙返身跑回屋,拽着老尕出来。

几个年轻人显得很愤怒,把那个男人吊在毡房前的拴马桩上。恰拉和吐耶拜哭喊着跑出来,很快被老阿妈拽回毡房。随后,家族长老来了,十户长也来了。

坏了,老尕说,肯定是萨伊兰出事了。

九月看看老尕,又看看草地里的萨伊兰,忽然明白了。前两天她听萨伊兰叨咕过,那个男人也要去北塔山。她悄悄给那男人做了套衣裳,她一定是想在那男人走之前,再见一面。也许,这一别今生就再也无缘再见了。九月捂住嘴,瞪着老尕,无措地挥舞着手,这可咋办?这可咋办呢?

她要跑过去,被老尕一把拽回来。

你消停些,老尕瞪她一眼。

斯哈克像是让眼前的景象惊住了,站在那块岩石旁一动不动,孤零零地像根木头桩子。

两个年轻人把羊群赶到了溪边的草地上。

毡房前的草坡上铺着地毡,长老盘腿坐着,两手放在盘起的腿上,红彤彤的脸,颌下的黄胡子威严地翘着。他背后是几个愤怒的年轻人。十户长黑着脸坐在长老左边。阿吾勒里好几顶毡房的年轻人都跑了,连毡房也搬走了,让他在百户长面前很没面子。老阿妈佝偻着腰,坐在长老右边。从他们坐的地方到坡下的溪边是一片空旷的草地。

萨伊兰已经被脱光衣裳仰面绑在空旷的草地中央,像一只剥了皮的羊。绿茵茵的草地从她身边向四面蔓延,阳光洒在汩汩流淌的山溪里,闪烁出一片火苗一般的光。

他们要干啥?他们要把萨伊兰咋着?九月拽住老尕的胳膊,惊恐的眼神在老尕和萨伊兰之间来回巡睃。她往前跑了两步,又返回来,一巴掌拍在老尕胸口,你个尿人你说话呀,他们要把她咋着?她的身子扑簌簌抖得像筛糠。

老尕两条胳膊搂在胸前,他们要让羊群从她身上踏过去。

那,那她还——她还能活吗?九月眼里涨满惊恐,你得救她,她抓住老尕的手,你得救救她,她拖着哭腔,晃着老尕的手,你想想办法,你救救她……

咋救?那是人家的事,谁叫她……老尕神情漠然地瞥了一眼九月。

九月的心抖了一下,愕然瞪着老尕,那,那我呢?她的声音抖着,夹着冷森森的寒气。

老尕怔了怔,呃,不是,我们,我们那是……

九月松开老尕的手,男人的心真狠,她怨愤地盯着老尕。

老尕的脸抽了一下,讪笑着,嘿嘿嘿,我们拜堂了……

九月扭身往坡下走去。

草地上骤然扬起歌声,像惊飞的鸟。是萨伊兰在唱歌。

长老在说话,苍老的声音和萨伊兰的歌声绞在一起。

九月听不清长老说啥,萨伊兰唱啥她也听不懂。骨头缝里冷飕飕的,冰寒刺骨。羊群向草地上奔涌。九月跑起来。她的肚子挺着,胸也挺着,跑得摇摇晃晃。她看到长老豁然起立,老阿妈双手撑住膝盖摇晃着站起身,几个年轻人又吼又叫挥舞着手朝她扑过来。吊在拴马桩上的男人奋力挣扎着,头一下一下撞着拴马桩,他的嘶吼声穿过赶羊人的呼喝声和大羊小羊的惊慌叫声,绝望又无助。风拂在她脸上,浓烈的腥臊气憋得她透不过气来。她扑在萨伊兰身上,眼前一闪,一道影子挡在她前面,羊群从两边奔涌过去。

几个年轻人扑上来拽起九月。

斯哈克迟疑一下,飞奔而来。

你放开她。是老尕的声音。那个拽着九月的年轻人猛地趔趄着后退了好几步才站住。

两个年轻人扭住了老尕。老尕挣扎着,脖颈儿暴起一根一根青筋,两眼血红,火气呼呼往外喷。

斯哈克推开扭住老尕的年轻人,眼睛躲闪着,不看九月。

九月解开萨伊兰身上的绳子,把扔在草地里的衣裳捡回来给她往身上套。

长老和十户长过来了。

长老站在九月前面,眯眼盯着她,你我们的老规矩破坏了,长老低沉着嗓子,惩罚她是老天爷的旨意。

你还不让开吗你?十户长一声怒喝,马鞭子倏地挥向九月。

老尕拼力推开挡住他的年轻人,他没去隔开十户长的手臂,躬身挡在九月前面。十户长的马鞭子落在他背上,他噢地喊了一声。

九月看一眼老尕背上渗血的鞭痕,你不是男人,她喊了一句,放开蜷缩在她怀里瑟瑟发抖的萨伊兰,冲到斯哈克跟前,你说男人一辈子要守住两样东西,草场和女人,她不是你们家女人吗?她的辫子松散了,几缕头发落在脸上。

斯哈克阴沉着脸,尴尬地咬着嘴唇,她……

窝囊尿,九月疯母鸡一样朝斯哈克一扬头,你们家的女人你都守不住,你还给谁守草场?

长老阴冷着脸,不说话,看看十户长。

你哪个地方来的疯女人？十户长一摆手,两个年轻人扑上去扭住九月。

老尕才往前迈一步,就被站在他身后的年轻人扭住。他拼力向后踹一脚,听到身后闷哼一声。他随即被两个年轻人撕扯住,先是脸上挨了一拳,接着是胸口和背上,血流进嘴里,血腥味激得他疯了一般一头撞在面前那个人的肚子上。

斯哈克,九月撕扯着嗓子喊,你不是男人！你就是个窝囊尿……

斯哈克怔了怔,忽然醒悟似的一声吼,放开她,他推开扭住九月的年轻人,放开她你们。老尕也被他喝住了手。老尕骂一句,悻悻地扯一把草擦脸上的血。斯哈克看着长老,嘴翕动着,不知道要说啥,回头望望一直站在草坡上的老阿妈,转身冲向拴马桩,解开吊在拴马桩上的男人。老阿妈忐忑忑靠近他说了句啥。他迟疑了一下,矮下身,背起阿妈,拽着那男人走过来。

斯哈克把那男人甩到萨伊兰跟前,你娶她,他说。

那男人瑟缩缩扶起萨伊兰。

忽起的变故,人都愣住了。

一个年轻人上前踹了那男人一脚,他欺负了我们家族的女人,让我们家族蒙羞。又有几个年轻人跟着吵起来,跃跃欲试往前冲。

斯哈克跨前一步,对着长老,说:不管她哪个地方去,都是我们家的女人,都是这个草原上的女人。

长老微微点头,扭头对着老阿妈,沉吟道:那——老夫人你想怎么办?

老阿妈看看斯哈克,扭头看看身后的人群,无奈地叹口气,冲萨伊兰挥挥手,你跟他走吧,想了想,又补一句,老规矩,恰拉和吐耶拜是家族血脉,你不能带走。

那男人蒙住了,使劲眨着眼,在一个个人脸上巡睃。他没想到事情会结束得这样轻松,还让他带走萨伊兰。他的手在胸前无措地摩挲着,咧嘴想笑,又倏地停住,终于手忙脚乱地从脖子上取下一串银链狼牙护身符,放在老阿妈手里,别的东西再没有的,它保佑您,他躬着身,说。

老阿妈摩挲着狼牙护身符,慢慢走到萨伊兰跟前,套在她脖子上,跟他走吧……她抹一把脸,慢慢走开,又踉跄着停下来,回头望着萨伊兰。

阿妈,萨伊兰嗫嚅着,阿妈……

那男人扯起萨伊兰的手,急惶惶地跑出人群。

萨伊兰跟着那男人跑了几步,回头望望老阿妈,恰拉——她挣脱拽着她的男人,恰拉——她哭喊着往毡房跑,恰拉——吐耶拜……

那男人抱起萨伊兰,往前走。萨伊兰挣扎着,哭得撕心裂肺。他停住,仰头望望天,转身走到老阿妈跟前,扑通跪下,我是您的儿子,打完仗,我回来。

老阿妈愣怔地回头望望身后的人群,拉起萨伊兰搂进怀里。

老尕抹一把脸,伸手要搂九月。九月拨开他的手,扭头就走。老尕一愣,正要张嘴骂,伸了伸脖子,亦步亦趋跟在她身后。九月知道这事不能怪老尕,可她心里就是转不过弯。

你骚情地跟上我干啥?你不是嫌弃我么?

我没嫌弃你,我……

我偷人,我跟萨伊兰一样在野地里偷人,我要是让人抓了,我活该么……

我们不一样,我跟你拜了堂了……

拜了堂咋了,我又不是嫁给你了,萨伊兰,萨伊兰她男人明天就去北塔山了……

去,去北塔山咋了,我也不是尿人,老尕不服气地甩一下头,我为,我为你……

唉——老尕,干啥你们,斯哈克招手喊老尕,过来,来帮忙。

好了,就来了,老尕应一声,他往九月脸上凑了凑,嘿嘿嘿……为你肚子里的娃,刀山我都敢上。

那你上刀山去吧,九月推开老尕的脸,男人就没个好东西。

老尕刚转身,又倏地回头在她脸上吧唧亲一口,上刀山去咯,一溜烟跑了。

九月摸摸脸,翻个白眼,骚情货,她说,忍不住扑哧笑出来,可心里还是不顺溜。

毡房门口吵吵嚷嚷,一片欢腾,刚才紧张愤怒的情景像个梦魇。九月抚着胸口,依然没能完全回过神来。她慢慢走回屋子。她要躺一阵,头嗡嗡响,不由自主地乏累,脊背上像压着一麻袋粮食。再有一个月她就要生了。会生个啥呢?儿子还是丫头?她躺下来,四仰八叉地舒展开。生啥都是天爷给我的,都是我娃。

萨伊兰来了,胸口戴着那串银链狼牙护身符。她已经换好了衣裳,红丝绒裙子,黑绒马甲,暗红色银饰毡帽。毡帽绣着牛角纹,两边是银饰吊链,后面有一扇帽帘。她来请九月去参加她的婚礼。

时间没有了,先办一个婚礼,简单的。她的脸上隐着一丝羞赧，一种不同以往的妩媚。她拉起九月的手，你，谢谢，嗯——女人攒劲得很你，斯哈克说的。

九月撇撇嘴，今天咋没吓死你？

她愣了一下，眉梢俏皮地往上一扬，好了现在，吓死的事情再没有了。

要是今天啥事情都没有，他们也没抓到你，你好好回来了，他明天北塔山去了，你以后咋办？

我他们今天抓回来了，萨伊兰忸怩了一下，满脸绯红看着九月，这么丢人得很我……

我是说今天他们谁都没看见你们两个，你们都好好回来了，你以后咋办？

我今天——抓回——来了——他们……

唉——呀，我是说，我是说你，你和以前一样，啥事情都没有，好好回来了。

哦，哦哦，她忽然醒悟似的使劲点头，不知道咋办，咋办不知道，面颊倏地涌上两团红晕，他今天说了，我给他一个巴郎生出来。

嗤，你都没嫁给他，巴郎生出来咋办？

还没有嫁的话，那，那他的巴郎他拿走，行了嘛。

你，九月一愣，指着萨伊兰的肚子，你就……你就是，你攒劲得很的母牛是的，多多的牛娃子下出来你，她撇嘴学着萨伊兰的腔调。

萨伊兰眨巴着眼睛,瞪着九月,母牛?母牛咋了?就是我多多的牛娃子下出来……猛地,她醒悟了,气急败坏地拍九月一把,你母牛你,母牛才是你,你嘴太坏得很了,荨麻一样的嘴。

嗯,我就是荨麻,咋了?我就是荨麻,谁惹我我"荨"谁。

你劳道得很,萨伊兰瞅一眼溪边的草地,两个汉子在摔跤。他们都害怕你得很,你母牛疯掉一样,狼抓牛娃子的时候,母牛疯掉了像你,他们说的。

你看恰拉和吐耶拜,你才是疯掉的母牛,九月望着对面草坡上的毡房,嗤一声。

毡房门口的土灶上烟火缭绕,热气腾腾。老阿妈在煮肉,恰拉和吐耶拜围在她身后。这回老阿妈该高兴了,恰拉和吐耶拜留住了,还多得了个儿子。萨伊兰也好了,再也不用担心孩子,自己也有了依靠。

肉吃完走了,萨伊兰望着草地上欢腾的人群,摩挲着脖子上的银链狼牙护身符,轻轻叹一声,一层水雾在她眼里盈动。

九月的心一沉,扶住萨伊兰的胳膊,不知该说啥。又能说啥呢?能说出来的都是空话,她知道她的担忧,好不容易盼到手的日子,又悬在了刀尖上,谁也不知道往后的日子会咋样。

草地上的人群发出一声喊,老尕和一个汉子像两头公牛抵在一起。

阳光水一般洒下来,在青草尖上跳跃闪动。山风吹拂,草尖像开春时刚刚绽出的新芽,涌动着一片明亮的嫩黄。羊群在远处的山坡上,几头牛在山溪对面的草地里,牛娃子围着母牛撒欢儿,一匹马在树下安静地站着,几匹马在溪边吃草……

后晌,斯哈克他们走了。

老尕也跟他们一起走了,去了北塔山。他说他也得去,他得跟他们一起守住这个地方。他摩挲着九月的肚子,你得好好地把娃给我养好,这可是我的盼头和念想,他说。

九月把老尕的手摁在肚子上,我想,我想这娃养下来给我爹,她水盈盈地盯着他。

老尕一下跳起来,急赤白脸地瞪圆眼睛,那不行,那咋,那咋行……

九月抿着嘴,静静地看着他。

他也怔怔地盯着九月,好一阵才发狠似的,算屄了,你说啥就是啥,他把九月搂进怀里,在她脸上亲一口,不管咋着,你都是我拜了堂的女人,他说。

等你回来我给你养一炕的娃,她说。

后　记

李　健

《九月》是这本系列中篇的最后一篇，画上句号，抬头四顾的那一瞬，禁不住感到一丝怅然，有种剧终人散的恍惚。屋子暗昏昏的，可能是凌晨某一时分。窗外路灯幽暗，树影婆娑，远处，救护车鸣叫着呼啸而去……2020年已经过半，世界一片乱纷纷……

这一年，注定不平凡。

2010年10月我刚写完《木垒河》时，很长一段时间，整个人都是空的。如今，十年过去了。时间过得真快。

这个系列共有四个中篇，既相对独立，又相互勾连，人物都从《青杏》中脱出来，故事都以木垒为背景。

木垒是新疆汉文化相对集中的地方之一，地处古丝路新北道,曾是匈奴、鲜卑、蒙古等民族的游牧地,至近代,乾隆平定准噶尔叛乱后,哈萨克族逐渐进入这一区域,与原住汉文化交互影响,农耕与游牧相互冲突融合,形成以汉文化为主的多元文化,就文学而言,这是一块处女地。

很多年前写《青杏》的时候,《百年孤独》《存在与虚无》《梦的解析》,存在主义、魔幻现实主义、写实主义,一堆杂七杂八的主义新思潮正在风行,人人开口必是老马、老萨,好像谁不知道老马老萨就是文盲白痴,必遭人嗤。可惜《青杏》写废了。想先锋、想现代后现代,想魔幻,又想写实,最后四不像,只好放下了。

其实,我就是个农民的儿子,上溯三代五代依然是农民,那些潮流主义都离我太远,我只能踏踏实实,春播秋收。

《青杏》的写作,源于忽然出现在脑子里的一句话:当三哥的战马驮着三哥驰进草沟的时候,三哥的故事早在此之前很久就已经开始了。有迹可循的是,那时刚读完《百年孤独》不久,这句话毫无疑问源于老马的那句影响了无数作家的经典开头。它从我脑子里忽然蹦出来的时候,我正面对梁湾里的一座孤坟荒冢发呆。据说,这座荒坟下埋着一位民国年间被枪毙的连长。连长被毙一说是因为女人;一说是因为尕司令进攻木垒河时临阵脱逃,被执行了战场纪律。我怔怔地盯着荒坟,夕阳下,一堆微微隆起的黄土,荒草萋萋,几乎看不出坟冢的样子。

那年,我被单位派去一个村卫生室蹲点,遇到一个六十多岁无儿无女的老头,他的承包地又转包给别人种,年底给他几麻袋粮食。夏天,村里有羊的人家把羊集中起来交给他放,挣些零用钱。羊群每天从卫生室门前过,老头追着羊群扬起的一片尘雾,悠然自得。

  杨五郎出家五台山
  诸葛亮就下了四川
  ……

老头说一口流利的哈萨克语,喜欢扯方,有时会停下来,圪蹴在我门口,和我喧一阵。

民国年间,老头在北塔山巡防营当过几年兵。一九七几年中蒙划界的时候,请他去当过向导。说起过去的逸闻轶事,只要扯个头,他都能说个头头是道。有一次,我和他扯皮。他得意地哼起来:

  哥哥我出门在外边
  撇下的尕妹子可怜
  ……

我忍不住憋他一下,一辈子连个老婆都没有,尕妹子在哪呢?

老头忽然住了嘴,怔忡半天,一句话没说,起身走了。之后再也没来找过我,直到我离开时专门去看他,他都没见我。

听村里人说,老头他妈进门时是带着身孕的。麦收时,他爹用驴把他妈驮进门,落头场雪时他就出生了。那时他爹的头一个女人刚跟个货郎跑了没多久,留下一个两岁多的娃。第二年清明前后,人都在忙春播,他妈撇下他,带着他爹头一个女人留下的那个娃跑了,听说是跟县城开油坊的张家二儿子跑的。人都奇怪,为啥他妈撇下亲生的儿子不要,倒把个不是亲生的娃带走了。说啥的都有,后来有人从城里回来说,女人是被尕司令的兵强奸了,肚子大了,父母嫌丢人,才嫁给老头他爹。庄子上的人都可怜他爹,也理解了他妈,要是他妈当年带走的是他,而不是他爹前一个女人留下的娃,想想都扎心,一辈子守着他这么个孽障,那可真是没法活人了。

像这样的传说故事在这里比比皆是,随便拽过一个上了年纪的老人,都能说出一大堆。我在这样的环境中长大,耳濡目染,只可惜那时太小,一心想着怎么摆脱父母的羁绊,去荒天野地里疯野,及至关注到这些逸闻轶事时,很多老人已经故去,只有一些混沌破碎的片段,留在记忆里。

2017年年底,我写了《半春子》,2018年7月《西部》张映姝主编邀我参加博乐改稿会时,《半春子》已经被两家刊物退稿。改稿会要求一人交两篇小说,我没有,只好用《半春子》凑数。在那次改稿会上,我遇到了王十月老师。他对《半春子》赞赏有加,并把它带走,发在第二年第十期的头题位置。这对我是鼓励,随后,我又写了《库兰》,重写了《青杏》,最后写了《九月》。那次改稿会,王十月老师的讲座以及他对我小说写作的建议和指导,让我受益匪浅。还有张映姝主编,在写作上也给过我不少帮助,为我的小说写作提出过不少很好的建议。感谢他们。

还有曾经在我家乡木垒县工作过的王志华、于峰山、赵贤东等领导的支持与扶持,尤其要提到李平、王旭忠、高成林、刘平元、于青山等一帮发小、朋友,他们离文学既近又远,喜欢看我的小说,喜欢听我瞎扯,请我吃手抓肉、羊头杂碎、洋芋搅团、烤肉黄面……请我喝三粮糜子酒,听他们说野趣乡闻、家长里短、马瘦毛长,还有李平、成林不时托人带给我的牧区牧民烤的馕、酸奶疙瘩、酥油和乳饼,让我时刻感受着家乡的气息、品尝着家乡的味道、处身在家乡的氛围中,是这些沉浸在我血脉里的基因滋养了我。感谢他们。

现在，这篇系列小说已经成稿，算是对自己以往写作的总结。

感谢这些年来支持帮助我的家人、朋友和老师，谢谢你们！

2020年8月7日于昌吉